U0680113

问花寻草

——花诗堂草木笔记

卜 白 著

中国出版集团

东方出版中心

目　录

花草部

果木部

菜蔬部

花草部

1. 麦冬长满蓝宝石

经常听朋友说去挖兰草，还是野生的。叶子比较细，长得还挺密，一大片一大片的。说得我心动了，跟着去才发现，哪里有兰草，分明就是麦冬嘛。

把麦冬当成野生兰草的也许不止我的诗人朋友们。

麦冬是常见的园林植物。苏州很多园林里长，北方很多花圃中也有点缀。它既是药材，又是常绿植物。

若长在乡野，很多不悉农事之人，一定会把它误认为韭菜。书中记载麦冬叶似韭，但往往比韭菜叶子老化，也更肥厚、更偏墨绿。

把麦冬当兰草的也并非韭兰不分，而是有的品种叶片宽厚，比如阔叶麦冬，是与有的野生兰极像。

这个不愿显出庐山真面目的草木，也许以为逗人好玩，但它终归逃不出一些目光犀利的眼。

开花与结果的麦冬是最坦诚的，它们怀着敬意，大大方方、不遮不掩地开着淡紫色小花。总状花序，花成穗状，长长的花梗上密布花朵，开合度、色彩与大小不一；有天然的不对称，但又极具和谐的美感。

图 1　麦冬

等花落下，一枚枚小青果长成。果粒沿着花梗长满，左右错落，上下有别。自然起落，宛若一串绿翡翠。那样子很招人，很多孩子见了，就揪下拿来耍。

那果绿与它的绿叶颜色相差不多。除了近看有小青果光滑的肌肤闪耀光芒外，果子远看是不容易发现的。

麦冬果实由绿慢慢转成蓝色。那是一种诱人的宝石蓝，蓝里渗着深紫，很特别的颜色。成熟的小浆果闪着透亮的光泽。一眼望去，满目清澈的靛蓝色，非常迷人。

果实的蓝比紫花更耀眼。它的蓝颜色很有存在感，浓郁得仿佛要滴下来，厚重又不沉闷，河水一样清澈。它跳跃的颜色里，仿佛又掺了少许墨色，让蓝蓝得清雅沉静。

果子成熟的时候，很招人。每一个路过的人，都会停下来，看一看，摸一摸，要么揪一撮放在手心里把玩。

麦冬的果实，有时候长不到成熟，颜色没有变蓝，就被人掐掉了。

有人看上麦冬的价值，拿它当药材种，在开花结青果时，就把青果去掉了，免得果实与地下茎争夺养分。

麦冬的地下根茎有一个个乳白的麻本色的小结节，那正是人们需要的。

那些晒干的麦冬根茎结节，米白色，一粒一粒的。这些颗粒，就是一味中药，可以泡茶、炖菜、疗疾，滋补身体。

麦冬的蓝色浆果，能长到成熟，变成紫色的，是幸运的。

能长成紫色的，它们大多不肩负药材的使命，不需要像人家的童养媳一样，早早踏入人事。

遇见紫色的浆果，就带两个回家吧。它们好不容易长大，若有人欣赏，它们会因此感到欣慰吧。

2. 紫茉莉开在月光里

小镇居民的审美偏向浓郁、亮色。这与文人欣赏天青色的淡雅是不同的。

每次归乡，到处五颜六色的花瓣，存在感极强。长久不居小镇，猛见亮色花儿，感觉还挺新鲜的。

尤其紫茉莉、一串红这种主红紫色调的花儿，但凡是个地，都能见花开。

大红大紫暗合了很多人的富贵梦，它们才得以在小镇长居久安。

紫茉莉开花的时候，怯弱弱地躲避人群，静静地开在月光里。

寂静的夜里，紫茉莉新生的花瓣，用最浓烈的紫，接受月光的抚摸。在小镇如银的月色、高远的天幕下，哪怕是世间最妖冶的紫，也难免不捎带一些清冷的气息。

夜里饱吸了月光和清露的紫茉莉，白日里见到虽然浓烈妖艳，却不轻浮，不燥烈。

它的香从夜间保留到白天，已经若有若无，只有靠近它的人才能隐约闻得到。

紫茉莉清新淡雅的香气，比茉莉的浅淡。浓烈与清浅对比，才能见心明性。

花儿的生命短暂。每一朵花儿都在夜里绽放，次日傍晚凋萎。

但它们有长长的花期。成年的紫茉莉身形高大，枝条繁殖能力强，枝枝节节分叉很多。它们往往把自己所有枝条环抱起来，让自己长成一个密不透风的大团。茂盛的枝叶滋养丰富的花朵。这是一种懂得躲避自身劣势的草木。它的花只能开满一天，却用繁多的花朵错开日期，次第开放的花苞，看起来总是花团锦簇，一派祥和。

紫茉莉和白玉簪，都是长颈的花朵，像异国长颈部落的女人，长着长长的花托。

花托的长衬托出花的轻盈，风吹起来的时候，花朵舞动，十分妩媚。

女孩子们见了，随手摘两朵别在耳朵上当耳饰，或别在发髻上做头饰，都好看。

儿时的我们异常喜欢扮仙子的游戏。玩腻了紫茉莉，就换成黄色的苘麻花。苘麻花儿有黏液，可以粘在耳垂上，当耳坠是极好的。

那时我们总是跑遍花开的土地，巡视花儿开放的地带。

我们双脚能到达的地方，都是我们的领地。

那种自淫为王、自封为仙的感觉真美，只是越大越不敢再有那样胆大包天的想法。

紫茉莉的种子，就是袖珍的地雷。那模样，若能长大一点，真能蒙住人，和地雷简直一个模子刻出来的。地雷一定是学紫茉莉的，人类从自然界获得灵感，制造了很多仿生物件，像迷彩服、飞机、直升机……

紫茉莉种子的颜色，成熟的时候是浓郁的黑，不是死黑死黑的，而是黑里泛着

图2 紫茉莉

灰白。种子从浅白、淡青，变得浅灰，直到长到暗黑。阳光与水肥是它膨大变黑的助力。茉莉肥硕的叶片正是制造养料的生产空间。它接受光照，进行光合作用，经过碳水化合物的代谢，神奇的植物营养就出现了。

这个多年生的草本，本不需要每年种植，但小镇居民每年都会播种。即使错过播种季节，残留在土里的种子也会自发生长，俨然成了一年生的植物。

小镇到处都长着紫茉莉，墙头粪堆，门前屋后，但凡风、雨水、鸟雀能到达的地方，都能见到它们的身影。

紫茉莉的花儿其实不只是紫色的。还有浅白、淡黄、花色等几大色系。只是这紫色是原生色，亦符合当地人的审美，所以小镇上只种了紫色的。

小镇居民这种大红大紫的审美观，拒绝了皇帝的天青色，小镇因而拥有了自己独特的魅力。

那是别样的感觉，那是最质朴的田园，有自己的滋味儿。

3. 千佛山遇野菊花

当躺在床上，被病痛折磨，总会想起美好，尤其自然深处的大山，可以让人感觉风吹清凉。

断断续续的睡眠，在白日里显得多余而奢侈。也只有在间断的眩晕中，才与那片山野的菊花离得足够近。仿佛发烫的身体轻飘如风，煽动着翅膀重返那片花海……

天空飘落的雨滴，不大不小，轻轻打在绽放的细弱花瓣上。透着晶莹送来的清凉让整个山谷清爽。山体连绵，被厚厚的色彩覆盖。

绿色为主调的世界在夏雨中慢慢被清洗得色彩变淡，变得崭新。宛若刚刚开始的新世界，让人眼前一亮。

新生命的蓬勃，山林的高氧，满山的花开，想一想就能消解此刻因病痛而迟钝的嗅觉。

绿色若不足够出奇，容易让人忘记。千佛山的绿就是，与别处的无二。

让我难忘的是那些放荡的颜色，大片大片地蔓延整个山谷。这些让女人尖叫、男人感动的色彩，就是那些烂漫开放的野菊花铺天盖地的黄。

在夏雨的滋润下，湿滑的花瓣沾满晶莹，它们充盈着整个山谷。风吹过时，滴落多余的雨水，显现楚楚动人的模样，让人怜惜。途中，我们多次为它停留，丝毫不顾狭窄的单行山道与越下越大的雨。

山路窄到只能开一侧车门。

车的那一侧有人下来采摘那些野菊花，我只能呆坐车中。有人动作轻柔，拈花有意；有人采摘猛烈，疾风骤雨。

那些花朵赶在大风雨之前被采摘，被爱花的女人们呵护。

返回路上，一路山体陡峭，道路曲折，风景果敢。身体被车子晃得不停摇摆，险些要散了架。尤其当我们停下来，在险窄的坡路上，更让人心跳加速。

山路有时很窄，窄得只容得下一辆车通过。紧挨着车的一边是峭壁，另一边是万丈深崖。路边隔挡的只有一屏自然生长的藤蔓。

扒开枝叶往下看，雾气缭绕，深不见底。看到那情景，人顿时屏住呼吸，浑身起鸡皮疙瘩。

图3　野菊花

但我们遇到新奇的植物，还是会停下来。

那样窄的地方，只容得下车子，人是下不去的。我们就伸出手去，采摘路边的蓟科植物。

那些蓟，与平原生长的差别很大。

它们长在山巅，饱吸山风雾岚、雨水露滴，身体肥硕，膨大的花头像丰满女人的双乳，结实有力，有看头。连上面的青刺都是粗暴的遒劲尖锐。我们伸出去的手，时时被尖刺刺破。

正是被刺出血的手，一路守护我们采集的那些花儿，安全抵达山脚。

下了山，我们最先处理那些深山里带来的花草。我把它们放在居室，在温暖的灯光下，它们光芒四射，宛若佛光，点亮周遭。

细弱的香气，淡淡的，丝毫没有攻击性，似有似无，飘落在房间的每一个角落。

一夜醒来，高高挂起的棉麻衣物上，也沾染了不少花香。它的每一寸纹理，都可寻见花朵来过的痕迹。那个时刻，鲜活滋润，让人难忘。

千佛山的野菊花，让人记忆犹深，因为它的山野，它的气势。它在风雨中浪荡，却纯净地开在初夏的暮野。

当我手捧着它们站在山巅，瞬间感觉自己是山顶上轻轻飘过的云朵。

一把野菊花能让人想起轻飘的云朵。那种在云端的感觉，宛若仙人，并非不食人间烟火，而是能让人看见千佛颔首。那个时候，野菊花就是一道让人放松的法门。

那些野菊花，容颜美丽，天性达观，斗志昂扬。缺水好久，才开始显现枯萎。后来，我带它们穿越丛山，来到中原。

它们显示了自身全部的美好。

4. 旧时菖蒲

冬日的暖气里，空气干得绷紧了大腿。屋子里的"棉絮"，白花花的，一浪一浪，飞起来。

轻轻柔柔、黄里发白的"棉絮粒"，不听使唤地粘在人的身上，挑衅似的落在刚刚落了墨、着了色的花瓣上。

白天伏在画案上作画，数次被它打扰——竟是旧日里河边采来用作插花的菖蒲。

旧了老了的蒲棒，不知何时，兀自散出绵软的薄絮，像与亲人失散的灵魂，在屋子里游荡。

这花是极寻常的，也是最清雅的。

自古菖蒲就与兰、菊、水仙并称为花中四雅。文震亨在《长物志》有载："花有四雅，兰花淡雅，菊花高雅，水仙素雅，菖蒲清雅。"

菖蒲被人重视，历来已久。

菖蒲先是被用作仙草灵药与寻常野味，进入人们的生活。

"石上生菖蒲，一寸八九节。仙人劝我餐，令我颜色好。"意为常食之，可以延年益寿。

蒲棒因其形似烛，也被人称为水烛。被我采摘来的蒲棒，不仅可以用作装饰，还是一味极好的止血草药。不论哪里有伤，见血的伤口上，搓了一把暗黄褐的蒲黄揉一揉，很快就能消肿止血。

菖蒲是多年生的草木，株型高大，叶片细长，坚挺似箭，凛洌闪着逼人的寒光，但其假茎白嫩，深埋于地下的匍匐茎也柔软。

假茎的白嫩部分就是人们的美食，口味似笋，清爽可口。幼嫩的匍匐茎就是人们常说的草芽，是河滩玩累的孩童们最喜欢挖的野味，嚼起来甜滋滋的。

菖蒲被人们赋予了神性，自西汉起，就已在皇家园林广泛种植，大放异彩。据六朝《三辅黄图》记载："汉武帝元鼎六年破南越，起扶荔宫以植所得奇草异树，有菖蒲百本。"

图 4　菖蒲水仙

菖蒲与兰一样，天生有灵性。因其简洁、素雅，像莲一样有出尘之致。其卓然俊逸的气韵也正暗合了文人宁静致远的秉性，成为其案头清供也是顺其自然的了。

自唐开始，菖蒲才从山间溪畔、皇家园林走出来，与石头完美组合，不着一泥一土，成为文人案头的清供。

菖蒲正式被文人们请进书房是在宋代，那是一个有极高审美品位，欣赏素雅至极的天青色的美好时代。

彼时，受历史环境限制，很多士子文人仕途不达，便转以在山水草木田园之境寻求慰藉。出于草木盆栽的兴趣浓厚，盆景就在那时出现了。

作为微缩的自然、浓缩的自然精华，盆景很快就成了文人雅士之间的一种风尚。

菖蒲就是那时从田间溪畔、皇家院囿走出来，成为文人新兴的雅好的。

另外，时逢宋人玩石风气兴起，于是宋人将菖蒲移于盆中，以石固其根，以清水侍之，以苔藓布之，巧以成景。

宋人这种植蒲古法被称为"附石法"，所植菖蒲被称为"石上菖蒲"。

石菖蒲生于水中的石头上，不着一土，洁净优雅，特别适合置于书斋、茶房。

菖蒲株型细小，柳叶细细，郊野气息浓郁，能平添很多趣味。

菖蒲以九节为宝，江西种为贵。不同地域活跃的品种很多，有剑脊、牛顶、香苗、台蒲、金钱、虎须。

凡作盆植清供者，多用金钱、虎须、香苗。个人尤喜虎须。虎须香气清冽，长叶纤细柔美，可塑性强，且好生养。

菖蒲不沾淤泥，仅借山石与清水就能成其风姿；且长盛不衰，历时十年，也不见枯意。其高洁出尘的气质是君子之德的映射，正合了很多人的心境。

古人喜玩菖蒲者，尤以陆游为最。"寒泉自换菖蒲水，活火闲煎橄榄茶。"他亲自为菖蒲更换山泉水，再围火烹煮橄榄茶，是诗人描述自己隐居生活的闲情之一。

苏轼是个盆景迷，而石菖蒲是他的最爱。他曾于蓬莱县丹崖山下取涡石数百枚，用以养菖蒲。有文为记："蓬莱阁下石壁千丈，为海水所战，时有碎裂，淘洒岁久，皆圆熟可爱，土人谓此弹子涡也。取数百以养菖蒲。"

除此之外，还有"置之盆盎中，日与山海对"云云。

蒲草既可以在文人的书房里阳春白雪，也可以在溪水之滨下里巴人。

乡野山间的菖蒲临水而居，清新雅致，四季皆绿。细叶碧若翡翠，闪着玉石的光芒。周身散发着草木清香。

端午前后的菖蒲最盛。"蒲叶岸长堪映带，荻花丛晚好相亲。"再有不知忧愁的蜻蜓闲来立上蒲尖，振翅欲飞，那是颇有诗意的画面。

若此时小坐蒲草花木旁，任露水湿透衣衫，任香气沾满发丝，一定很放松。

也有人不慕其香，贪其实用之功，将采摘的蒲草晾晒，巧手编织成蒲团、蒲席、蒲扇，让蒲草开始新的生命。

5. 梅花落满了南山

只要想起一生中后悔的事

梅花便落满了南山

张枣的诗句，读到时，心头一紧。

当把这句子说给一个在南山山居的朋友时，他说，南山没有梅。

顿时，我们咫尺天涯。

诗人的南山，可以是终南山，也可以是诗经里的齐南山、曹南山，也可以是陶渊明"采菊东篱下，悠然见南山"的庐山。梅花可以是梅花，也可以是菊花、兰花、青竹，甚至杏花、桃花、迎春与狗尾巴花。

诗句里的意象充满无尽的诗意与遐想，直抵"明月松间照，清泉石上流"之境，美得让看到的人蓦然心动。

可南山，真的没有梅吗？

山那么大，找找终归是有的吧。

我的南山，是一定要有梅的。要有瘦梅铺满山间，浅瓣镶满雪片，且最好是清淡素雅的绿萼梅。

踏雪寻的不是红梅，要寻得绿蒂白花的绿萼梅才够味儿。

梅花的品种很多，大类有30多个，小类可细分到300多个小种。按花形、花色一般分为宫粉、朱砂、玉蝶、杏梅、绿萼等类。尤以绿萼花白色，萼淡绿，香味浓，最喜人。

图 5　梅花

识得一个美好女子，先不说容颜惊人，名字唤作绿萼，偶然听人说到，便心生美好。见了其人，知其又名梅子。人如其名，美到雪花乱舞。

想起她就想到青梅煮酒、西窗剪梅这样充满诗意的画面。见了就让人难忘，后来遂成了忘年之交。

一日，与她共赴一个朋友的新书发布会。会后众友把酒言欢。是夜，暮色西沉才散了场。

返回路上，我们稀稀疏疏地走在绿城昏黄的灯光下。我正出神于前面朋友们讨论的走访寺庙的私人体验，正说到哪座寺院的花美、气场好，忽然被后面的人追赶，来人是个又写又画的同好。寒暄了两句，就说我画在棉麻包包上的梅花，画得不圆。

第一次被这么评说。

顿时错愕。

梅花的形态是圆的，果然还是画家观察得细致。

但话又说回来，花是圆是扁重要吗？是梅是杏重要吗？

在我这里，无论是扁是圆，梅花终归是梅花，南山却不一定是南山。

但我还是谦虚地回去翻了画谱。

果然，大抵丹青妙手，以画梅为善者，无不如画家所言。

学贯中西的张大千对画梅之法有详细的论断。其中就有说到画梅第一是勾瓣，其次是花须、花蕊、花蒂。

画花勾瓣要圆，所谓圆，并非匀整如数珠一般，而是蓓蕾繁花都要有恣意生长、欣欣向荣之态。而且他以为梅以稀、以老、以瘦、以寒为贵。

作为四君子之一的梅，一身傲骨，探波傲雪，剪雪裁冰，自古就被视为高洁志士的化身，是古往今来文人墨客们寄意抒怀的介体，也正是他们汲汲以求、心神所往的南山。

画梅，南北朝就开始了，到宋代才渐成风气。

宋人仲仁和尚，首创墨梅，只用墨色深浅表现梅的风致。后又有扬补之用双钩之法，使落于宣纸的梅纯洁高雅，尽得风流。

元人王冕，自诩梅花屋主，学识深邃，能诗善画。他用乳花石刻印，篆法绝妙，创造性地开启了传统文人篆刻艺术的大门，是中国艺术史上第一位诗书画印的集大成者。其人才华卓著，天赋异秉。晚来隐于九里山，种豆植栗，自培梅花千树，引水灌溉，挖池养鱼。常年痴迷艺术，潜心书画，以《墨梅图》传世。

他的梅，以形写神，形神兼备，万蕊千花，疏密有致，一改宋人稀疏冷倚之气。繁花密蕊，枝叶簇簇，勾花顿挫，笔意清简，梅枝穿插得势，清润洒脱，花朵密而不乱，繁而有韵，给人以热烈、欣欣向荣的愉悦观感。

明代陈录也喜墨梅以繁花示人，尤以台北故宫博物院馆藏的《梅花图》为最，有密不透风、疏可走马的矛盾之美。

再有就是金农、汪士慎的梅花让人印象深刻。尤其金农的《红绿梅花图》，是少见的梅花着色佳作，染了颜色，却不失清雅之气，着实难得。

作为四君子之一的梅，并非生来就是文人墨客的抒怀之物。梅花最早是作为酸味调料被人记录的。《尚书说命》里记载："若作和羹，尔唯盐梅。"梅主酸，是与盐中和可以调制美味羹汤的五味之一，该类似于现在的柠檬。

自魏晋时始，梅才以花被人赏识，渐而声隆名旺，延至今日。

梅花之美在于其色、香、姿、韵。

梅花色淡气清，有出尘之致，枝条疏影横斜，老枝怪奇。花期没有树叶，花开孤瘦傲雪霜，花朵干瘦而清雅。

这些上苍赋予的天资，是其他物类无论如何都无法与之比肩的，梅自是孤芳的集大成者。

后人以梅拟人，范成大《梅谱》说梅"以韵胜，以格高"，说的就是彻底虚化了的梅。

若再配以外在景致，尤其月光、烟影、竹篱、苍松、古柏、清水、寒雪以及山涧，更能衬托出梅花的高标俊逸。正像金农诗句所言："清到十分寒满地，始知明月是前身。"

梅与兰、竹、菊，都是常青出尘之物，却各有秉性，暗藏天机。

梅比菊开得更晚，但没有菊持久。

谁说开得晚就一定不盛，开得持久就一定长久？

正如，梅花落满了南山。是何梅，又是何山？

且得看是落满了谁的南山，谁遇见了谁吧。

6. 雨打芭蕉

这个季节的芭蕉，已经开始收紧自己，褪去喧哗，沉淀智慧，积蓄心神。所有旁枝逸节，衰老的衰老，枯萎的枯萎，腐烂的腐烂，只保留最精干的力量过冬。

寒露的一场秋雨，我执伞外出看景。正在与母亲一起喝普洱的小公主非要与我同往。是的，我一直都这样，有孩子缘，走到哪里，都格外沾染孩子，虽然并没有格外喜欢她们，至少不像我的一个女性朋友那么喜欢。跟她外出，多数时候，她会因为和陌生人的小孩玩得入迷而误了很多事儿。

老闺蜜的小公主不开心，已有两天不与人说话，见到我会问好，没有其他，仅仅因为天然的喜欢。

也许是我与她们天生的隔膜，让她们更愿意亲近。

那天，我们喝茶等雨停。从龙井到普洱到当地老红汤，喝得口味寡淡，肠胃清索。雨，还一直下。

我等不及就带她出去看花。

我们踩水，衣裳淋湿，在雨里冷得发抖，她都不吵着回去。

我们从前门的竹林，看到后院的芭蕉。一路蜿蜒。她小小一个，牵着我的手，走在前面。穿着花衣服，翘着辫子，俏丽的小样子，活蹦乱跳地行走在浓密的绿色里。

那一刻，让人心柔软。

图 6 芭蕉

她指着零落的金银花给我看，还有远方的白色丝兰花。女人对花的偏爱也许是天生的。她小小年纪就对花有感觉。

我们撑着雨伞停在雨水里。

眼前的荷塘，薄雾缭绕，秋天的暮气正在上演，唯有几株芭蕉还残存绿意，与周遭的墨绿与赭石色有别，但也显然失了颜色。雨水打下来，立刻就被弹出去，一片铿锵声。这些留存下来的叶片太强硬了，并不适合听雨，缺少婉转变化的软糯，并不耐品。

春夏的芭蕉，绿叶长满，遮挡小径，顶起半片阴凉，鲜绿的大叶片肥厚蓬勃，有人乘凉，有人挡雨，有人下棋，有人弹琴，有人品茗……如今，也许只有我们，冒雨来看它。

只是眼前的芭蕉，颇有文人风骨，扶疏似树，质则非木，高舒垂荫。不知是不是怀素曾经书写过的后裔。

怀素幼时用芭蕉鲜叶当作宣纸，对着叶片没日没夜地书写，终成草书大家。物质不丰富的怀素，买不起宣纸，是一茬又一茬、生生不息的芭蕉助他成就了梦想。

芭蕉是多年生的草本植物，叶片宽阔。同时芭蕉叶也是一味中药，是广谱抗菌抗病毒的药物。

芭蕉花可入馔，是傣族的风味。用新开的芭蕉花，尤以淡黄色圆锥花序最佳。可与蘸水同食，也可以荤素搭配，煮汤、素炒或清蒸。这个过程中，涩味的去除是最考验厨师的。

傣人善用芭蕉，不仅食其花，还取芭蕉叶片当作盛饭的"碟盘"。

芭蕉的果实与香蕉宛若孪生，外形难辨。但一温一寒，芭蕉甜中回酸，香蕉甘甜。芭蕉性温和，不刺激肠胃，更适合年纪稍长的人食用。

芭蕉谦卑，能屈能伸。在凋零的时候，也不放弃希望。默默积累，静等时机，重发新绿。

见惯了水墨画里大笔泼墨的芭蕉，不论徐渭的还是李渭的芭蕉，都是高大的，支起一方凉荫。他们都不描画衰老枯萎即将进入冬眠、去掉所有繁复的芭蕉。

枯叶与绿色交织的生命也并非不美。

如果我有一个院子，一定学古人造园。种下几株芭蕉，看它们春夏壮美，秋冬坦然，欣赏它们懂得螺旋上升、不断积蓄力量的智慧。

7. 蔷薇姑娘

　　若以性别论，与蔷薇科相近的植物，尤其常见的月季、蔷薇与玫瑰，私以为该称为姑娘。用蔷薇姑娘统称，似乎是最合理的。但凡蔷薇科植物，都气质典雅，阴柔婉约，散发着如优雅女人的气息。不论大红、柔粉、淡白、雅黄、深玫红，都各有千秋。

　　蔷薇科的植物，种在哪里，都是美景。

　　我尤其喜欢爬藤的。月季属、蔷薇属，都有爬藤一类。

图 7　爬藤蔷薇

它们是我最想种的爬藤类，早已心心念念好多年。终于在今年的初春，在邻居家偶遇一株开纯白重瓣花的爬藤蔷薇。

那花儿开起来的时候，洁净纯真的色彩铺满墙壁。大朵大朵的雅白花儿蔓延整个土黄色的墙，对比强烈，美感显现。当清晨的阳光斜照下来的时候，洁白的花朵宛若镀了淡淡的佛光，蓬勃清雅，光彩照人。

沾了花香的清风扑面而来，我呆立在花丛中，久久不愿离去。

邻居见了，便说让我回去种，说着兀自刨了两棵两年根幼苗。边刨边问我要不要多种一株东墙根那个大红花的。那花儿的颜色，在我看来，实在太浓太艳，怎么看都难入心，最后还是有取有舍，婉拒了邻居的盛情，只种了白色花的。

爬藤蔷薇的枝条像凌霄藤蔓一样，可以向上攀爬。树木、围墙、篱笆，都是绝好的外在支撑。

春夏之交，走在乡野。谁家蔷薇花开满花架，探出墙头。芬芳与绚丽让人忍不住停留，有蜂蝶乱舞，花开正灿，让帝王的六宫顿时失了颜色，让人悸动。

见过最美的爬藤，是正宗的蔷薇科的蔷薇。

在江南，一个人烟稀少的古村落。村口一堵上了岁月的墙头，潮湿的砖石上残留了一道道斑驳的雨漏痕。上面长满或浓或淡的苔藓，在墙根发着幽幽的光。

葱绿的青草之上，有蔷薇伸出墙面。在一片浓绿的枝叶间，盛开着红色的蔷薇花。

蔷薇花开繁茂，密密的，一簇簇，一朵连着一朵，三五成群，错落有致，稀疏有别。

在绿色的叶片大背景下，跳动着大红色，格外惹眼。夏日里躁动

的颜色，浓烈得仿佛要滴下来。浓郁的色彩被清水映照，投射在墙根的一洼浅水里。

浅浅清水里有花朵绯红，枝叶青绿，天空静谧的蓝，还有人影微微晃动……动静和谐，因时因景制宜，宛如一处袖珍的桃花源。

蔷薇的花瓣是柔软的，细细的脉络布满它的整个世界。精细的脉骨，是它内在的筋骨。蔷薇花柔刚相济，宛若内柔外刚的清丽女子，让人怜爱。

蔷薇花的花梗细长，花朵单生于顶，娉娉婷婷，如十三四岁初长成的少女一般袅袅娜娜。

图8　蔷薇花

有花儿开的时候，总有人经不住诱惑，采撷三两枝，伴于居室书房。看其花开，闻其淡香，观其颜色，凝神沉思，不失为一种小小的自娱自乐。

有的女子是天生的采花姑娘，见到喜欢的花儿总要采一些，即使机缘不好，也要摸一摸。我想这也许和男人们面对女人的态度是一样的吧。尤其风流才子，面对桃花三月的女人们，所怀心绪，所持想法，应该与女人面对百花，面对华服美衣，如出一辙罢。

有时，我让自己放纵于百花丛中，体味风流男子醉死牡丹花丛下的倜傥之感。也学他们，采花之前，先要念佛、求索，甚至先给自己寻一个动听的理由，为自己开脱。

女人对花儿，一如男人对待女人。

有时候，看到、想到那些娇艳动人的花儿，顿时心潮澎湃。那一刻，突然觉得自己可以明白那些多情的男子了，也明白他们为何以及如何要先用理论把自己武装起来，然后堂而皇之地去乱采花儿。

这种好玩的游戏似乎并非男人的专利，女人也有，只是对象不同，但感受都是一样的。

但若自己是那朵被采的花儿，似乎又是另外的感想了。

8. 莲在水里睡

　　每次看到莫奈的睡莲，我都惊一下。大师之所以为大师，就在于那光影变幻、独立创造的画面与精神韵味上。他的睡莲世界绝对并非眼见的世界，所有的变化都在他通透的思想、不屈的性格与不凡的品位里。

　　是谁，在不受人赞赏、没有稳定经济基础的情况下毅然决然前往塞纳河，专心作画？是谁，面对众人非议，一直坚持自己？是谁，专注于自己的荷塘，培育优良品种，观察光线与花开，画睡莲风雨无阻？是谁，勤勉作画，一天一天，把眼睛画花？是莫奈。

图9　睡莲

所以他的睡莲绝不仅仅是睡在水上的莲，而是融合了莫奈的心神、智慧、努力、执着、坚守与气息。

世界上没有艺术，只有艺术家。艺术就是艺术家的作品。

莫奈的睡莲融合了他的灵性与思考，融合了他的所有，闪耀着他的灵魂的光芒。

我们应该都见过睡莲，但与莫奈的，应该不会相同。一千个人就有一千个乃至千千万万个哈姆雷特。

我见过的最美的睡莲应该在一个欧式花园里。睡莲似乎天生具有西洋气，与西式风格更好搭配；而荷，似乎是纯正的中国元素，荷花在中式园林里更和谐。

我见过了最精致的睡莲池，才了解了莫奈的艺术。

它的花雌雄同体，可以说睡莲是我见过最假的花儿。曾经一度以为正在盛开的睡莲花是仿真科技产品。睡莲的花朵看起来极像塑料材质制成的。

叶片的光泽均匀闪亮，感觉是出于人工。

它们仿佛是离自然造化最远的植物。它们离自然最远，也许也是最近的。

睡莲一度被我列为最具有迷惑性的草木，因为我真的分不清哪些是真的，哪些是假的。它们也不够美丽，看起来就像人造。像动过刀的美人，有整容嫌疑。即使再美，也因缺乏自信少了几分颜色。

莫奈的睡莲，无论形象，还是神韵，都是极好的。至少比我眼见的都美，看他的画能让人心生美好，比看实物的花儿有韵味多了。光影经过莫奈的处理，就不仅仅是光亮和阴影了，而是凝聚了莫奈的心念。

只是莫奈眼见的睡莲，应该不比我见到的差太多吧。

图 10　睡莲印象

　　睡莲睡在哪里，都应该摆脱不了天生的假面具。为什么莫奈看到的，与我们看到的不同？这也许就是莫奈之所以成为莫奈的原因吧。

　　莫奈看得懂世界，更懂得艺术。他与历史共振，在历史的节点上，用睡莲、光线、色彩，表达想法，诠释观念。他的睡莲是他绽放的思想之花，是偶然的，也是必然的。

　　同一个对象，不同的人看，会是不同的，甚至会有截然相反的诠释。基于此，差异的存在，让美的可以不美，不美的可以美，是没有定论的。此所谓仁者见仁，智者见智。仁者和智者都能抵达罗马。

　　我们所处的当下，也是如此。既然如此，我们只需忠于自己，修炼个体，也是可以抵达罗马的，我就是这么说服自己的。

9. 朵朵葵花向太阳

有一种非常有信仰的花儿，它们从开花的那一刻，就向着太阳，直到种子成熟，植株衰老死去，也不改初衷。

仿佛太阳是它们永远的理想。

它们花开短暂，只有十几天。但从花开一直到花落，向日葵的大脸盘一直寻光而去。直到种子饱满，生命终结，向日葵还在延续花朵的传统，继续追寻太阳。

在向日葵有限的生命里，不变的追求就是它的永恒。

凡·高就像向日葵一样，用他有限的生命，终其一生，都追求发光的太阳。

世间最懂得向日葵的，也许是凡·高了。反过来，向日葵也许是最懂得凡·高的。他们在相同的理念背景下，完成了一次绝妙的天人合一。

把自己身体里的向日葵魂魄揪出来，刻在画布上，是凡·高一生的使

图11　向日葵

命。他把自己的生命附加到植物的向日葵身上。他们紧紧贴合在一起，朝向彼此的太阳。

凡·高的向日葵被他附上他清绝的魂儿。他用浓烈的色彩、张扬的姿态，向自己心中的太阳致敬。

描绘向日葵的凡·高，就是在描述他自己。

而向日葵等待千年，终于等到一个知己。

向日葵来自遥远的时代，是古老的植物，也是寻常可见的植物。

它开花的时候，花朵从皱巴巴的小花撮慢慢舒张，变得平滑光洁。这个过程就像新生儿打着皱的皮肤在时间里慢慢展开。

向日葵是菊科植物，花瓣黄色。花片长舌状，上面布满细细的深浅不一的阴阳纹理。花蕊很多，堆满花心。

向日葵圆形的花盘上面细看是一个个竖立的小柱头。柱头初时头顶花粉。授粉过后，就变成小黑点，之后就渐渐孕育成一颗颗水嫩的瓜子。

除了花有清香，周身都不停地散发着菊科植物特有的香气。那些迷途的昆虫就是通过它的花香重新找到归路的。

向日葵基因优良，普遍长得比较高大。但有一些杂交种，人类做了手脚，故意让其矮化，那就另当别论。

被人类改动过的向日葵，多是用来观赏的；其形体娇小，身姿婀娜，植于花器盆池，可以观其绿叶花开，是闲情之人的眼中美物。

向日葵的叶片宽大，清新的翠绿，叶梗细长，叶片顺着长叶梗自然垂落。若用水墨画来表现，只需浓淡干湿不同的一坨不规则墨色，再勾上叶梗叶脉，就极具情趣，异常雅致。

家中有人喜食生葵花籽，小时候就拿那种子亲手种过向日葵。我把它们种在房前屋后，看它们发芽、长叶，帮它们除虫，欣喜于它们每日的新变化。

那时，对收获没有概念，只懂得体验过程之美。所以，当家人把那些长大了的植株，因为阻挡观赏花园的视线，全部拔了去，也没有心疼。

向日葵，无论杂交的、转基因的，还是其他的，都没有偏离它们面向太阳的本质。

有一个夏天，我和旧友宁寻在一个偏僻的私人庄园里邂逅一些正在开花的向日葵。我们在那片花海里寻找开得最艳的花朵，摘取黄灿灿的花瓣泡酒喝。

待酒足饭饱，我们揪了两个正在扭头向太阳的花盘，还有一旁花架上正在生长的翠绿小葡萄，我们以为那花儿黄与葡萄青搭配，一定很美。

我们就用矿泉水瓶子插起来，只给它们一点清水，放在我们的诗会现场。现场顿时增加了几分野趣。

尽管向日葵从开花就一直向着太阳，但这并非其被称为 sunflower 的原因。它的花瓣拥有太阳的颜色，明亮、温暖，才是其被称为太阳花的原因。

向日葵暖色调的花儿，花开温暖人心，花败奉献果实，又有坚定的信仰，显然不只是凡·高喜欢。

10. 彼岸花与重生

我会一直记得，2010 年 8 月 26 日，我们一起经历生死劫的日子，那一天也是我们重生的日子。

就在第二天，我一觉睡到黄昏，醒来去了研究院的小树林。那些林立的树根下开着血红色的花。

花虽只有稀疏的几枝，却引起了我的注意。

花朵颜色是异常浓郁的大红。长长的绿色茎干上顶着妖冶的红花，一脸妖媚。花蕊远远破出花瓣，宛若妖精们伸出的血红舌头。

从上到下，不见一个叶片，充满鬼魅之气。让惊魂未定的我，再次受到惊吓。

图 12　彼岸花

回去赶紧查资料，找了很久，才找到答案，是彼岸花。

我被它的寓意吓倒。

虽然它在不同国家有不同寓意，但在很多国家，都与生死有关，这是我心怀芥蒂的。

对一个刚刚经历车祸，等待化验结果的人来说，没法不胡思乱想。

彼岸花是通往死亡的花朵，开在天堂的路上，花叶永交错，生生不相见。

我不迷信，但那样的巧合让人不得不心生疑虑。

我以为，人的生命终结，是会有一些善意的提示的。想到这里，我颤抖的双手拿不住喝水的杯子。我以为我要彻底离开了，并笃信：遇见它们，是上帝对我善意的提醒。

那次车祸，至今想来，依然心悸。

我们外出采集实验材料，返回路上，天突降大雨，瓢泼一样的大雨。南方的天气在有台风时都阴晴不定，前一秒风和日丽，下一秒面目狰狞，并不稀奇。

而我们就赶上了变脸的那一刻。

后面的大客车与我们追尾，车子斜着甩出去50多米，巨大的炸雷声，我以为我们被雷劈了。顿时头痛欲裂，身上、脸上，一片乌青。缓了好久，才能抬头，坐在我边上的人当场就失忆了。

车门玻璃全碎，无法打开，后备箱全部碎裂。

好久好久，我们才从车窗爬出来。雨下得太大，求救电话对方无法听到，要么因信号问题无法接通。

那一刻，我们很绝望。

我们站在冰冷的雨水里，汹涌的地表水像大海的浪一样打过来。

直到临近傍晚，才有救护车赶来，把我们送到附近的医院。排队、挂号，各项检查，忙到凌晨，才坐下来。整个身体僵硬麻木了，没有任何知觉，那已不是一具清醒的肉体的状态了。

凌晨三点被导师们接回去，回到熟悉的宿舍，坐在自己床上，才发现脚底板里扎了很多碎玻璃。带了那么多碎玻璃跑了一天，竟然没有发觉，更没有感觉到疼。

第二天睡饱了起来，浑身散架一样到处疼。口鼻腔里都是毛细血管震裂的血丝。这些都不足以畏惧，我唯一担心的就是脑袋。

对一个想要有美好未来的人来说，脑震荡是很恐怖的。

小树林见到的彼岸花，增加了我的疑虑。

虽说生死有命，但这些生命里的意外，让我不得不深刻考虑生死。

在生死瞬间我有意识的那一刻，我只有两个想法。先是想到我的父母，他们以后要怎么办。辛辛苦苦养我这么大，说没就没了，真是太亏了。我还没有尽孝，就没有了，真是太遗憾了。第二个念头就是我连一个满意的作品都没有，一本书、一幅得意的画都没有。

我真是白来这个世界了，连自己的信物都没有。

那种明知自己要去完成却已经不可能去完成的感觉，让人崩溃。

遇见彼岸花后，它让我更关心现在与未来。

若还能见到以后的太阳，就是不幸中的万幸。

那一切就有重新开始的可能。对我来说，至少不能再把上次的遗憾带到未来的生命。

现在，我异常感谢睁开眼还能看到每天的太阳。

挫折让我真正懂得无常，也教给了我如何破解魔咒。

珍惜当下的分分秒秒，把握当下，就是握住了永恒。

是把控自己的时间，让我不再畏惧彼岸花，它给了我让自己重生的密码。

11. 非洲茉莉生病了

非洲茉莉不是开花的树，我的非洲茉莉怎么越养越小，更别说见到花了。

找资料科普了一下，原来这树要长很大才能见到花儿。株型要有一米高、阔才可能开花。我这棵就甭想了，还有几年长头。

当初在花卉市场选它的时候，见它满树青翠，叶片长椭圆，油光发亮，看一眼就相中了，选了一棵长得最旺的。很多新叶刚刚抽出来，嫩枝条柔柔软软，像古画里款款走出来的清丽女子。

非洲茉莉是它的艺名，花商为了好卖给它取了这么个文气的名字。其实，它不过是灰莉，跟茉莉一点血缘关系也没有。本是南方种，被驯化成了盆栽，北方也可生长。

花商有意用这名字，还在于它的花香吸引人。

它能开花，要长到成年才开。即使开了，也不过是五瓣肥硕的伞形白花。花瓣机械地围绕花心排列，很有秩序

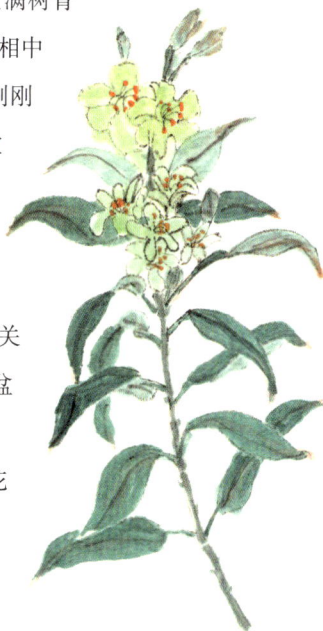

图 13　非洲茉莉

的感觉。花朵不大，有香味，幽幽的香。一株开花，整个房间都是淡淡的香。花期也长，只要温度、水肥合适，四季都可开花。只要开了一次花，以后一般每年都会接着开。

但是，比之它的花，还是绿叶更可观赏。它的叶片，一年四季绿着，绿得很健康，时时刻刻闪着水亮水亮的光泽。叶片大而肥厚，一个一个绿翡翠一样的质地，很讨喜。也很好养，干了浇点水就行。只是不要阳光直射，不放阴暗不见光的地方，给点散射光，给点水肥，就能养好。

这树很留风，若放到阳台上，枝叶浓密，招风，能转风向。所以很多人以为这树是吉树，能改善居家风水。

我的树本来很大，比我还高，长得很旺盛。但是一次外出游玩回来，就不妙了。

先是枯枝败叶，一连几天都在枯萎。新枝刷刷地落下黄叶，落完叶片开始腐烂，腐烂部位淌着黑水，宛如火烧过了一般，病恹恹的。我一看就知道不是缺水，一定是生病了。

我拿放大镜去仔细观察，发现腐烂部位有孢子着生，上面散落着稀疏的小黑点，一定是感染病菌了。我仔细查了下病状，发觉是炭疽病。小时候，在菜园里，经常见很多蔬菜也得这个病。

炭疽病是植物的重症，传播速度很快，不及时处理，树就没命了。这病一经发现，得尽快治疗。我回来发现的时候，已经晚了，错过了最好的拯救时机。我只能死马当活马医，开始就没抱什么希望。

精心培育了个把年头的心血之作，就这样说没就没了。一场偶发的真菌肆虐，就能把小命玩完。

人的生命就像植物一样，也难逃此局，一个偶然，一个无常，一个意外，说没就没了。

我忍痛把所有已经病发的以及初现症状的枝叶全部清理掉，剩下来的就只有一条纤细的小嫩枝了。

那棵高大健硕的非洲茉莉，没多久就被病魔折腾得清瘦清瘦的，像经久染了重病的人，精神不振。

清理完所有的枝叶，被带离到远处，用土掩埋，免得再传染其他草木。

清理过植物及其周边，喷洒上对症的农药，每天精心伺候……这样，不知过了多少时日，小枝条才慢慢还过神来。

等它稍微健硕一些的时候，我把它搬出去，放在露天的庭院里，让它接受风吹日晒。

经过半年的历练，它壮实多了，又多长出了两枝枝条，慢慢地开始有点可观的规模了。照此下去，大有前途。

一棵树从病魔的手心逃脱，起死回生，这样的事，自然界随时都在上演。就像无常和意外，在人类的世界，从不缺席。

我格外珍惜这植物，这个命运的漏网之鱼。它让人懂得不放弃就有希望。

任何时候不要放弃希望。希望是人间最美好的东西，有了它，仿佛就拥有了最神奇的魔力。

因为有希望，就真的有了希望。

12. 天地兰

每次从伏牛山回来，我都后悔自己没有带回一棵野生兰草。

可转念就不后悔了。

这样的内心纠结，每次去山里，每次想到伏牛山，每次想到野生兰，都会重新上演一遍。

到底，还是没有带回一棵野生的兰，连一片叶子，也没有带回来过。

真正与野生兰接触也是很久以前的事了。

那是一个久远的夏季。

我和几个画家，一起去山里画画。一个傍晚，彩霞满天。我们整整画了大半天，眼睛昏花，手脚疲惫。一个画家说要带我们去群山之巅，到山顶去看云雾缭绕、水系环山，活动活动筋骨，顺便俯瞰万顷碧绿，舒缓疲倦的眼睛，说不准还能看到大家早已期待的野生兰。

临走，我们还拎了一个大竹筐，希望路上能采点下酒的野生菌菇、泡茶的新鲜灵芝。

朋友是本地的土著，熟悉山里的一

图 14　天地兰

切。他说，我们来得不巧，今年太旱了，菌类生长得不旺，能不能采到就得看运气了。

越艰难，我们越兴奋。一路上，沿途看得很仔细。青苔，落叶，昆虫，花朵，野草，每过一处，都瞪大眼睛，看上好几遍，比画工整的细线条还用力。可谁也没有收获。

果然是旱得厉害。人家梯田上的玉米穗都没有大个头，歪歪扭扭，一个个都畸形。玉米棒子还没有长大，就夭折了，给人一种腹死胎中的感觉。此时并非花生的收获季，但见叶片已经发黄，仿佛遭了虫灾。叶片处处空洞，还蜷曲着，想必一定是严重缺水了。

我们找了很久，没有任何收获。朋友安慰我们说，往年我们走过的地方，满满当当长得到处都是菌子，各种各样的都有。路面都是湿滑的，人走上去，一不小心就会踩空滑倒，哪像现在，地面都裂开了大口子。

好不容易，我在一块枯木下面，找到了一棵灵芝。很小很小，只有小手指头那么粗。这已经让大家兴奋不已了。本来朋友说是灵芝苗，要留下来，以后再采。我们哪里肯，没等他话音落下，不知谁手快的就迫不及待地拔了出来。

有了它，好在不是空手而归了。

一路下来，我们格外仔细，却也没有发现一棵野生兰草。

朋友说，兰草一般长在幽暗的深处，或高山之巅。这种人迹匆匆的地方，是野生兰断断不会生活的地方。

果然，兰草长在群山之巅。

我们走了一顿饭的时间，到达山巅。

山顶很狭，细窄的一小块地。两棵成年玉米那么长，一竿开花的芝麻那么宽。地面凸凹，石质，布满大大小小的石块。

我们站在上面要格外小心。好在那里长了两棵歪脖树，枝丫扭着四处八岔，我们可以扶着借点力。

那样局促的地方，竟然四处散落生长着兰草。

野生兰就长在石缝里。兰叶从大大小小的缝里透出来，叶片茂密，颜色很绿，表面闪着革质的光泽，精神矍铄，没有一点缺水的意思。

一个画家，好不容易发现一丛根露在外面的兰草。趁我们不注意，他一把去拔，说想拿回去，放到他的庭院里。

可惜，没完全拔出来，根留在石头里面，只拔了地上部分。

山巅的兰草，根都扎得很深，徒手很难挖出来的。再说这个季节，已经错过养兰的好时节。人工培植的尚不可活，何况野生的。

画家觉得自己作了孽，回去一直用手捧着那棵兰，念了一路的经。他想让它多活几天，就把它交给了我。

我拿水杯和茶水，把它养起来，放到我们的大画案上。大家每天画画的时候，都可以看一看，它倒是结结实实又活了一些日子。

但我们对兰草的期待，并未就此破灭。

每每看到院子里的盆栽兰，我们都艳羡不已。

那是主人早早从山上挖下来的兰草，正在盆里接受锻炼。但每年经受过炼苗，活下来的寥寥。庄园主人每年会四处挖一些野生的兰，人工驯化，培植。多年下来，能存活熬到开花闻香的，实在太少了。

野生兰的叶，细长，很瘦。花不肥不瘦，很香，能开很久。它独居，孤单，也许孤独。

它远离人群，长在山巅，身披薄雾，头戴朝露，吸天地精华，纳日月灵气。

我们在纷扰的人世，看似热热闹闹的一生，其实也不过像一棵野生的兰。花开花落的人生，不过是今日东念压倒西念，明日西念压倒东念。

我们和野生兰一样，终其一生，不过是在自我博弈。

所以，这样的风骨，见了就一定会记得，会回想。

我见这兰花，是在天地岭，一个群山之巅的小岭上。所以，当地人都叫它天地兰。

接通自己与天地的花草，幽居在山野，大山才是它的原乡。

就让它留在深山，一直这样留有缺憾，一直念着，也好。

13. 编草为鞋

人天生偏爱某些东西也许与命理有关。本人炉中火命，痴迷一切草木质地的东西。居家日用，小到手串，不是木头就是树木花籽。所穿衣物、所背包包亦非棉即麻。大到居所家具，木质占据所有空间。

第一次到徕园，对徕园的木窗结构，以及下院东墙上挂着的那一副蓑衣与草鞋，印象特别深刻。暗白的墙搭配棕榈褐与枯草黄，非常有格调。

再有就是到我北京的女性朋友家。我们相识很久，有一天，她邀请我去参观她的闺房。参观之前特意提前通知我，让我有个心理准备，她也有时间把房屋修整到理想状态。

她是一个我很喜欢的油画家，娴雅安静，很少讲话。她的装饰风格如她本人，简约却极富内涵。

她用麻本色的桌布，粗麻绣花门帘，随处可见的干花，装点居室。每一处都是由心而发，由性而作，处处透出浓密的优雅与精致。

屋里草木很多，每一瓶都有故事。她的花瓶也许只是最普通的玻璃材质，甚至被人当垃圾扔掉的。她捡来洗净消毒，用练书法的黄草纸遮住瓶身，上面再绑一个麻绳打的蝴蝶结，就是非常禅意的瓶花小品。

她指着茶台那把非常诱人的野花告诉我，那是她和徕园女主人白天事先看好，晚上擦黑去河边采的。

虽是采野花，也不能太妄为了。所以她们白天看好晚上才去采。

天黑河边湿滑，她们一脚踩空，差点丧命。仅仅因为一把心仪的野花，女人大抵都是如此吧。

曾经，我贪恋大叶女贞的花香，不顾其花朵毒性，随性采来置于室内。后来被花香毒晕，诸事不能做，过了好几天才恢复过来。

她的画室除了她的作品，装饰物就只有一双草鞋。

墙角摆的就是那幅未完成的作品，画的就是那草鞋。她是写实画风，画得很逼真。纹理、色彩与构造都处理得非常到位，生动极了，那鞋仿佛是真的，要从画面上跳出来。

我们走到客厅，在那里看到她为姐姐画的餐厅小品。

画的是一串紫色的葡萄，亦是写实的。

她让我猜那画她最满意哪一点，我哑语。

她指着葡萄高光处微微的白粉。

啊，我看到了。

好精细的白粉。

那高光的葡萄上的白粉真是精细，让人叹服。

她的精益求精让我印象深刻。

她作画只用自然日光，嫌人造光偏色。所以一般日落而息，日出而作。

她的一切，如此之简，却让人震撼。

那双草鞋，那些花朵，那些无以复加的精致，那些良苦用心，让我感动。

她喝水的杯子，漂亮的门帘，还有阳台上被搭上红纱的座椅，都是她的心血之作。那是她的装置作品。在午后阳光的照射下，像白云边款款的仙女，楚楚动人。

后来，我回到中原，在草丛里见到一个持草编鞋的女子。那草儿，是寻常的草儿，是长得俊美、匍匐、茎长的青草。青草被她的巧手按秩序编织起来，那些长长的绿色就做成了草鞋。

那女子独自坐在茂密的草地里，被花草包围。她编得虽不精细，却不影响那份闲逸的心情。

那时那刻，睹物思人，我的魂仿佛飞到了女友家，想到了她和她的草鞋。树木花朵，草木清气，素朴洁净，经过她的处理，玄妙又不失性情。

那是我见过的最好的草木与人的融合，宛若天然。

14. 私人阳光花园

一直有个在城市里有一片花园的愿望。可在寸土寸金的城市，对我来说，这无疑是一个奢望。但我并未因此放弃追求，我把目光投在了我的阳台。也许，没有什么地方比这里更能满足我的愿望了。

我对这个不足四平方米的空间持有很多美好的期待。我想把它打造成一个可以静听时光、栖息心灵的花园。闲暇时可以在绿树、红花、桂

图 15　回归田园

香里清谈，喝茶，听雨，读书，晒太阳。

为此，我专门查阅了很多资料，尤其是西方的，因为欧洲人重园艺。我甚至把欧洲花园的历史翻了个遍。但那些大格局、大手笔运作并不适合我这个弹丸之地。那些概念必须首先完成本土化才能真正来指导我。此外，我又参习了很多优良的上海私家花园，以及中国古典的园林，来构思自己的阳光花园。

我一向爱好花草，家里随处见花见草。之前选择的很多植物，个个秀美俊逸，均可用来作构建阳台花园的素材，但其形制非中则小，很难满足参差变化。所以，我又引进了树木，只有树木才在时光里惊艳你的眼睛，给你想要的高度。这当然还需要耐心，慢慢养，好好修，从小开始。我选了两棵五年生桂树，一棵金桂，一棵银桂，打算自己修剪。

常见桂花有金桂、银桂、丹桂，还有四季桂。我惧怕丹桂开花时，发红的颜色里散发出浓烈的香，觉得与个人气质不符。四季桂四季花开，开花随便，便觉花也不珍贵了，无法生出好感。而金桂、银桂则不然，一见到它们，就让我想起远在江南求学的那段美好时光。在月桂飘香的杭城，我醉倒在那桂花幽香里，私下以为杭城应该叫做月桂城。

所有关于桂花的，我都喜欢。桂花陈酒、桂花酒酿小圆子、桂花糕……还有人生中自己配制的第一款香水，也是桂花的。所以当需要树木，想到的只有它了。

至于柠檬树、蓝莓树、金银木，则是采用西方民间花园的理念而引入。因为它们不仅可供观赏，还有实用价值。欧洲历史上的民间花园，大部分都有这样的传统。你经常可见被修剪成盆景的柠檬树现身各大著名花园。因其不只可观，还可带来额外收成。当然，有皇家背景的花园就另当别论了。除此，还可以选择自己喜欢的树种。

底层我们无法植草，也无此必要。我就选择常见易养的绿萝来打底，让它们的枝蔓铺满自己设计的空间。绿萝柔软可折，可以攀爬墙壁屋顶，营造更为复杂多变的层次。其实很多攀爬类的工作，户外一般交给爬山虎、爬藤蔷薇、紫藤还有凌霄，显然这些植于居室，稍显粗糙，也多有不便。

除此，我们还需要安排植物的四季，让四季都能感受绿意。常青植物是必备的。我选了非洲茉莉、仙人掌和幸福树。开花的植物，颜色还需有意识地搭配，要有一片锦簇之感。不过我更喜欢清丽简雅，所以颜色一般选取清色淡雅系。

更重要的是，还要因时节变化培育新株。比如，这个季节就是培育蒜苗、马铃薯苗等芽苗的好时候。它们拥有无可比拟的乡野气息，能为花园增添不少乐趣。

当然还要借助很多小物件营造氛围。比如旧旧的青石板，锈迹斑斑的摆件，包浆的旧陶瓷瓶罐……一切看个人喜欢及想要营造的空间。

还少不了一套藤编竹制的桌椅，越小巧越美丽。只要能摆下下午茶的茶具即可。下午茶就是要在精心打造的花园里享用，我也只能退而求其次，那样悠闲放松的心情，却是不少一分的。

不过现在，这些苗都太小，一下子没办法达成我构思的花园。其实，也不想它们很快就实现。像这样每天一点点地变化，我觉得就挺好，我相信只有经过时间蒸煮的花园才更醇香。所以，我不着急，慢慢来。

打造花园本身就属于慢节奏元素，一着急就背离其本身了。那种注重结果、忽略过程的事儿，举目可见，我就不赶那时髦了。

15. 老荷记

对我来说，有荷塘的地方就是天堂。

听人说到荷塘，都要穷追，一定要打听详细了前往。当然人在旅途，总有意外，不经意也能遇见。与很多荷的相遇，都是偶然的。

行走各地，也见了荷的各样：从初初新叶萌发，清丽花开，枯叶残梗，到连根拔起，被挖莲藕。

荷青涩少年时几片新叶撑出水面，茎秆中空高出水面，不与淤泥为伍。二八年华，花开粉嫩，淡雅水灵，恬淡之气素朴高洁，但总让人感觉少了些什么。

荷在淤泥里长眠，或长成不受污染的样子，能够越过时间与障碍，才是它的本色。古莲子可以历经千年，仍保存生命活力。

花开在荷的生命中占据的时间很短，枝叶、莲蓬与块茎才是荷的常态。从另一个层面来说，荷开花儿，仅仅是它的生理需要。比之青春年少时，花开浅淡素雅，我更喜欢花落的老荷。

等荷花落净，荷才开始展现其本色。那时的它，一身轻松，只有向内的叶片，莲蓬与茎秆，以及深埋地下的块根。它不再借花儿取悦别人，不再招摇，也不再向外张望，而是与自己握手言和，回归真正的平静。

老了的茎叶，组织老化，性格坚韧，绿色素变少，色彩丰富。尤其将枯不枯的荷，荷叶茎秆上一片沧桑、丰满的岁月痕迹。叶脉清晰，铁骨铮铮，岁月沉淀的阳刚之气布满整片荷叶。强劲有力的茎秆宛若贯穿了人的筋骨，软硬有度。或折俯于水面，或迎风而上，暖色调倒映在水面上，虚实相趁，随光线、风吹显现不同，自然就成景观。

岁月沉积，老了的荷，经受了寒风凛冽、白雪覆盖，显现其坚实的秉性。

若有水草生长，绿藻铺满，或远方的枯枝落叶飘来，又能丰富层次，亦是另一番味道。

爱荷之人见了一定不肯空手离开，要么看清记住，要么带走一片枯叶、一个莲蓬。哪怕一粒种子，都是满足的。

今年中秋远在山东，先在悦鱼堂见了荷叶莲蓬的插花儿。连根拔起的荷叶茎秆，用蓝青花高瓶随意插起，放于角落，古意素朴，让人见了就不轻易挪开目光。

后来去海边，我们游泳完后，在森林公园里闲逛，偶然发现一大片私人荷塘。叶片开始枯黄，莲蓬正当时，我们四处闲逛找寻幽蔽处，寻找可以下池采荷的良地。

好不容易寻到一处幽静地，朋友下去刚采了两枝，马上就有人围观。我们赶紧离开。又往深处去，刚下水就见看守。

一波未平一波又起，前前后后折腾很久，我们围绕荷塘绕了一圈又一圈，与看荷人不停地打游击。

图16　老荷印象

最后我们还是放弃了，很快离开，转移阵地。谁知半路又碰见一小片零星的荷，真是意外。

我们兴奋极了，朋友赶紧下去采了所有我们看上的荷叶与莲蓬。下去的几个人，腿上、手上被刺刮伤都不曾觉察，真是一群爱荷之人。

那些荷，跟随我们跑了很远，最后被我们带到中原。途中就已全干，一路上，我们小心翼翼，宛若对待新生儿。哪怕一粒莲子，朋友都舍不得丢掉。掉落的莲子，被人用瓶子盛起，说明年要尝试春播。

回来后我随手把干透了的荷叶和茎秆放到一个光线直射不到的角落，与滴水观音一起搭配。干枯的，正在繁茂的，放在一起，一种跳跃与激荡之感扑面而来。

干枯和蓬勃演绎的生命，宛若两座相望的高山，谁也不能成为彼此脚下的溪流。所以它们的相见，必定是一场强烈的视觉激扬，而美，就在其中突现。

16. 插花记

草木女孩与花草的缘分深远，一般人不及。无论在哪里，总有草木、花朵陪伴，至少心中有一块花草的专属领地，接触插花似乎是顺其自然、顺理成章的事。

我以为自己就是草木女孩，自记忆始就充满花香鸟鸣。我第一次插花是在六岁，那是刚刚读书、记忆开始深刻的年纪。

放学回家的路上，见花开正艳的芍药花瓣，肥硕而香气逼人，花粉黄得诱人，柱头水红水红。那是花开艳惊乡野的花朵。我本能地动了凡心，踏遍开花的土地，找寻属于自己的花朵。那是肥硕的花骨朵。那时就有天然的智慧，知道骨朵的花期更长一些，越肥花越大，当然也没有忘记搭配半开的花苞。

有了它们，隔天甚至当天就能见到花朵，闻到花香。拿回家，并不用水缸里的水，而是取新鲜的井水，用长长的玻璃瓶插起，保留绿叶，放在书桌旁，一日来看好多次，看看开合程度，数数花瓣，闻闻花香……直到花瓣彻底凋落，还不忍心清理残枝。它们与那些花开四野的植物一起，带着浓浓的乡野气息开败在我的记忆里。

那种温暖的记忆让我养成一个习惯，但凡落脚处，总要见花草树木，除了自己养的，就是遇见的。

草木如人，有性情、风格、气质。很多时候，我被它们吸引，沉醉不知归路，就忍痛弄几枝来，让它们一直陪着我。但凡此类花朵、树叶，

我定精心准备花器，心怀虔诚地请它们进入我为它们设定的空间。我以为这样的隆重可以消解自己采摘它们的罪过。也因此并不轻易摘花，只取真正走进我心里的花枝、树叶。这类充满仪式感的花草，就相对弱化了插花的规则，只凭花材与我碰撞的灵感来完成作品。

我一般不使用市售的花朵枝叶，只选取日常可以信手拈来的材料作为我的插花素材。比如路边的鲜花、枯枝，新鲜的小葱、水芹，发芽的洋葱、大蒜、生姜、土豆……就让它们的芽苗生长，放在粗陶、瓷器或者木器里，都是一款别致的小景致。

还有那些野地里的麦穗，青的、黄的都好，只需一个简单的容器，也许是

图 17　插花记

牛奶瓶，也许是喝完桂花酒的竹筒。稍微修剪出层次，就能呈现出最原始的乡野气息的美感。

若人有幸生活在深山、乡野，插花可以毫无必要，就可以走向殿堂。因为满眼皆花景枝叶，遍地是花枝树叶，均是插花素材，花材极为丰盛，丰盛的极致便是匮乏。

除了对花材的生活化，我对花器也有此要求。花器可以是小磨香油带有长颈的瓶子，饲喂鸡鸭的圆形陶皿，喝完酒的别致酒瓶，盛酒醋用的漂亮执形壶，或者一个瓷盘、一片老瓦……日常见到的很多器皿都可用来客串花器，只要你有发现它们的眼睛与审美，品味这东西永远都不

是一成不变的。

　　另外的一种属于带有鲜明个人记忆的插花。我珍惜别人送的礼物，尤其花朵树木，像前年在四川一偏远小镇收到的一把栀子花，从成都到云南又到河南，辗转几千里，我还是把它带回来了。如今它正摆在我的案台上，每每看到，都能想到那些渐渐远去的好时光……

　　插花的意义永远不在插的本身，也不在花材的选取，而是我们与花材器物的交流。正是这样的交流促成了插花这样的艺术。它可以高雅，也可以日常。它是可以因时因景因人因物变化的，这也是它持久的魅力之源，它的本质是人类和万物交流呈现出的一种形式。

17. 花相花

　　花相芍药是很花的一种植物。若用色彩来说，它的花比彩虹的色彩还要丰富。除了彩虹色，还有黑和白。和它不分伯仲的还有牡丹，但牡丹不同于草本的芍药。牡丹的身体是木本的基因，它能长大，长成大灌木。所以牡丹又有木芍药之名。无论形态还是药理，两种植物都有姊妹之实，但又春色各不同。

　　牡丹因其花香、花大、多重瓣与花开早备受庸人们推崇。当牡丹花盛大的雍容褪去，才是芍药小姐的春光。它比牡丹婉约，开着内敛的花瓣，修女一样节制自己的姿容，让自己矜持，不致太过妖娆。

　　芍药花不主动去迷惑未成年的蝶蜂，也不以花香诱人。除了明艳有度、清雅节制的花朵，通身就是淡淡的草本味。最不安分的也许就是遍布花苞上面甜甜的蜜了。

　　除了多彩的颜色，在地面上的，它也只有花蜜这样一件温柔的武器了。

　　当看到花苞上晶莹的水滴状花蜜，我总要尝一尝，用指尖蘸取点滴，含在

图 18　牡丹

嘴里，满满的草木清香。那是芍药淡淡清香的蜜露。

这些甜蜜并非蜂蝶的劳作，而是植物自身分泌的花蜜，通常在芍药的盛花期可以见到。当花蕾膨大，上面就布满花蜜。若花要枯，蜜腺也随之同去。

每一朵花开都有理由，它们为自然界的生生不息而来。

花蜜是芍药小姐的秘密，但也正是其内心虚弱的体现。肩负繁殖生育使命的它们，试图用甜蜜诱使蜂蝶蝇等昆虫为其传粉，来繁殖后代。

而这种温柔的甜蜜不只适用于昆虫植物间，就是在人与人之间也屡试不爽。

所有人类的哲学与智慧，同样存在于一花一叶、一蜂一蝶间。

图 19　芍药

芍药小姐除了令人难忘的蜜，在黄土之上的也只有颜色了。

颜色的存在，也许只为招惹媒介昆虫来传粉。而在人的世界里，它又有可观可嗅的美感，所以被拿来欣赏，做插花、绘画的素材。甚至有人拿花瓣泡茶、煲汤、炒肉。它的花瓣一如它的色泽，一脸的雌性，食源同补。芍药花瓣可以对女性身体发挥作用，尤其对经期女性有较好的镇定作用。

不管怎样，我们一直都在曲解芍药小姐的本意。但也许正是因为善意的误解，让这个世界看起来不那么单调。

趣味是可以创造与想象的。我们所见的世界并非真实的世界，而是我们以为的世界。曲解有时可以让固有的方式产生新的诗意。

但芍药小姐无论如何也想象不到，它苦心经营的繁衍，即使深埋在黄土，还是逃不过人类的眼睛。

花瓣凋谢，蜂蝶的喧嚣开始平静。它以为花落就能抵达温暖的港湾，却不曾料到精明的人类早已备铲待发，只等它们安静谨慎地蓄积的能量全部转移到地下根茎，就开始挖掘。

地下藏了芍药小姐的新生命。地下根茎是它重生的希望，可那也是人类等待的果实。芍药小姐的根茎是人类很早就在使用的中药，它可以缓解女性的肉身之痛，可以治疗人类的身体。

通过中药的方式，每一种病痛，都需要植物作出牺牲将能量传递。这样的悲痛发生得无声无息，甚至我们都不曾觉察。也许人类自身的进化让我们拥有可以无视、可以忽略自然赐予的能力。

但这一切，也许只是流转。能量从一个维度流转到另一个维度。也许，这是另一种永恒。抑或，这是自然的另一种规律。

18. 花开四野

我难以想象秋天的家乡依然开满鲜花。

花朵海水一样铺满大地，所到之处莫不花开，湿润的泥土散发着清香。

暮秋的肃杀仿佛忘记了这片神奇的土地。

无论房前屋后、溪流岸边、断壁残垣，还是良田菜园，都有花在开，蝶在舞。

花朵有各色，有浓丽妖冶一派，亦有清丽婉约之流，亦有素朴庄稼花之类，更有野生土长的小精灵们。

正是花开四野的土地，有花花朵朵的陪伴，这里的人们，天性自然，内心柔软。

这块长满植物的土地，水肥丰满。大树与花草营养丰盛、生机勃勃，一片繁茂。

高大的树木亭亭如盖，遮蔽所有的道路，黄昏的光线很难射下来，所以黑得比以往早一些。

这里的人们往往遵循古制，日落而息，日出而作。尤其七八十岁的老人，多年的习惯已根深蒂固，深入骨髓。

晨起的人们，醒来第一件事便是清扫。

春扫落花冬扫雪。

与落叶落花一起被清扫的还有四处散落的鸟粪。

居住环境一日不扫，便花落尘满天下。

而这勤劳，我是很少亲眼看到的，却时常在清晨的一帘幽梦中，听到他们有节奏的扫地声。

他们扫得不紧不慢，声音籁籁的，高低起伏，宛若大珠小珠落玉盘。那声音虽急促但并不逼人，往往没等他们扫完，就又被音符催眠，进入一天最早的回笼觉。

我喜欢就着那声音重回梦乡，继续未完的遐想之旅。

小镇女子喜欢用干花装进枕头，不同心情、不同情绪选用不同的味道。她们是天生的用花高手，这是这个花木小镇的古老传统。这种深植于基因深处的记忆，让这里的人们天性浪漫，温柔多情。

我学着她们的样子如法炮制，给自己弄了两个花枕，仿佛睡眠真的一下子好了起来，不知是心理暗示，还是花朵确实可以治愈人心底的阴郁。

每天枕着花香入眠，清晨被扫落花瓣的声音叫醒，又被花儿催眠。这样的轮回几乎每天都要来上一遍，虽然繁复，但是我仿佛上了瘾一样喜欢。

四野的花朵若有若无的幽香，仿佛带着清晨的露水与鸟鸣，自然地在空中糅合在一起，从远方向我弥漫袭来，软腻中带着香甜的滋味，让人格外放松。

每每回到这里，似乎人变得更懒了，这个是我一回到这里就发现的。对于一个一向早起的人，这里是个很有挑战的地方。

尤其在有雨的时候，再有一点点秋寒，就更不想早早起来。那时，你只想窝在松软的花香与蓬松的被子里。什么事也不做，什么事也可以不想，就那样自自然然地醒着闻闻花香，或者有一搭没一搭地想想浅淡的事，就挺好。

有人说，无所事事是一种很高的境界。在这里，很容易就能进入这状态。而这，也是我喜欢这个花木小镇最充分的理由。

在这个花开四野、绿树浓密的小镇，睡眠总会深一些，睡得长一些，我痴迷于这感觉。

当然并非仅仅因为这种长在花朵里的踏实，在城市里很难体会到，更重要的是，气场契合，在这里，如同鱼儿重新回到了大海。

有花开的地方一定有硕果。

蜂蝶的劳作从来不会两手空空，它们不仅酿造蜂蜜，养育子民，更让果实膨大，籽粒饱满。

花开得越灿烂，生殖能力越顽强，生命力越勃发。

花开的背后是它们在默默地保留良种，为了下一个花季积攒力量。

是它们无悔的开花，毫无保留的奉献，让这片土地开满花朵，长满果实。

19. 土染制

　　小镇的色彩除了碧水蓝天、花红柳绿，还有巧妇们的染坊的色彩。她们收集春风雨露，调配色彩，沉淀岁月，是大自然的色彩收藏师。

　　小镇居民沿袭了草木染的传统，将色彩染进生活。

　　草木染历史悠久，是传统的织物染色方法。我们在《诗经》中可以见到有关蓝草、茜草染色的诗歌，足见远在东周时有人已经开始用植物染料染色了。

　　不仅在远古的中国，在古埃及、美索不达米亚，早在几千年前，人们就开始熟练使用植物材料，利用天然有色物质染制丝、棉、毛织品等纤维制品。

　　天然染料染色不仅可以得到鲜艳的高彩度色，可以得到细腻丰富的中间色调，自然优雅的色彩是大自然最慷慨的馈赠。而且通过不同次数与不同色相的复染处理，可以染出丰富隽永的色彩层次。

　　草木染染出来的颜色柔和，不扎眼、不伤毛质，越用颜色越柔和、越漂亮，色泽鲜丽持久，还保有草木的清香与固有属性。有的还可以杀菌解毒，保护皮肤。

　　草木染染料天然，多为野草、花木，偶有昆虫、矿石。

　　小镇染坊的所有材料来于自然，甚至包括坯料布匹、纸张，都是自种棉花、亲手纺织、自酿纸浆、亲自手工制作的。

　　小镇常见的染料很多，多以植物性材料为主，但凡有颜色的、有色素沉淀的天然材质都可以拿来用作染料，常见的有植物的花朵、叶片、树皮、根茎、野草等。

用来做植物染料的天然材质，通常都是一些廉价的主料的边角料，受地域、成熟度、季节以及采收时间等因素的影响而影响染物的色彩。

小镇用它们不仅可以染成碧绿的水流，湛蓝的晴空，还可以染出五彩云霞与七色彩虹。

自然材质的染料在巧妇们的手中五彩变幻，也给小镇孩童的记忆染上色彩，更让恋爱的人神往。

小镇上恋爱中的女人，大抵都会亲手织上一匹棉布。她们亲自调配色彩，染上爱意，编织未来。

那是芳龄女子最美的梦。

奶奶就是用它俘获了爷爷的心。他们也如愿以偿，拥有了土染色一样牢固的婚姻。

自小奶奶就让我进她的染坊，教我用槐花、洋葱皮、栀子染出黄色，用茜草染出红色、蓼蓝、木蓝，用马蓝染出蓝色……

关于媒染剂，水温火候、固色秘密都言传身教。

她以为，掌握这些，就可以像她一样，染出五彩世界，拥有美好生活。

如今，她老了，走不动了，送走了爷爷。他们正像当初期待的一样，风雨兼程，携手走到了白头。

只留下她，依然孤单，看着她一手教大的后辈们，再也不像他们那样简单，仅仅因为色彩就可以牵手一生，相携到老。他们那个年代关于爱的故事，已成了让人怀想的往事了。

小镇上，有很多这样的祖母，面对色彩，尤其渐渐废弃的土染坊，都不由得感慨。那个时代，已不可阻挡地，永远地去了。

后来者读不懂她们的密码，就像她们永远不了解新科技。

在村里，不只一位婆婆问我打电话的原理。

两个人离那么远，为什么能听到对方讲话？

是啊，为什么呢？她们总是自问自答，也不解其中真意。

每次我跟她们讲解，她们似乎都懵懵懂懂，宛若在听天书。

若下次再见，提到电话，她们还会不厌其烦地再问一遍。她们对波频、语音信号没有概念，就无从真正了解。

她们一遍一遍地重复疑问，就像我不懂她们为什么一块手染的手帕就可以定情终身一样。

那些不自知的东西，即使一直重复，也无法自知。但并不影响学着她们的样子，用红蓝花和茜草染一张红事用的纸张，用未开的槐花染一块嫩绿的手帕，用开花的槐花染一缕黄绿色头绳。

植物染料不仅染制丝、棉与布匹，还可以染宣纸。自古就有文人雅士自制的笺纸，是人类用纸张与植物色素共同完成的杰作。薛涛笺就是其先行者之一。用自制的花笺写诗作画，或鸿雁传书，不经意间就能让简淡的生活多出几分雅致的气息来。

除此，还有被画家用作染料的植物材质染料。尤其花青、藤黄、胭脂之类，是天然的植物颜料。这些从树木花卉中提炼出来的色彩，被人们用来画花、染锦、涂布。

从自然界获取灵感的人们一笔一笔将色彩描进生活，宛若一根一根编织飞翔的翅膀，一点一点将生活在现实泥淖里的人解放出来，让他们拥有飞翔的翅膀。

一脚踏在大地一脚踩在天空，是我以为的人类最美的姿势。斑斓的色彩是双脚坚实地踩在大地上的人们的翅膀。

无论何时，有色彩，就有滋味儿，就有飞翔的梦想。

20. 狗尾草 or 狼尾草

此去天地岭，在采蘑菇途中，我们见到一片生长繁茂的狼尾草。这个草儿，一再被同行的画家称为狗尾草。

我们就植物到底为何植物，是狼尾草还是狗尾草，持续争辩了一个山岗。

狗尾草与狼尾草，这两种植物有非常近的血缘，常常难以辨认。尤其生长在土肥丰满之地的狗尾草，稍不小心就被误作狼尾草。

狼尾草一般偏紫色调，穗大丰满；狗尾草呈绿色，短小精悍。

无论哪一种，都属于常见的禾本科杂草，长在空岗、农田、山野。田埂边，荒地里，山坡上，经常可以见得到。

这草儿农人畏而远之，见了必拔草除根。它们生命力旺盛，生长扩散得很快。狗尾草与狼尾草以顽强的生命力与快速的扩散能力让身边正儿八经的作物们汗颜。

靠种子繁殖的它们，扼杀它们最好的时机就在其种子成熟之前。一旦错过幼种的处理、采割，一旦其种子成熟，后果堪忧。这草儿貌不惊人，种子穗状，小水滴形粒子紧紧围绕花茎排列，密密匝匝布满。种子成熟后颜色由新绿转为淡黄、苍白，单个穗头上的种子数量就极大。

图 20　狗尾草

成熟的种子自然脱落，靠风吹、水流、蜂蝶采撷，甚至沾在动物的皮毛上，就能远距离传播。所以高山之巅、平原良田，都有它们的影子。

经常在田间地头见到的狼尾草与狗尾草，它们的果穗毛毛的、柔柔的，有朦胧水墨画的美感，让见到的人心生温暖。

常见有孩童拿它们的果穗来做玩具。有人拿它做成花环，模仿圣女。有人巧手编织，或成一只猫咪，或成一只小狗，抑或做成一只兔仔。它们就像成人手中的扑克牌，愉己悦人。

它对我的吸引是它可观的自然美感。我把它们从野外捡回，洗掉泥土，自然阴干。再仔细修剪，只需一个简单的器皿，就能盛下它的整个春秋。它的温暖与质朴，在暖色调的房间里，是永不衰败的风景。

被人为机械采摘下来的狗尾草与狼尾草，在花瓶里渐渐完成种子的后熟。等种子彻底成熟，一抖落就是一地的收获。我喜欢瓜熟蒂落的狗尾草就像喜欢功成而后名就一样。

若你喜欢画画，它们又可以成为你师法自然的介质。当你认真观察、表现它们的时候，还有清新的青草香气扑面而来，宛若清风拂面。

等水分渐去，它们开始发黄，变干，变硬。没有水分的它们就像岁月漫长的人，渐渐枯萎老去。

狗尾草与狼尾草衰老了，但不衰败。

等所有水分抽离，它们的身体就开始松弛起来。所有穗柄、穗壳张开，变得蓬松，摸起来柔软极了，像孔雀的嫩羽。那种感觉也许就是嫦娥奔月的感觉，轻松而随意，但又足够坚硬，坚硬到你再也无法改变一切，因为一切早已定格。

21. 火棘不衰老

暮秋时节，百花凋残，一片萧瑟。充满离情的叶片在秋风里缠绵，黄的黄、红的红，赶着最后的趟，草木们争着抢着，与时间赛跑，力图发挥最后的余韵。

只有极少的植物无动于衷。但它们无一不伸长了脖颈，巴望着天气渐凉的晚秋。因为只有到了众花草退却的暮秋，才是它们闪亮登场的时候。火棘就是充满等待的一种。

火棘，是草木中的异类。秋冬是草木纷纷枯萎衰老的季节，火棘却一身绿装，累累红果。一直静修积淀的它仿佛忘记了时间，忘记了衰老。

它平淡孤苦地度过了三个漫长的季节，埋头积累，默默耕耘，等的就是在晚秋里华丽地绽放。

熟透了的火棘果实，颜色饱满，很红很鲜，像女人唇边的口红，鲜艳欲滴。远远望去，一片灿烂的烟霞，红彤彤的，宛若仙女手里的大红锦帕，闪着火烧云一样的色泽。

图 21　火棘

　　火辣辣的红果一般是成串存在，很少单枪匹马。一眼看上去果实密密麻麻的。成串成串，密密匝匝贴近枝条，一粒一粒的小红果你挨我挨你，结结实实地铺满整个树枝。

　　果实红满枝头的时候，被绿叶掩映，自然的疏密与色彩深浅明暗变化，果叶相谐。火棘的叶片小小的，水绿水绿的，且常绿。无论几片聚在一起，还是单片叶长在枝头，都玲珑轻巧，更衬托小红果的色彩明媚，光泽迷人。

　　在冬风萧瑟、花草凋零的大背景下，火棘竟新鲜靓丽，俨然植物界一个逆天的存在。

　　火棘拼尽全力，用一夏一秋积攒的精气，闪耀此刻。就像美洲蝉，在地底下黑暗里苦苦修炼十七年，只为地上一日的光明。飞蛾扑火一样的暴烈个性，成就的是世间的美事。

　　当秋天已有严寒相逼，路人裹紧大衣，走在街上，在暗淡的天幕下，远远有一片绯红，靠近，看到汪洋恣肆的鲜红，该是何种感受。尤其一粒粒饱满晶莹的红果，一串一串，黄豆大小，密密实实地挤在一起，藏猫猫一样跟你打着招呼，多少会让寒冷的秋天多几分暖意吧。

　　它的红醒目，让人惊艳，被人赞叹，温暖每一个夜归人。

　　世人皆叹它满目荣光的时候，谁能想到它并非天生就拥有光芒。在数不清的黯淡日子里，它已沉默了很久很久。此刻的它，不过是功成名就。

　　冰冻三尺非一日之寒，火棘的红果并非一日成就，而要经过两个季节的日夜淬炼，才能成就它耀眼的红。

　　每一粒果实都曾是一朵不起眼的小白花。

　　火棘的花与果都是密密的，它们挨得很近，抱起团来，相互取暖。

火棘白色的花开在夏季，有细碎的花香，不浓不淡。全开的时候，满树被花覆盖，宛若一个个大的白雪球，素洁，安静。它的花开在燥烈的夏季，宛若清风，让人感觉清凉。

火棘在夏季是淡雅安静的。只有在秋天，百花不在，百果尽衰，它才开始展现妖媚。

性格奔放的它总是与别的草木保持不同的步调，一直生活在别处。

花朵陨落，就长出一枚一枚的小青果。青果慢慢变成橘红，经过多少次的风雨日晒，最后才长成大红。

自然长熟的红果闪着光亮，以虔诚的姿态迎接日光的照耀，一如往日，安慰春光不在的秋冬。

火棘的果梗坚硬，小红果长得顽强。果实与母体紧紧相连，轻易不会掉落。即使疾风骤雨，也难见火棘落果。这就是火棘不老的秘密。

除了病变、旱涝等不正常因素，植物的季节性落叶，实质是植物的自保行为。植物们为保自己顺利度过严冬，减少蒸腾与代谢，就通过自身代谢增加脱落酸与乙烯，让自己的叶片脱掉，只保留最精干的力量过冬。

冬天对很多草木是困境，但对火棘却是春天，因为它拥有永葆容颜、对抗时间的秘密机制。

因为有秘密武器，又能潜心修炼，才有了那一树一树的惊艳。

除了火棘的红，南天竹的红果也很俏丽。

火棘与南天竹的红是我最常用的红，它们虽红得与众不同，但各有各的秉性。南天竹淡雅，有一种疏朗的美。火棘红得热烈，极富感染力。

外出碰到南天竹时，我会捎两枝回来，装点居室。无论单枝插瓶，还是成群置于花器中，随手一放就是美景。它们还能长久保持，不像一些娇贵易逝的花儿。

没事的时候，可以采一些火棘的小红果，慢慢品尝。酸甜可口，果肉柔软，嚼起来木木的，有劲道。

别看一枚小小的红果，里面维生素 C 的含量可以与一个大苹果媲美。VC 雪肤美颜，让人变漂亮。小红果无毒，淀粉含量也不少，没事的时候可以打打牙祭。

22. 可以忘忧的草

忘忧草是除了玫瑰之外，最牵动小镇居民内心的花了。它与每一个离开小镇的人都有关。在这里，它的普遍程度不逊于玫瑰。

小镇的每一个成年男子都可手举玫瑰，向心爱的人表白。每一个离家出走的人，都会在北屋种上忘忧草，像讨女孩欢心一样宽慰母亲。

这是个多年生的草木，一经种植，自行扩散，无须费心劳神。假以时日，就是片片繁茂的绿色了。

忘忧草的叶片基生，狭长带状，下端重叠，向上渐平展，色浓绿。

它的花葶长短不一，花梗粗质短平。花茎自叶腋抽出，茎顶分枝开花，花开多朵。颜色有淡黄、橘红、黑紫。

而北方的忘忧草常见的是开黄色花朵的，花蕾期有时可见顶端稍带淡淡的黑紫色。花形漏斗状。花瓣长舌状，粗壮肥厚，绕花心整齐排列，像营养丰饶的中年妇人，温柔敦厚。

忘忧草花性如木槿，是非常短命的花朵。每朵花都只开一天，所以自

图 22　忘忧草

古就有等得黄花菜都凉了的说法。

很多人都是趁花未开就摘下花骨朵，当作菜蔬的。像这种既可观赏，又可取食的植物，是小镇居民最喜欢的。村里的河水边，谁家门口的小树林、菜园子，四处都可寻得它的身影。

忘忧草花开的时候，正是阳光正好的春夏之际，花骨朵饱吸阳光雨露，长得很快。若想食其鲜味，定要注意采摘时间。

我喜欢用刚刚采摘下来的新鲜花骨朵做菜，最好是花朵将开未开的时候，将花朵采下，去梗，沸水焯熟，配以当年新蒜做成的蒜汁，辅以个人口味的调料。肉质的花朵，饱满的新鲜汁液，咬一口鲜香甜美，暖化人心。

若错过了鲜花，还有干花聊以慰藉。

忘忧草的干花是北方喜庆节日尤其过大年必不可少的一种干菜。

干了的黄花菜炖肉最为出色。不仅能激发荤肉清香，亦能让自身口感娇嫩。干菜在火与肉荤的作用下，吸足水分，纳遍荤腥精华，重新恢复活力，不仅鲜香，还劲道有骨性，让人念念不忘。

比之黄花菜的干菜，新鲜的黄花菜也是可以食用的，但其个性倔强，不可生食，去其毒性亦是考验厨师的第一个步骤。

新鲜的黄花菜有毒，其花瓣成分含有秋水仙碱。秋水仙碱本身无毒，但进入人体代谢，其代谢物有毒。

秋水仙碱必须在 60 度以上水温烹煮半个小时以上才能去其毒性。吃新鲜黄花菜不能心急，一定要煮到火候，或者等待太阳晒干，也能解其毒。

不过经过亲身试验，即使不经特别处理的新鲜黄花菜，若食用量不大的话，也是无大碍的。

　　和新鲜黄花菜一样，小镇常见的鲜物需要耐心的还有青色西红柿、四季豆。它们生涩的鲜货，都需要时间烹煮才能变得温驯。就像生性倔烈的女子，需要慢慢打磨才能变得平和。

　　而另一类是水煮无法去除毒性的，那是烹煮的禁区，比如野生的毒蘑菇、发芽的土豆、长霉的生姜……

　　对食物的敬畏也是对自身的敬畏。

　　除此，黄花菜还有一个极其文艺的名字，就是文人墨客笔下的萱草，在国画诗词里常常可以见到。

　　萱草登得厅堂，黄花菜入得厨房，忘忧草释得心怀，这是一个绝对的闺秀。

　　当其开放、鲜美时切起，随手插在花瓶里，又是小镇家家都有的小景致。

　　它的美落落大方，它的滋味，鲜干有别。它的一切让人产生联想，自古就连绵不绝。

23. 二月幽兰

人对真正触动内心的事物才会感同身受、记忆深刻。那个料峭的花季，就是这样让我记住的。

那是一个花开零落的初春，还有一些让人感觉单薄的冷。我到了北京，住在朋友燕山脚下的院子里。

那时的我，还处在失恋的状态里，一个人形单影只，和眼前裸露着肌肤的大山上零散开放的花树一样，虽然逼迫自己开着纯白的花，但周遭的萧瑟与春日的微寒，内心并不欢愉。

虽然，他也在，我们住在一个院子里，也在一个桌子上吃饭、喝酒、聊天，聊以往的美好时光。

我们距离如此之近，却又如此遥远，虽近在咫尺，却又相隔天涯。

他心里装了别人，那是我们无法跨越的。

我一直以为，两个人的分开，意味着彼此不能给予力量了，无论精神还是现实层面。既然如此，还是分开的好。

痛是一定的，曾经爱得那么繁华，一旦凋零，总是不舍的。

那时的我故作坚强，告诉自己，既然喜欢，就要给人自由，放他走。

不挽留，不强求。

但无论如何安慰自己，心痛是不受控制的。一个人的夜晚，睁开眼就是黑暗，永远的只属于一个人的黑暗。睡着了就做梦，从梦里醒来，眼泪就不自觉地流。

日子总是向前的，那样的日子持续了很久。终于有一天，可以勇敢面对，可以云淡风轻地谈起。

可二月兰的花环瞬间就把我辛苦筑起的城墙击碎。

那是一个春光灿烂、花朵盛开的日子，朋友带我们一起去看长城。

他们帮我拍照，帮我拿重东西，阳光照得游人温暖，心里也不觉暖起来。我们游玩长城，便去了底下一个画家村参观，那是朋友的朋友的作品。整个村子都是那个画家设计的，村子也因他得名。

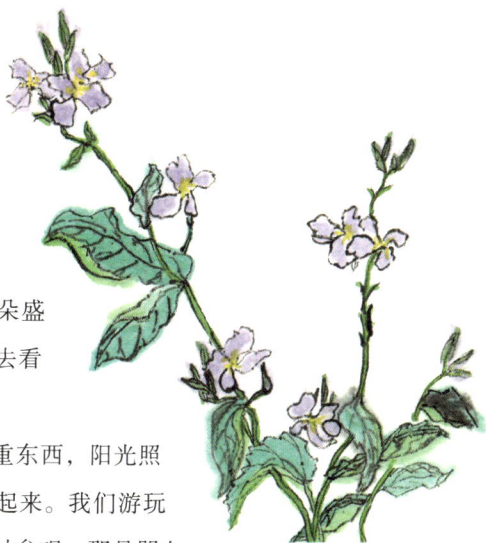

图 23　二月兰

村子设计处处见用心，我和同行的女友到处拍照，像孩子一样玩耍，热情地与山村拥抱。

他在远处的小河边拿了新抽嫩叶的柳条给我编了一个花环，小小的温暖消除了我的戒备。内心开始柔软，像脚下的春水，开始流动起来。

我们返回的路上，他一路开车过去，处处流淌的春色、鸣叫的鸟声让我想起我们的美好时光。

在杭州的那些日子，让人身心轻盈，想想都是幸福的。

当我沉浸其中，车子突然停下。

停在一树繁茂的桃花下，上面开满了密密匝匝的桃粉色花瓣，香气逼人。

桃树下面盛开着茂密的二月兰，一大片一大片的蓝，海水一样，一浪接过一浪。

二月兰蓝紫色的花朵迎着春风舞蹈，我们蓝色的车子就停在那灿烂的花海里。

就在那一刻，全车人都呆住了。

他一个人下来，采了很多二月兰，插在柳条花环上，给我戴上；又采了开得茂密的桃花枝条，给我。

他是懂得我的人，总能深深抓住我的心。他天生的浪漫，就是我的毒药。我喜欢这样的才子，这样小小的情调。那一刻，我被一个男人的注视融化了。

二月兰很早就出现在我的生活中，只是从来没有如此魅力。尽管它是诸葛亮偏爱的美食，尽管我在南京读书时曾与友人一起观看过南京理工大学让人惊艳的二月兰，但都没有那日的美好。

二月兰抚慰了我的心，曾一度挽回我们的爱情。它是我的幸运花，即使不能亲自种植，它也一直长在我的心里。

只是这胜景，也许只有我一人记得了。

但那种惊动灵魂的美，是永远的。

眼前的一切，就是最好的安排。

人走了就走了，能一直留下来的才是对的。

所有离开的，都是该离开的。你是谁，才会遇见谁。

二月兰一年又一年地开，经历寒冬酷暑，也经过温暖春风，所有的一切都只是暂时的。我相信总有一天，一定会遇到命定的那个人，就像相信明年的二月兰还会再开花一样。

24. 阿尔泰狗娃花

这是一种最有气格的花。

漫山遍野，包括水地、沟渠、旱田，都能见到。普通平常，但人家就是有一个中西结合的名字——阿尔泰狗娃花。还有一个更文雅的叫法，叫阿尔泰紫菀。

阿尔泰狗娃花翅膀乱伸，有人没人的地儿，它都在，贱性十足，但也足够妩媚，是让人见了就手痒的花儿。

小雏菊是它的近亲，可它没有人家清纯洁白。

它的花瓣带了淡淡的紫，有一个显眼的凸起的花蕊，黄澄澄的，有淡淡的香味。它的花瓣细长瘦弱，围绕花蕊叠在一起，像手牵手的纤弱女子，围着火红的篝火翩翩起舞。

圆形花头下面是淡绿色的花茎，细长细长的。花茎上不规则错落着扁长的叶片。叶片有大有小，有直有曲。

阿尔泰狗娃花的叶片褊狭，有时狭窄成一条细线。叶片稀疏，日光下是淡淡的灰绿色。那颜色仿佛青翠的绿，染了黎明前的天空灰。

阿尔泰狗娃花喜欢群生。当花开来的时候，一大片一大片的，很有气势。花朵开放的时间也很长，是花期很长的一个草木。一般从初春到暮秋，都能看到它们花开，但是仲夏花朵最众。它们是喜阳植物，喜欢有阳光照射的地方。若没有直射的阳光，散射光里也能生长得很好。

清晨我踩着朝露去摘葫芦，路过一片正在开花的狗娃花。花瓣上布满一层水汽，新开的花刚刚张开臂膊，白嫩白嫩的颜色还没有变成紫色。没有蜂蝶的打扰，更显清净。

迎着朝阳，叶片小小的阴影七斜八横地落在地面上。有风吹来，摇摇摆摆，送来淡淡的、菊科植物特有的清香，还是别有韵致的。

很多地方都长有这种小野花。有一次我们去山里雅集，为一个画展作准备。就在我们画画画累了的一个傍晚，我们出门散步，到山尖看水库。一路上都是这种花。有的三五成群，有的独独一枝，长满整个山谷。

我们经过农田、落叶、野花，抵达山顶。薄雾正在升起，清风吹来，湿透的衣衫打在身上，顿时凉飕飕的，让人起颤。

图 24　阿尔泰狗娃花

我们面对群山以及穿绕而过的溪流，散淡地说着断断续续的话。那一刻，世界是如此安静。

我们几个人，在那里待了很久。直到天暗下来，河流渐渐隐没在夜色里，我们才起身返回。山顶很狭，上面只有几个大石块和两颗老松。除了石块和树木，就是野生兰草了。

有一个画家在石缝里找到了几棵野生兰草，异常兴奋，趁我们不注意，自顾拔了一棵。

他想让群山之巅的野生兰花开在他北京的庭院里。

他拔了一棵，见根拔不出来，只是把土地上面的部分拔了，便心疼得要命。画家深感自己作了孽。返回时，一路捧着那兰草念经。到了，才把它交给我，希望我能让兰草多活几天。

我把它插在山泉茶水里，采了让我印象深刻的狗娃花搭配，放在我们喝水的玻璃茶杯里，置于案台。谁画累了，就抬头看一眼。

它就这样，被我们记住。我以为，放在心里，也许是让它多活几天最好的方式吧。

后来，有电视台来拍，我们就把它放在谈话背景里。一株没有根须的兰草，一枝阿尔泰狗娃花，外加一个青栗，就是我们的装饰。

那个狗娃花与兰草勾搭的夏季，永远被我们记忆。

25. 舞草虞美人

虞美人处境危险，一不小心就被人当作罂粟。

罂粟，它的这个近亲是人类的宿敌，是让无数人沉迷、难以自拔的毒药。而它虽长了罂粟的样子，却毒性尽失，妖艳却不害人，和聊斋里善良美好的女妖精们一个性子。

虞美人拥有让女人们都羡慕的惊世容颜。

它每时每刻，都鲜美活力，宛若不老的神话。

当虞美人花朵盛开，花瓣质薄如绫，光洁似绸，轻盈花冠似朵朵红云、片片彩霞，虽无风亦似自摇，像极了芭蕾舞者翩然舞动。

虞美人修长的花茎外被淡黄色刚毛，宛若美人款款的身躯，亦如杨柳随风摆动时柔软的腰肢。她不动似动，不急不缓流动的曲线，一波未平一波又起的 S 流线型，极具风情。

正是因它无风而动，宛若跳舞的仙子，虞美人被人赐予了一个美妙的名字，舞草。

虞美人之所以无风时也能翩翩起舞，是因为其小叶茎部有一叶枕。叶枕是它灵活摆动的关节。

当虞美人的叶片受到外界的声、光等刺激并有效感应之后，就会不停地舞动。若它的两侧小叶质薄轻盈，舞动得会更显妩媚。

虞美人的存在自古就被认为是虞姬忠贞刚烈的化身。

在植物信号学不发达的古代，虞美人无风而动曾被误认为是其对音乐有感应，听到《虞美人》曲时才会舞动。

　　其实，植物是生物的一种，像人一样，有自己的感觉，也有自己的通讯。很多植物都会对外界的振动和撞击，甚至昼夜交替等外界刺激有反应。这两种对外界的反应，在生物学上被称为感振运动和感夜运动。

　　虞美人具有这两种运动的反应，所以外界但凡有动静，它就会被带动起来翩翩起舞。因此在我们看来，虞美人是一种颇为喜欢跳舞的草木。

　　虞美人不仅喜欢跳舞，长得也很出色。

　　它的花瓣完全开放时，朵朵展示新颜，异常美丽。

　　虞美人花瓣的颜色有很多种，但无一不饱满鲜艳，是典型的明骚型花朵。

　　虞美人的花儿红若丹霞，蓝似碧空，黄比沙漠。花瓣有丝绸的质地与光泽，有的还在边缘镶了一道细细的浅色花边，别致优雅。

　　等花瓣纷落，留下花梗，细细花梗上托了一枚小巧翠绿的果实。它的果实是蒴果，像极了袖珍的莲蓬，周身布满保护的绒毛。成熟的果实颜色由青绿转为枯黄，内含熟透的肾状长圆形种子。

　　虞美人是一年生的草木，它正是靠成熟的种子繁衍的。

　　虞美人花果的美丽身姿与精致，颇有风韵，那灵气是有几分虞姬的气息。我喜欢它倒不是因为虞姬，更不会因为满腹忧伤的李煜，而是喜欢它本身。

图25　虞美人

虞美人通身散发逼人的仙气，不食人间烟火的清高却开在最浓烈的颜色里，这是它的智慧。

第一次见到虞美人就是在这座城的郊外。那是一个让人绝望的夏季，各种不顺心的事接二连三地发生，正是它瞬间扫除了阴霾，让人眼前一亮。

我寻遍那一大片花坛，最后只选了几小朵有眼缘的花儿，小心翼翼把它们装在纸袋里，带到我城市的居所。

回来随手插在刚喝完红酒的杯子里。它的红，让屋子瞬间明亮起来，一下子扫除了屋里长久沉积的灰暗，让人不由得欢喜。

它的美与对生活饱满的热情，鼓舞了身在逆境的人。

为了记住它，我为她画了一幅小像，想起来的时候，就拿来看一看。

生活就像正弦曲线，有高潮也有低迷，所有的逆境都是对自身的考验。那些打不败你的只会让你更强大。翻过艰难苦涩的日子，才能抵达花开的彼岸。

所有的幸与不幸都会过去的，就像此刻绚烂的虞美人，经受过烈日风吹暴雨雷电，却永远不放弃自身的努力与成长，终有一天会花开满天下的。

26. 我的属性花草木

若人要有万物属性的话，我以为自己是属于树木花草的，并一直坚信如此。因为我很容易就能被它们打动，走进它们营造的世界，俨然是它们的同类。

记忆里的那些美好大多与山川、田野、草丛、花朵、树木、野游有关。这种与自然天然的相通，也许是每个草木女子与生俱来的敏感。

她们能感受到不同山川地理河流之风，体味到自然风土人情之微。有草木心的女子不一定温柔，但一定足够细腻。

显微镜里的人生注定是复杂的，繁复拖沓与丰富多彩仅一步之遥。

在那些花草树木之间我们需要分辨出柔软的花瓣、坚硬的枝蔓与肥硕的果实，才能纵情山水草木之间。

曾经，在栀子花开的江南，研究所幽深小巷里仅有的两棵栀子树，它们绽放的花朵带我走进一个陌生的世界。我被一个手持它们的花朵的男人打动，那是条鲜为人知的小径。草木幽深，颜色灰暗，长满苔藓地衣，有深山老林之意，不由让人心生少女情怀。

我相信一定会有相同浪漫情怀的男人经过，而我们恰好能够遇见。

只是我才等了两年，那个人就出现了。我以为，那是自己与自己的隔世重逢，那条路上的花朵就是我们的信物。

后来，那些桂花、金银花从我们的生命里走过。因为花朵，我感受到无与伦比的诗意。是它们给了我灵魂的解放，带我走进天堂。

草总是与花相伴，它们总是不争不抢。若它们不小心离场，你才会发现没有了它们，花也少了很多韵味。花与草已和谐共生多年。

虽然喜欢各种水果，对生育它们的树并无太多宿命式的好感。反而喜欢香料类的植物，尤其是那些高大的树木，或者爱逞强的藤蔓类植物。比如常见的花椒、丁香，原生热带的桂皮、胡椒。

直到现在，它们仍是启迪我的益友。我仍能从它们那里得到灵感，获得安慰。

每年，我还是能收到让人难忘的花朵植物。今年的也许就是长城下的花环与这两三枝桃花吧。

那是暖春三月，我们游完长城，看完画家村，在村口秀丽的柳树下，一个俊逸的男子小心地折了新鲜柳枝，做成花环，送给我。

我被细腻的心思与新春的绿色打动。

在返回路上，草长莺飞，我们正行驶在美丽的画卷里。朋友突然停下来，我们宛若刺破晴空的花蝴蝶，从天外飞来。

车子被径直停在一树桃花下。花朵灿烂，玫红的颜色浓郁得要流出来。饱含深意的色彩被男子取下，我将它们紧紧抱在怀里，仿佛拥抱昨天。

树下那些繁盛的二月兰正蓬勃着花瓣，与那些天空的蓝色一起被他编进柳枝花环，戴在我的头上。

我原以为没有人比他更懂我，更能得到我的欢心，没有荣耀能比过此时。可很快，坚定的信念就被赤裸裸的现实打破。

我以为被花草包围、被男人注视，是一个男人对一个女人最高的赞美。所以，我又一次沦陷了，在花草的糖衣炮弹里，沦陷得如此心甘情愿。

我心里暗想，以后，得对别的男子的花朵有所保留。

我原以为，那就是我们的明天。

谁知道明天很快就会过去。

我原以为即使以后没有这样的花朵，这些美丽已可供回味了。事实是美丽易逝，花朵短命。

唯有品格最能长情。

没过多久，我放下鲜花和花环，独自开始了新的征程。

我知道，那些曾经以为永不凋零的花，还有满世界的花花草草，它们不属于任何人，甚至不属于它们自己。

它们把自己当作浮萍，自己内心的浮萍，来来去去皆看际遇与修为。

27. 老公花的附属地位

那是一个阳光极好的清晨，我坐在朋友院子里晒太阳。院子刚刚经过大扫除，我们要迎接远来的贵客，徕园女主人一早就托我插花的事。

此时的北方，正值初春，百花还在休眠中，草木稀疏，大山裸露，可选花材极其有限。没有灵感的我，一个人呆呆地坐在摇椅上，无所事事，看天空碧蓝……

在我一筹莫展之际，徕园小公主手持四枝二月兰跑来送我，这是徕园主人送给小公主的。她过来送给我，我把花卡在小公主的耳朵上，扮杨二。小王子看见了，兀自跑出去，采了一大把给我们。二月兰肥硕的花瓣，清新的颜色，让人欢喜。见我如此开心，一会儿不见，他们采了一堆回来，把屋后那一片二月兰全采光了。

我让他们带我到屋后看，只有二月兰在开，其他的都刚刚开始舒展新叶。

面对那么多被掐掉的二月兰，我不得不决定用它做主花材。

我们上山寻找配花，徕园护卫小黄狗见我们出去，也跟上来。他们带我越过一个又一个坡道，经过农田、板栗、松柏……我们见到很多桃花，可惜树太高，够不着，再说花都已经快开败了，不能持久，我们果断放弃。

一路上，他们一枝一枝采来给我看。是小公主最先发现了匍匐在地下的紫色花。紫色小花开满小公主最先到达的那一片洼地。

紫色花的外形看起来很像郁金香，也有长长的绿色花茎，不同的是周身披了白色绒毛，叶片样子很像芍药，伏地生长，毛茸茸的，天真可爱。它的颜色与二月兰属同一色系，我们以为，找到了二月兰的最佳搭配。就在此地停留，采花。

小黄狗见我们在此停留，便从远处的山坡跑来，在花丛里乱窜。阳光越来越暖，照在我们的脸上、身上，打在我们手捧的花瓣上，让人愉悦。裸露的大山显现了它的柔情。

只有几种花开的大山，却让我们采了一路。回去的重点是采枝条，我们采了刚刚萌发幼芽的板栗枝条，还有新抽小叶片的灌木柔软的枝条。仅有这两种就好，气质不同，一软一硬，一阴柔一阳刚浪漫，够我们折腾的了。

那紫花，我们并不知其名。回来，我们寻遍徕园的瓶瓶罐罐，最后选了透明茶壶做花器，就着二月兰插起来，制造花枝高低有别、花朵开放不一的效果，用去掉花瓣的花托堵住透气的壶嘴。这种有生活气息的花，被我们放在厨房，每天都能看到。它活了很久。

从徕园回到中原，很久，在一本讲植物的书里，才知道，那个寂寥的早春给我们惊喜的紫色小花，是老公花，又名白头翁，花语是才智。被它祝福的人，有天生出类拔萃的智慧。

作为配花的它，显然让人难分宾主，它是气质强大的花。

图 26　老公花

28. 外来者一年蓬

一年蓬祖籍巴西，越洋跨海来到中国，处处扎根，遍布城乡，与水葫芦、水花生、加拿大一枝黄花一样，都是外来入侵物种，生殖力极强，在与本土植物竞争的过程中呈现出明显的优越性。

它生性随和，生长不挑环境，是给点阳光就灿烂的典型外来入侵植物。一旦得势，势必影响本地土著物种，对本土的生态环境潜藏着巨大的风险。

人们对它的了解也许仅限于它淡紫色或浅白色的花儿。它的花儿小巧精致，花朵与小雏菊有几分相像，只是花瓣色彩纯白中带有浅淡的紫。单个花瓣也更瘦弱纤细，细若纯白白丝线。

它的花儿开起来的时候，往往几朵凑在一起争先绽放，颇成小气候，确有几分可观可品的姿色。

一年蓬的花儿文弱纤细，小小一朵，即使聚在一起，也楚楚可怜。

可正是文气、斯文的背后隐藏着

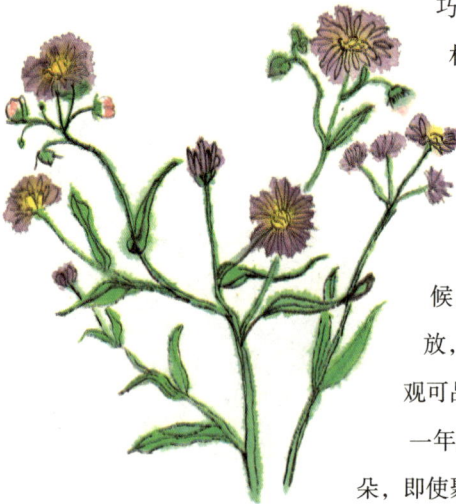

图27　一年蓬

一年蓬巨大的阴谋，它巨大的杀伤力，远远超出我们惯常的想象。

作为一片土地的优胜竞争者，有一年蓬生长的地方，往往很少见到其他生物的生长。它的扩散步伐太快，远远等不及别的生物的正常繁衍，就早已占据了本是其他植物的生态位，因此也就没有别的植物的插足之地。

一年蓬到处可以见到，但凡有植物可以生长的地方，仔细寻找就能看到它们的身影。

在干旱的盐碱地或土肥恶劣之地上，一年蓬为适应恶劣的环境，把自己的身形变小，花朵也变得袖珍，以减少自己对营养与水肥的依赖。在土肥丰满之地，一年蓬就努力汲取养料，饱吸阳光，让自己的身材变得强壮高大，花开肥硕。

一年蓬适应环境的能力极强，变通能力一流，是自由度大、适应性很强的外来物种。

无论何时何地见到，一年蓬从不颓废，总是英姿勃发，一派雄性之风。也许因为它浑身散发着强烈的攻击欲，随时伺机行动，抢占本地种，让人不敢藐视。

我不喜欢年轻时的它，一脸咄咄逼人的气势，反而喜欢上了年纪、没有了大部分火力的一年蓬。

待它花叶凋萎，根茎衰老，经过时间的沉淀、沧桑与日晒留下的，拥有自然沉静的力量，才是我欣赏的。

和我一样，喜欢那种少了炮火燥烈的一年蓬的人大有人在，其中就有我的一个老闺蜜。

每到暮秋，我和那老闺蜜都会到郊外去，看看荒野，聊聊心事，顺便采几枝荒野的植株。衰老的一年蓬，是随手都会带几枝的。

　　将衰未衰的一年蓬是非常有美感的，它或粗或细的枝干上挂着零星的小果实，一闪一闪，星星一样。

　　采来的一年蓬枝干，随便摆在哪里，自然成景。

　　但一年蓬的种子活力很强，不怕火烧，更不怕雨淋。若带到家里，不喜欢的话，一定要妥善处理，以免后患。

　　一年蓬告诉我们，风险若能有效规避与控制，就不能谓之风险。

29. 千屈菜印象

我只见过一次千屈菜，但阻止不了我对它的了解与喜爱。在鄢陵，那个古老的花木之都，茂密的草木丛中隐藏着一个温泉小镇，当地人称之为花都。就是在那里，我遇到了千屈菜。

那是有鸟鸣、有清风吹拂的一个暮夏的清晨，我和我的老闺蜜芥子女士早早起来，到小河边散步。我们经过正在花开的睡莲、嬉戏的白鸭，走到一座木桥边，准备小憩一会儿。远远看到招摇的一片红，我们便疾步赶去，见到的便是这一丛让我们神迷的千屈菜。

见到它时，我们正值美好年华，而它花开正灿。

千屈菜一穗一穗饱满的色彩，明快鲜丽，卓尔不凡。它细细的花茎，纤柔娇弱，却顶了长长的花穗。细碎柔弱的小花瓣是明艳的深紫红，一朵朵小花贴着纤细绿梗，花茎不堪重力自然弯曲成彩虹的弧度。

千屈菜的花瓣质地轻薄，谦和柔美。它的叶片绿色，细长如小柳叶状，婀娜多姿，从下到上，恰到好处地点缀于花朵间隙。叶片颜色多变，有的色彩深绿，有的发黄，有的被蚂蚁之类昆虫咬掉半个边缘，古意盎然。

花开灿烂，细看亦有别。有的花开正盛，有的开始谢幕，有的花穗刚刚萌发，有的正在结籽。不同时期的花叶，层次丰富，变化万千，让人眼花缭乱，让蜂蝶们忙得不亦乐乎。

我们看得醉了，拔不动双脚。

图 28 千屈菜印象

这个注定孤独的花，让人心动。

千屈菜并非群生植物。自然界里自然生长的千屈菜，都是单株生长，不求同伴。它是孤独的花朵，耐得住清冷孤寒。

孤独并未让它情绪低沉，反而滋养它花开艳丽，清雅脱俗。

正是它的孤独孕育的鲜花，灿然里有淡淡的清冷气息，花开时节，热闹而不迷乱，让人眼前一亮。

千屈菜在孤独中成就自己。

孤独是人生的必修课，是我们面对自己的开始。千屈菜以美丽的身姿、优雅的心态面对自己的孤独，让人印象深刻。

也许是对它生长理念的认同，我一见倾心，见了就难以忘怀。时隔半年有余，仍念念不忘，就动笔画了一幅自己印象里的千屈菜。

闲暇的时候，还喜欢去翻那日的老照片，去看记忆里的千屈菜，自己手执单枝千屈菜的留影，还有芥子女士春日繁花中的旗袍。她一袭贴身的长旗袍，在那日的花海里，格外动人。我的侧面采花图，棉麻衣衫与长发，亦是我喜欢的，感谢那个有千屈菜的完美夏天。

千屈菜面对孤独，不可阻挡的繁茂花开与乐观通达，让懂得它的人，反观自身，拥有力量。

30. 长情花千日红

千日红是天生的干燥花，一次偶然的意外，让我见识了它的美丽与不衰。

在一个有雨的暮秋，我们到尼山拜谒夫子。行礼观光毕，我们到山脚的圣源书院参观。圣源书院是尼山世界文明论坛的本部，大大小小的活动举办过很多场，我们慕名前来取经。

显然，不举办活动的时候，清冷了很多。

小雨中的建筑，有江南的婉约与灵秀。青竹在雨水里青翠，室外会场无比空旷。栅栏门挡不住祥云与天空的湛蓝。

空空的建筑与辽阔的运动场，透出暮秋微微的寒。常绿植物被蒙了一层薄雾，昏暗的天空下，唯有一抹暖调的亮色，让人感觉温暖。那就是一簇正在生长的千日红。

细雨冲刷着花朵，洗去微尘，颜色格外明亮。

千日红的花朵其实一直躲在最深处。我们一眼看到的一簇簇耀眼的紫色其实是千日红的苞片。真正的花朵被夺人眼球的苞片覆盖，一般很难窥其真容。

小小的苞片一片连着一片，凑成一个球状的花团。这花团亦是一味中药，止咳定喘，平肝明目。

有时花团被人拿来制成花茶。作为天生的干燥花，千日红很耐泡。往往泡了很久才见花朵颜色变淡。花苞的颜色会进入茶汤，倘若紫色的千日红被拿来泡茶，深红的葡萄紫会被水稀释变成浅淡的嫩紫色。茶汤赏心悦目，不仅口味浅甜，还清肝明目，美容养颜。

千日红是总状花序，苞片厚实。苞片膜质不沾水，簇生或单枝花在枝头膨大。花头的紫延伸到了花茎，花茎也被染了淡淡的紫。它的叶片简约，长到花梗上；互生，浅浅的绿色。

千日红的花叶主次有别，色彩搭配异常巧妙，花叶交错，给人以玲珑而富有动感的观感。

这个夫子后花园的花草，浸染了这片土地几千年的底蕴、灵性、美丽。我怀着极其庄重的心情，只小心地摘了一枝。摘了就一直用手擎着，生怕一不小心弄碎了，打算带它到遥远的中原。

在书院门口的青铜大鼎处，我手执新采的千日红，拍了一张执花图。它如此鲜美脱俗，仿佛要将人比下去。

回来的一路上，我没有给它水，以为它要枯死。大部分草木，如果缺水，都会枯萎，不能持久。让人意外的是，它不但没有凋零，颜色也没见丝毫损失。最后我将它安置于水培绿萝花瓶里。

经过很长时间，仍然未见其有任何变化。颜色一如当初，艳丽非常。花瓣丝毫不见枯萎，亦无片瓣花朵衰落，只是不

图29　千日红

见了绿叶片。它果然红得坚韧，活得持久。

千日红是花草里的异类。自古就有花无百日红之说，但千日红兀自活过千日不绝于颜色。千日红的枝叶全枯，仍保留盛开不败的花朵。它的存在，简直就是一个传奇。

所以人们赋予它永恒的爱，赋予它这样带有美好希冀的内涵。

千日红和薰衣草、勿忘我，这些干枯衰败依然不改本色的花儿都是同类。

它们都被人赋予美好的寓意，被认为是最长情的花朵。

千日红蛰伏在夫子的后院，长在山脚下的书院里。它跟随种子，暴走天涯。但无论走到哪里，色彩如何变换，都未忘初心，不改本色。

它细腻的小苞片颜色有不少种类，从牡丹紫、朱砂红，再到云朵白。无论何种颜色，千日红都花开不败，至纯至真，意蕴悠长。

这里的千日红曾默默聆听夫子的教诲，潜心修炼，把自己活成一个神话，活成一块活化石。

若有轮回，千日红一定是那些美丽又传奇的女子之一吧。它们是不落的星，闪亮在夜空，永远光芒四射，让人满怀希望。

31. 蕨类的自我常绿性

蕨类、绿萝、铜钱草都是非常可爱的花草，常绿好养，无须费神。它们不挑环境，随便放哪里，过一段时间再见，就枝繁叶茂，让人惊喜。

人说火命之人，不宜草木，所养花草也大多夭折，唯有这三绿长盛不衰，着实是美丽的意外。

三绿之中，对蕨类印象最深。蕨类生长在南方更显其本性，叶片华滋，和善温婉。

深山湿潮之地常常见到蕨类，旺盛的新绿中透着玉石温润的光。生在岩石缝隙，泉水、溪流、河岸边际，或古木、枯树、朽木根部。

蕨类虽喜阴，但追寻阳光。它们总探着身子，面向太阳。宛若邻家初长成的姑娘，见了生人，浅浅低头，面色红润，透着羞涩。

龙井村深处就长着那样的蕨。

我和朋友第一次到龙井村时，徒步穿越森林，空气高氧，路面湿滑，蕨类长遍山林，姿态万千。

直到月亮升起，繁星高挂，我们还未停下。脚踩的蕨，泛着浅白的月光，照亮远途跋涉的人。

那个夜晚，蕨类遍地，清风飞过耳际，水面泛着银光，草木绿得轻盈。

龙井村初探记得的并非绿茶与红酒，而是那处处可见的蕨。因为它比龙井村的茶更绿，也更铺天盖地。

再见就是千佛山的蕨了。在千佛山，到水流淙淙的峡谷，水边蕨类遍生。那些被山泉滋润的蕨类，丰美华滋。

那姿态一下让人想起潮湿的龙井村的蕨，它们相隔遥远，却神韵颜容一致，美若处子，不可方物。

南方相似的物候滋养出来的花木，与北方确有不同。伏牛山深处天地岭山巅见过一样品种的蕨类，气质、姿容却大不同。

邙山也能寻其踪迹，但品貌不佳，纤维粗糙，组织老化，但也昂扬，却让人看了难过。

无论生在何方，蕨类都表现出顽强，生命力旺盛。

蕨类坦然接受命运给予的一切。它的足迹遍布全球，地球的南方与北方，都有它的身姿。能让自己个长满地球的植物，一定生性平和，胸怀宽广，有容乃大。

蕨类的人生格局没有地理的限制，也鲜有气候的限制，它的眼光是世界。它很谦卑地把自己放在低处，自信地生活。

这个古老的生物，胸怀智慧。

蕨类因其自身的包容与博大，家族繁盛。

它的很多种属是人类的朋友，可观可食可疗疾。曾在张家界喝过一碗小米

图30　铁线蕨

粥，用当地的蕨做小菜，清脆爽口，香甜迷人。喝了马上让人神清气爽，食物是有治愈力量的。

草木的味道、性能，都能对人起作用。精油、草药、鲜花以及菜蔬粮食，被人筛选出来的无不对人类有实际用处。

蕨类家族里，个人最喜欢的是铁线蕨。

铁线蕨叶子小巧柔软，气质温暖清逸。铁线蕨好看又好养，与其他蕨类一样，无论怎么待它，都阻挡不了其内心的繁茂。

铁线蕨遗传了蕨类的优良基因，对外界不奢求，宽以待人，严于律己，乐活自在。

蕨类是最早的陆生植物，根据进化论，越早存在的植物对外界的要求一般比较低。可以说蕨类是一类不太关注外界、注重内修的草木。

蕨类不管外界给了什么，只管自己无悔地奉献。世代繁衍，让家族庞大，生命力旺盛，一直生机勃勃，永远绿下去。

蕨类不衰的秘密与动力源于自身。唯有回归自我，才能突破自我。蕨类蓬勃的生命，就是最生动的实证。

32. 浅淡小雏菊

冬日里的小雏菊，浅白的花瓣，雾一样质地的气韵，多少有几分淡淡的冷调。它清冷的气息让暖气房里的暖不致让人起腻，那种矜持有度正是我喜欢的。

小雏菊的花蕊应该是重点，变化多端，可以说百媚千娇，有的橙黄，有的泛白，有的青绿，有的如浅淡湖水一样翠绿。

对绿色丝毫无抵抗力的人最喜的当数有淡淡绿色的那种。

也有一种不陌生的绿，绿得踏踏实实，极其实在。不只花芯全绿，花瓣也发疯一样的全是绿色。

那种绿绿得粗糙，色彩没有深浅纯度的变化，亦没有明暗对比。就那样结结实实地绿着，没有虚实，没有心眼，一股脑儿一直一个劲头地绿着。

那种笨重的绿，看了直让人忧伤，就像急躁莽撞的青年。

那绿颜色让深爱绿色的人，都看着不顺眼。

倒是绿与香气都不温不火，浅淡有变化的那种改良版雏菊，让人有愉悦想亲近之感。

我最喜欢的小野菊，它的绿矜持婉约，颜色多变，一眼望不尽。你要仔细地、一层一层地去看，才能了然。

不只叶片的绿有内容，花瓣、花蕊的绿更有细微之别。冷冷的青绿与大片细狭的白花瓣之间的渐变，是最美妙的二重乐章。它们你侬我侬，

图 31　小雏菊

情意绵长。

它的香，浅淡而遥远，需要靠近，才能感知。

它的生命，花开长久，需要陪伴，才能确切。

小雏菊是一种内敛有度的花，隐藏在清浅的月光下，提亮不太白亮的阴雨天，而在有阳光的日子里，又可以肆意地灿烂。

它的姿势与态度，拥有让人着迷的魔力。

菊科植物里，个人独喜这类小雏菊。

这花儿的香浅淡，淡淡的菊科植物才有的香气。花朵生来又随性，清淡无明显面目。小雏菊虽看起来安安静静，悄无声息，却又能踏踏实实地走进人心。

有的人，就宛若这类小雏菊，让人有如沐春风之感。

当老闺蜜准备告别，临走前手抚那把我布置在琴边的小雏菊。她认真摆动它们的姿势，若有所思地跟我说起国画里的构图与用色。

你看这朵花是正面的，那朵就是侧面的……这就是我们所谓的花的表情……

我们谈起艺术与美的时候，宛若飘荡在云端。

那一刻的她和小雏菊的花朵，以及房间里的暖色光，都是美的。

当她站着说完，我随即说起刚刚谈完的现实事儿，现场马上被一股强大的力量从天堂拉回人间。她闷然地离开。

那一刻，我忽然觉得自己应该去学一学小雏菊了。

33. 铜钱草不矜持

小镇的冬天格外冷，伸手写字都是考验。写俩字手就生疼，墨汁滴下就成一坨冰碴子。每每到了这样的冬季，元儿就很无奈。她总是把刚刚写完字的纸投入火炉，看那瞬间升腾的火苗，温暖的火光仅一现就再次息鼓。

在寒气逼人的冬日，元儿唯一取暖的办法就是出门绕山道跑上三大圈，等手暖烘烘的再回来接着写。如是室内屋外，一天一天折腾于风雪晴雨，一些感慨也自然而生。

她痛恨自己身体机理的怕冷，艳羡那一盆永远油绿光亮的铜钱草，仿佛不知人间四季，顾自光华任冬风。

山里的冬，并非只有元儿体味。

候鸟早已迁徙，没走的也早早躲在洞穴深处。树叶也已凋零。满山的光秃呈现萧索与闲空，唯有松柏与女贞收起锋芒，让苍翠嫩绿变成低调的暗绿。

元儿的院子里唯有那一抹绿色依然明亮。那颜色亮得甚至有些不矜持。那是元儿土培的一把铜钱草，是元儿城里的朋友来看她时顺便带过来的。

那草儿的根，零落不健壮，是温室里才有的稀疏根茎。叶片青黄，一脸缺少氮素营养的样子。它初到这里的时候，水土不服，瘦削纤弱，一副文弱书生的样子。营养不良的母体让人对它不敢抱有期待，再说这里风大日高，兔鼠虫鸟泛滥，元儿压根对它没存想法，想着它肯定熬不过暮秋就要枯萎凋零。

元儿的日常除了晴耕雨读，夏种秋收，就忙她的所谓艺术。

每日里，元儿就写字画画，码些散淡的文字。她以为那是她来世间的理由。

但这在她的家人与朋友们看来，犹如那一盆刚从城市带回的铜钱草，如此文气脆弱，不接地气，仿佛一不小心就会碎了。

图32 铜钱草

有的人说她懒，他们以为文字艺术不需劳动，也无须在职场里争斗奋进，有人以为她在躲避火热的青春……

他们不止一次警告她，不要在该奋斗的年纪选择了安逸。

有的说她穷，穷得只有去抓那些空空不着边际的理想。他们以为的成功是要稳稳地攥在手里的，比如稳妥妥的公职生活，更好的房子，更好的车子，银卡里越来越肥胖的数字。

他们的劝诫，她很了然。她努力让自己按照他们的价值观梳理一遍，发现自己果然很穷，穷得刚刚能吃饱，就去追寻存在的意义。而这常常被认为应该是躺在极其富足的物质里的那一类人该做的事儿。

她不仅穷，甚至还有点愚蠢，有点不知天高地厚。

可是她不懒，每天都很勤快——学习，思考，养花，种地。满满的时间过去留下的是满满的愉悦。虽然这愉悦只有自己懂，虽然这勤快只有她自己看得见。

元儿喜欢养养花种种草，写写字，画画画，吹吹山风，晒晒太阳。

她以为从心出发，按照自己应该存在的样子存在，就是遵了天道，做了人事。

铜钱草冬日的不矜持也是造访的人每每说起的，他们讶异于它油亮的绿不亚于她的"离经叛道"。

她只是觉得，生命可以有很多种存在形式，而总有一种是自己喜欢的样子。

铜钱草的绿与玫瑰的红，都是美的。花何必一定都要鲜红鲜红的？有一枝白的或绿的，也挺不错。

她想了很久很久，最终促使她作出选择的唯一理由就是恐惧，对生活生命的恐惧。在很多恐惧里，最大的就是她怕自己辜负了自己的生命。

她只想像那铜钱草那样，不求生活在温室，只求生活得真真切切，是个鲜活多汁的人，是自己喜欢的自己。

无论是一棵草，是一朵花，还是一棵树，只要是做了最真实、最鲜活的自己，成为自己最喜欢的自己，就好了。

34. 蛇莓，到底能不能吃？

小镇不缺红花，大红果见得不多，而像蛇莓那样彻头彻尾一红到底的聚合果，更是少见了。村里常见的红果有构树的果实，可颜色偏于橙红。再就是野生枸杞，也是红得不正。

除了红色的三樱椒，再想看到红得正统的就是蛇莓的果实了。

蛇莓就是乡村的小碎花、点点红，点缀在林间叶下。蛇莓的果实红的时候，就像邻家的小妹妹偷偷涂抹了妈妈的红唇膏。它的红小小的，矜持有度，不放肆，不张扬。

蛇莓以黄花红果诱惑过往的鸟雀人群。蛇莓果实初熟的时候，最先找来的是鸟雀，其次是对未知充满新奇的孩童。曾经，我像村里的孩子们一样，在草丛里发现一地惊艳，匆匆采集，用衣角兜起，跑回家向大人们炫耀。

大人们见了，无不惊恐，勒令我赶紧扔掉。他们的话意思无非就是蛇莓有毒。蛇爬过的地方才长这植物，误食可以致命。

他们的话让我的脸一下子蜡黄。因为在采集的时候，我已经忍不住偷食了不少。是不是就没命了？

那真是让人纠结的事情。那时候，很多知识都是通过大人们口传心授得到的，他们就是我无上的权威。但见他们如此惊恐，又不敢向他们报告实情。

带着那些美丽的小家伙，乖乖地听从大人们的安排，扔到垃圾堆里

图 33　蛇莓

去，还要用土掩埋。

接下来，就是战战兢兢地等待死亡。

小孩子的忘性比较大，往往不大一会儿，就把这件事忘记了。后来想起自己竟然没有死，真觉得那是上帝的仁慈，但开始对大人们的话产生怀疑，当然只是兀自在心里怀疑。就像小时候看电视，总见电视里的人一直忙来忙去，不见他们吃饭，尤其看《西游记》这样具有神话色彩的连续剧，就更觉得玄妙，自己猜度也许神仙们都是不用吃饭的吧。那样的疑问，一直就在。

这种超出年龄认知的疑问，不知道什么时候就被化解了。这是生命很神奇的地方，就像果实不知不觉开花、结果、衰亡，一切都是顺其自然的。

生命是一场偶然的意外，是一直流淌着的河流。我们遵循水的游荡、花的绽放，顺其自然地懂得该懂得的，明白该明白的。所有的拔苗助长，都是毫无意义的。

真正认识蛇莓，是在学了植物学以后。

其实蛇莓是一味中药，单用效果不大，需要与其他药材调和使用，才能发挥最大效用。蛇莓全身均可药用，是清热解毒的良药。至于其毒性，比起药性，微小，并不足以为惧，食用少量的蛇果，并无大碍，多了可能会引起食物中毒或腹泻。

至于有蛇爬过，也许是真的。蛇确实喜欢攀爬阴凉潮湿的植物丛生的地方。而那些地方，也是蛇莓喜欢生长的地方。动物爬过，也许会残留一些分泌物之类的东西。蛇莓存在一些外来污染物的风险，所以最好不要直接食用。

自然界颜色鲜艳的东西，往往是要引起人的警觉的，不是有毒，就是存在其他的问题。那是植物用颜色向外界发出的警告信号。一般情况下，越鲜艳越危险。

蛇莓没有被人类筛选作为水果背后一定是有原因的，它的口味平淡无奇，是鸟雀的美食，并非人类的美味。

与蛇莓很像的有树莓子、野草莓。很多人无法辨识。野草莓酸甜可口，适宜人的口味。若想食得美味，还是先花工夫，好好辨认清楚再动手也不迟。

后来我回到村子里，有的时候遇到蛇莓，会采一些来。一些用于食用，品味其平淡的口味，一些用来染色。画好的国画，有时候衣服还没有上色，就随手拿蛇莓挤出汁液，染出来的颜色格外爽目。有时候还拿它来染小块布匹，如染一块私人手帕，一朵棉麻衣物上的花开，都是极美妙的。

在乡村，有很多这样的植物，如木耳菜的紫色浆果，枝头熟透了的野枸杞，南瓜的黄花瓣，随处可见的茜草，都是我眼中很好的染料。

所有的颜色，唯有蛇莓，最出挑。它的红，像姑娘手里的绣花针绣出的颜色，把红果黄花绣在这片土地上，让一代又一代的人继续追寻，寻找它的前世今生。

35. 绣球花

绣球花开时，一半海水，一半火焰，宛若青春期里，我那不经意的爱情。

见到绣球花，是在江南，一个有金属光线的傍晚。那是我们第一次牵手，一起走过处处繁茂的林荫小径。在小路的拐角，我们被一片高大的阔叶植物吸引，就停在那片花海里。

绣球花的绿叶很大，大过男人的巴掌。叶色是浓郁的墨绿，花朵繁密。花瓣很多，细细密密凑在一起，挤成一个圆形的球状花，成人拳头大小，要么是海水紫，要么是火焰红，开得很热闹，亦很有风骨。

绣球花又叫八仙花、紫阳花，这花儿在扬州的水土上开得最好，被扬州尊为市花。绣球花的花色有很多种，常见的有白色、绿色、蓝色、粉色以及浅紫色。花开各色除了因品种而异，就是受土壤酸碱度的影响很大。绣球花在酸性土壤上花开蓝色，在碱性环境中花开红色。若想让绣球花花色更迭，可以顺其习性，使用硫化铁溶液或根部埋生锈铁钉，或在土壤中混入少量硫化铝或硫化镁让土壤成为酸性，即可得蓝色花。若想要红花，可在土壤中添加碳酸钙粉末等以增加碱性，便可如愿以偿。

绣球花是常见的庭院花卉，因其喜阴不太爱阳光，常常被植于疏林树下、山坡背部、游路边缘、建筑物入口处，或丛植几株于草坪一角，或散植于常绿树之前，或用作花篱种于花径两旁，都很有情趣。

常在英式老电影里见到绣球花，一般被用作新娘的手捧花。也许正

图 34　绣球花

是人们看中了其可塑性好，花朵大小适中，颜色搭配无论单一色彩组合，还是多种色彩混搭，抑或与其他花材综合设计，均无违和感。它是性格极其随和的花朵，在新婚的场合出现，多少也能增添几分轻松随意的喜庆味道。

除了手捧花，绣球花儿也常常被用来装点餐台。矮矮的浅色或透明容器静静地放在长餐台的中间，隔一段摆一个，里面放清水，插满绣球花，累累如雪球一样厚重的花朵，极有情趣。绣球花一直是淑女绅士们的餐台最少不了的新鲜花朵。

绣球花开的时候，浪漫的球形花被拿来软化环境是最好的。

有时候，一个人的环境，为增加点小情调，我也会掐两枝花开正盛的绣球花摆在餐桌上。一个人吃饭的时候，有花儿陪伴，也不会闷。那花儿容颜美丽，仿佛是无话不谈的闺中密友，不仅是得体的倾听者，更是无形中一双清澈的眼睛，让你一个人的时候也不妄为，不焦躁。

绣球花顶着巨大的花团开在寒冬，让人遥想春天，怀想远方。

绣球花远看是一大团一大团的，近看小花瓣一个一个的，单薄，质地轻盈。每一团绣球花，都由难以数得清的小花朵聚集而成。它们像水滴一样，紧紧凑在一起，形成巨大的花海。

绣球花开在寒风里，败在秋意里，天生的乐天派，始终让自己周身一直充盈着欢欣活泼的气息。

无论是逆风还是寒风，都不能阻止它无畏的脚步，该开的还是一定会开的。

仿佛一切都是注定的。

花前的女子，模仿娜拉出走，是走是停，它试图从一朵花里解读奥义。

叶下的男子误入迷途，妄想从双色花里找到自己。

也许，那是命定的相遇。

一半海水，一半火焰。

在现实的冲突里，让一切真实又虚幻，宛然一场不愿醒来的梦。

但天终归要亮的，就像绣球花，终归要败的。

只是待到明年，花还是那花儿。人，也许就变了。

36. 苔色青青

青苔是绝对的美景，无论到哪里，都是美的。它的美是普遍的，世界的。

这种微观群落的美，存在于世界的任何一个角落。但凡有光到达，有水存在，有潮湿的空气，就能见到它们欢快地生长。

苔藓是高等植物里最低等的一类，对外界所需也是最低的。

在我的家乡，青苔也随处可见。

它们长在水井边，青瓦上，屋檐下，台阶缝里，峭石岩壁中，树木糙皮上……

无论长在哪里，青苔都是盈盈的绿。柔软细腻的绿色丰富多姿，阳光普照，新绿挤着旧痕，安静沉着。

青苔素雅古朴，安静沉稳，让人直感岁月静好。

青苔是比人类更早到达土地上的。

苔藓并非全是青翠碧绿，也有别的各色，但我们最常见到的是青色的。

先到达地表的苔藓，面对一片荒芜的世界，它们日夜兼程，风雨无阻地分泌酸性物质，一点一点分解岩石，用自己柔弱的体液，对抗世间无比的坚硬。

苔藓植物用自己的柔弱克服岩石的坚硬，成效显著。以柔克刚是这个古老生物的智慧。

苔藓是一个庞大的家族，它们多以死去的植物体充当肥料，养育自身。它们是当之无愧的自然界的开拓者。

它们虽低等却足够顽强，自身构造也很简单，仅仅靠简约的孢子就可永世繁殖，生生不息。

多数的苔藓都是简约哲学的信奉者以及坚定的追随者。它们往往只有简单的一层细胞构造，这样简单的结构让其不能在有污染气体的环境里生存。所以但凡见到有苔藓生长的地方，一定空气洁净，水源没有污染。

只有在生态良好、空气新鲜的地方，才有最简单的苔藓生长。这也是在很多大城市里很难见到它们的原因。

而且，太过热闹、人迹匆匆的地方，也不容易见得到。似乎它们只喜欢清冷、人迹罕至、潮湿有水但又有光的安静环境。尤其在一些角落，缝隙，潮湿的枯木，树丛，幽深的寺庙，偏远的山野，这样的清幽洁净的无为之地，才能见到它们诗意地栖息。

也许作为自然界的开拓者，青苔总是有高处不胜寒的清冷孤寂。

那种与人间欢爱保持距离让它们始终以苦行僧的面目独自行走、修为。青苔承担净化开拓的使命，它们是自然界的活化石。

所以，无论哪里见到的青苔，都是一样的。它们拥有安静到骨子里的素雅，也拥有世间最古朴的美丽。

尤其是在有雨的夏季，是青苔繁殖的旺盛季。即使在少雨的季节，也有讲究的人会主动对青苔施展魔法，让它们一如既往地青翠喜人。

文徵明的后人文震亨继承了祖先的优雅传统，喜欢雅致的文人生活。没有人比他更清楚怎样去滋养一方青苔了。

文震亨在自己的庭院里有意识地精心养育青苔。他取小心烹制的米汤汁自然冷凉，用于浇灌青苔。被及时补充充足水分和营养的青苔总是长得格外好。

有时候他会赤脚走在自己精心培养的青苔上，葱郁丰盈的青苔丛，茂盛柔软。

那一刻也许会有蚂蚁、小虫顺着枝蔓爬上来。柔软，潮湿，温暖，又和虫蚁搭讪，那感觉，一定像青苔翠绿的叶片，很新鲜。

37. 白棉花片片雪

棉花有蒲公英的梦想，它开的时候，轻盈柔软，宛若飞翔。

当其花开，小镇被白雪覆盖。这种颜色和牛奶一样的花朵，轻若烟云，让人只觉到了白云深处。

它柔软的触感暖化了小镇上所有人的心。

棉桃成熟开裂白花儿的时候，是一个浪漫的季节。男男女女，成家的，没成家的，都赶到漫天的洁白世界做帮手。

孩童在豌豆公主的床铺上做梦。

女孩们穿红着绿，涂了胭脂，披上新染的丝巾，在花团里轻灵地跳跃，任长发沾染白棉丝。

包了鲜艳的头巾的小伙子们，对着心仪的姑娘唱起了情歌。

甚至连老人们都从麦秸堆跟前的清谈中，走到洁白的世界里来，为朵朵白花的采摘，尽上自己的绵薄之力。

那样的劳作，让人激情迸发，似乎干柴烈火，随时都能点着白花花的棉。

在遥远的江南，有采茶一事，与此相似，是想想都是让人眼开眉笑的美事。

采棉对适婚男女来说，是盛大的节日。

这样的节日，从棉花洁白的盛开里开始，在开始纺织、进入染坊的时候结束。一年一度，周而复始。

不知有多少姑娘，就在那一唱一和中私定了终身。

棉花儿并非其生物学意义上的花。她的洁白是成熟了的果实。

棉花曾经也是开过花的，在开白花长青桃之前。棉花的叶片在还没有脱落，也没有焦灼之前，是青翠的碧绿，那是棉花青春勃发的时候。

过往青涩的日子里，棉花开黄色、粉色、玫红或白色的新鲜花。

它的花朵不大，小小的一朵一朵开在茂密的绿叶里。花蕊不大却明显，花瓣肥硕，绕花蕊层层叠叠。但它们都单薄，藏在绿叶里，不足以让人震撼，而且还不停地经受棉铃虫、花大姐的摧残。

图35 棉花

唯有那漫天的洁白，白得惊天动地。

花朵凋萎，正是青青棉桃初长成的时候。棉桃心形，其上有棱，不明显。口有尖端，不小心会刺人的皮肤。有的时候，若小心观察，还能看到小小的虫洞。

棉铃虫不仅喜欢取食棉花，还喜欢破坏棉桃。

在棉桃将大不大之际，是棉铃虫最喜欢钻孔的时候。

那时棉桃的空间已膨大到一定程度，组织也没有老化到钻进去费劲的地步，棉铃虫往往就挑这个时候伺机而动。

它们喜欢钻进去，躲在里面，宁愿守着暗无天日的生活，也要躲避被人类迫害的危险。

躲在里面的棉铃虫，所向披靡，不怕农药和日晒，在里面可以安然生活，直到成长到足够应对严酷的外界时，才开始转移阵地。有的甚至终身只待在一个地方，祸害一只棉桃，产卵，终老。

棉花从各种花色变成青绿，再变成洁白。经过风吹，暴雨，虫咬，严寒，最终用雪白展现欢颜。

这是一个大龄女青年逆袭的典范。愈长大愈纯真，绚烂至极，归于平淡，说的就是棉花。

棉花作为捧花，或者日常插花，都是极好的素材。它素朴，像山野的露珠，洁净纯真。用自家田里种植的棉花纺织出来的棉布，亦是一样的表情。

纯质的棉布，粗糙的纹理，带着森林深处的质朴，越用越柔软熨帖，是最好的贴身之材。

纯棉质地之材不紧绷皮肤，也不远离身体。它会自然呼吸，在一呼一吸之间，见其通天知地的灵性。

38. 纯色郁金香

郁金香是风车之国荷兰的国花,但在漫长的自然选择与进化过程中,开遍了世界各地。

其实,你喜欢金边郁金香,但为了我,你选了纯色的。你知道,那是我喜欢的纯色。

那两个小花苞,都没有绽放。一个已熟,一个尚幼,那是我们的年龄差。你特地跑了半个花卉市场寻找,才找到这样的,说要搭配青花瓷盆才更适合我,但那里找遍也没有,只好选了白色的小方瓷盆。

你带来的这花的颜色无疑是最亮的。这里除了浅淡的小雏菊,就是铜钱草、绿萝、文竹、芦荟、非洲茉莉、水培胡萝卜叶等绿色之类。这房间花草最深的颜色莫过于干了的紫色勿忘我。你带来了最温暖的花朵,那是新年的颜色,鞭炮的火红。

说起过年,你说要躲一躲,不想回家。非要回去的话,就再等等。等到年关,春联贴起,喜气过半再回。

和你一样躲避大年的,还有几个。甚至有人因为哥嫂不回,自己索性也不回了。

你们的理由各自不同,却有同样的心结。

你们都懂事,善良,脸皮薄儿,怕回去听别人的闲话。那话无非是工作怎样,挣了多少,有没有男朋友,什么时候结婚。

或因为读书,或因为无意耽搁,大都早早过了她们眼中的适婚年龄。

更甚的是，直到现在刚分手的分手，还没遇到的没遇到。身边还没有稳定的对象，回去不好交待。所以你们就用眼不见为净的躲避法子。

这种经历，我无从避免，大抵从大学毕业就开始了。但凡出门，见人就不免被打听，出一趟门，耳朵就能结上一层厚厚的痂。所幸父母大人开明，凡事顺其自然，从来都拿缘分说事，不说自家女儿，回去只要躲在家里，世界还是一片安宁的。

但你们连头发染个什么颜色，父母都有严肃意见的，躲避就变得自然而然了。否则，谁能忍受那种回去就成焦点，永远都有解释不完的问题的环境。太过紧张的神经势必会让双方失望的。做父母的松弛有度，是对孩子最好的礼物。这是想要孩子不害怕回家的父母需要细细斟酌的。

郁金香的骨朵早晚是要开的，再耐心些，请再给她们一些时间吧。

你前来问我，回去该怎么应对七大姑八大姨。我脸皮厚，向来是不怕的，便跟你打趣，让你看我胖了没。你点头。这就是绝招。我说用胖转移她们的焦点。她们看你跟以前不一样了，话题就自然转到这个来。

图 36　郁金香

说完，我们哈哈大笑，顿时消融了朋友心底的冰霜。

虽然她还在犹豫要不要去争取断了线的感情，但笑容浮现在脸上的她，仿佛有了答案。与谁恋爱，跟谁牵手，同谁白首，我们无从知道，时间的潮波自会推着我们向前走。

我们彼此要做的就是着力于眼前的事儿，去争取该争取的，不给自己后悔的机会，不遗憾，不纠结，放弃该放弃的，明白果断，活在当下。

我们喝完酒，醉眼朦胧，浮生若梦，仿佛一切了然。早睡早起，醒来就去做所有内心牵挂之事。

39. 芦苇不会知道的事儿

"蒹葭苍苍，白露为霜。所谓伊人，在水一方。"这《诗经》里的诗句，让少不经事的少年初读时怦然心动，兀自落泪。

至今读来，内心依然沸腾。

谁能想到，蒹葭，这种充满优雅与古意、让人无限遐想的植物，竟是日常里最寻常可见的芦苇。

美无处不在，缺少的是发现的眼睛。美就根植于日常。

有人说芦苇是智慧的，并把人以芦苇比拟，说人是会思想的芦苇。说这话的哲人的心态真是让人难以猜度。

但之于我，芦苇绝对是一个善意的警醒。

芦苇喜欢山涧、湖泊，还对荒山野岭、人迹罕至的潮湿之地保持好感，那里都是它可以聊以栖身的居所。

这种看似清净机敏的植物，却暗地里以叶、以花随风、随外界摇摆。摇摆时，身姿绰约，美丽天成。看起来它似乎拥有对外界作出敏感反应的智慧，可以灵巧地与外物和谐圆融。

可这也让旁观的人不禁为它担心。芦苇不会知道，无论它长在哪里，以怎样的姿势存在，都是美的。

芦苇只顾往前赶，它不知道，从抽芽开始自己就有水鸟注视，昆虫环绕，阳光关照。

即使是葱葱幼苗，它也与其他的绿有着别致的区别。那不只是画家描摹的对象，也是世人眼中的美景。

这种美它自己并不知道，它只知道自己和身边的植物们一样，普通平凡，安分守己。

它以为自己努力吸取阳光，争分夺秒地生长，快快地长大，才是正事。

直到长到小小叶片布满整个荷塘，丰满的羽翼遮天蔽日，它才满意，然后赶着发育、开花、繁殖后代，一刻也不停歇。

成熟的芦花身体柔软，一身乳白，随风吹动时，宛若流动的瀑布。

它和别的同期绽放的花朵一样，铺天盖地在空中舞蹈，极具风情，相当魅惑。

图37 芦苇

直到此时，它所有的生长，终于抵达了它的理想——生儿育女，保留血脉。

但凡有风，它们就开始比赛，看谁先做了人妇人夫。

它们的眼里只有风、繁殖、生育、子孙，以及周而复始的轮回。

它们看不到垂落的夕阳，脚下的流水，嬉戏的蜂蝶，以及特地来看它们并为之惊叫的人群。

它们不会知道夕阳下它们有多美。它们不会知道不随风倾倒的时候，多么遗世独立。它们不会知道，长得慢一点，去得也慢一点。

　　每到芦花盛开，我和朋友们都会去看它们。它们如此美丽，却只随波逐流，心无定性。

　　每一次，我们都禁不住它们美丽的诱惑，拣开得最艳的拿回来，放到花瓶里，警醒用。

40. 小桃红要成妖

每一个有妖精梦想的女人都喜欢小桃红。因为小桃红有一样的梦想，就是要成为妖精。

小桃红对人间的妖精没有兴趣，它想要成为的是美学意义上的妖。

埃及艳后克娄巴特拉用它染发。女人们用它染指甲、染头发，还涂在手心、手背、胳膊和腿等部位做身体发肤的保养。

小桃红以美存在，以美承载女人的美梦。

小桃红是人们对它的爱称，它的大名叫凤仙花，就是开了凤凰一样飞翔状花朵的植物。

凤仙花生命力极强，因其自然生长，不借人工，因此不被人当奢侈品珍视。人们把它当作菊花的婢女，所以小桃红有菊婢之称。虽人微言轻，小桃红却不轻易放弃自身的美丽。有女人的地方，就能见到它的身影。

它的花，开起来时，宛若翩翩起飞的仙子，轻盈灵动。

凤仙花的颜色，浓郁的有大红、艳紫，浅色的有粉红、纯白。

图38　凤仙花

艳丽系列的开得热情奔放，异常妖媚，非成魔不成，活得灿烂。它的花朵清淡起来，像山间清泉一样宁静祥和。有的凤仙花，同一植株上不仅开浅淡色系的花儿，还开浓烈艳丽之类，缤纷的色彩，十分动人。

凤仙花是一年生草本植物，往往不需种植，自行繁殖。种子纺锤形，成熟时可自行裂开，将种子弹出去，所以当凤仙花的果荚从青绿的纺锤形长到浅黄的时候，再去采摘种子就已经错过了最好的时机。那个时候的凤仙花果实采摘的时候，一定要格外小心，否则轻轻一触，种子就会被弹落到远处。它的果荚一碰就开，也因此，得了花语"别碰我"。

凤仙花是纺锤形蒴果，成熟时果皮弹裂为五个旋卷的果瓣。每个果实里面都有种子包裹其中。种子初时是绿色的，渐渐成熟长至黑褐色。每个果荚的种子数量不少，约有十几粒种子，状似桃形。

它的叶片浓绿，呈不规则狭椭圆形，或倒披针形。新鲜的小桃红叶片可以做菜，可凉拌食其绿叶，别有一番滋味。

它的叶片、茎秆与花朵均可药用，经常见小镇的男人们取小桃红的花瓣泡制药酒，据说可以活血化瘀、消肿止痛。

小桃红花瓣泡出的酒有天然的色素，颜色自然柔和，像晶莹剔透的琥珀色或淡淡的薰衣草紫，都是极美的。

小桃红因其天然的色素也常常被用作染料。印度人就拿它做人体彩绘的颜料。

若用作染料，终归是热烈的好。古今女子，莫不是用它张扬的红与紫，表达渴望。

尤其初长成的少女，学着大人们的样子，三五小伴凑在一起，采花丛中笑，粉面桃花开。

刚刚采摘的新鲜花朵，被人拿到小河边先清洗掉表面的尘灰，然后放到阴凉之地，缓慢地阴干。

制好的凤仙花，被姑娘们拿到大槐树下。她们拿当地土陶的乳钵，加上少量的明矾，轻轻研磨。研到浆液浓稠，花朵碎裂，让其静置一刻钟的时间，等待水分蒸发一些。失了水的浆液是出色最好的，水分失去多少，凭的全是心手合一，以及多年的经验。

最后取适量磨好的凤仙花浆液均匀覆盖在指甲上，用洗净晾干的豆类叶片或者合适大小的树叶包裹，再用细绳或青草的茎细细地捆扎起来。

这些动作，她们做得不紧不慢。包好的双手或脚掌，被供奉起来，碰不得水，干不得活，那是女人们最美的闲适时光。

那一刻，仿佛时间停止，一切只为美存在，那是妖精才有的姿势。

女人们隔一阵，就要染一次，倒不是上次的颜色不见了，她们只是想变美，想像凤仙花一样飞翔。

她们深深渴望成为花儿，成为小凤仙，成为美丽的妖，哪怕那美很瞬间，像花开一样短。

41. 艾草拂面，细雨沾衣

艾草的绿，清新翠绿；艾草的香，温润入肺。这个小镇常见的野生香料，常常被女子制成香包，随身携带。

但若论起烟火，没有哪一种植物能比它更甚。

清明插柳，端午插艾，它早已深深扎根于人们的生活。

清明与端午，它的香气与味道在这两个节日里尽情发挥。

每逢清明，人们取食它的嫩叶，用它鲜绿的汁液染面粉，制成青团，祭祀先祖。用艾草鲜绿的叶片不仅可以制作糕点，还可以泡茶、做汤、摊饼或用于烘焙。不论怎么处理，都不丢失其本色，味道清新，色泽鲜亮，还有养生奇效。

用艾做艾糕，用艾草垂于门楣，驱蚊辟邪，已有几千年的传统。艾草就这样切切实实地在人类烧煮的热闹与美味的食物中传承至今。

其实，人们在意的也许并非其鲜丽的绿色，而是其天赐的机理。

作为亲民的草药一类，这个多年生的草木性温味辛，避寒散气，洗熏、内服、外用皆可，能温中、逐冷、除湿，治疗多种疾病。

艾，是一种菊科蒿属植物，与提取出青蒿素的黄花蒿是同一家族。艾叶颜色青绿，羽状深裂，开细密的小花。

新鲜与干燥的艾草均可用来泡水熏蒸，可以消毒止痒。产妇、幼儿多用艾水洗澡或熏蒸，驱散寒潮，润泽肌肤，温暖人心。艾草既可延年益寿，又能美容养颜。

艾为纯阳之物，能温经扶阳，治一切虚寒之症。

古人认为艾是引来天火的圣物，是上天赐给人们用以补充阳气不足的神草。

中医学认为，人体气血的循环，脏腑、经络的生理活动，都是以阳气为根本，阳气是生命的动力。人体阳气充足，就有生机勃发之意，若体内阳气衰败，身体就会枯亡。

女人体质为阴，最易因寒凉湿冷生病，寒邪进入身体发肤后消耗掉女人体内本就不多的阳气，使得血液循环不畅，脏腑得不到滋润，容易体质虚弱，多灾多病。

图 39　艾草

而艾草为纯阳植物，可以迅速补充人体内的阳气，使之气血充盈，从内到外重新焕发活力。

因此也有艾草是女人的养生草之说，更有甚者说艾和女人天生就是一对，把艾草称为女人草。

在女人的世界里，艾草和益母草一样，可以调经养血，保护女人的身体，美丽女人们的容颜。

并非所有时期的艾都是最好的选择。唯有端午时期的艾，是最好的。

端午时期是艾草生长最茂盛、药性最强烈的时候。这个时候采摘下来的新鲜艾草有极强的功效，这是我们的祖先为何在端午采艾，以庆祝节日的真正原因。

艾草天生有浓烈的植物清香，它的特殊的香味可以驱蚊赶蝇。所以古人常在门前悬挂艾草，一来用于辟邪，二来用于赶走蚊虫。

这一挂就是几千年。这样的旧俗，仍然在继续。若少了这把艾草，一定淡了很多节日的气氛。这艾草，看来是注定要一直往下挂的。

古人用艾的历史可以追溯到诗经时代，有诗为证："彼采艾兮，一日不见，如三岁兮"；"嗷嗷鹿鸣，食野之苹"。这苹说的就是艾草。

最初，艾被用于中药与饮食，尤其常常被用于针灸术的"灸"。

所谓针灸，针就是拿针刺激穴道，而灸就是拿草木点燃之后去熏烫穴道，穴道受到热与草木特殊成分的刺激，以达到疗疾养身之功效。

并非所有草木都能作为灸之材，用拔火罐的方法治疗风湿病时，以艾草作为燃料效果更佳。艾火的温热刺激能直达人体深部，且经久不消，使人产生畅快之感。若以普通火热，则只觉表层灼痛，而无温煦散寒之作用。

作为一种广谱的抗菌植物，艾本无一症不可治，能灸百病。

用作艾灸最好的材料是陈年的熟艾。每年的五月是采艾叶的最佳时期，新鲜采摘的艾叶经过反复的日晒后，所得的干品即为生艾。生艾加以长时间避光储存，使其散去多余的挥发油，慢慢老化，经过时间的煅造，去了燥火气的艾叶就成了陈年的艾。陈艾以三年陈为最佳，年岁少了青气长，多了也就腐朽了，因此有"家有三年艾，郎中不用来"的说法。

自古我们的祖先就发现了艾叶是自然界叶脉最细密的植物，把艾叶捣碎制成艾绒，不仅可以制艾条供艾灸用，又可作印泥的原料。

艾草经过千年风霜，走进人群，已不仅仅只是一株草了，它早已与人们血脉相融。

42. 蒲公英飞飞飞

如果有来生，让人选择的话，我愿意做一枝洁白柔软的蒲公英。因为我想像它一样飞飞飞。

蒲公英生来注定是要飞翔的，飞翔是它天生的使命，也是它永远不变的梦想。

每一粒发芽的种子，都是一个飞翔梦想的终结。

它们飞过高山、溪流、大地，经过风和日丽、狂风暴雨，看遍世间繁华、人世沧桑，才内心平静淡泊，最后选一处温暖的地方安家，生根发芽。

每一粒发芽的种子，又是一个崭新梦想的开始。

蒲公英从萌发的那一刻，就欢快地吸取阳光雨露。

蒲公英的叶片绿色、细长、多裂。嫩绿的叶片，是人们的美食，无论凉拌还是炒蛋，味美补气，是唾手可得的美颜解毒的绿叶菜。

除了清香美味的绿叶，蒲公英全身是宝，花朵、根茎，都有实际的食疗之效。蒲公英是不可多得的单方，一味气死名医的草药。

蒲公英带根的全株，新鲜或干燥均可入馔做药，亦可烹煮茶水，可以去火消炎、通淋解毒。据说连服数月可清除体内浊血肠毒，逾年常服甚至连体内胎带的骨毒都能清除，着实威力十足。

若说药效与食疗价值，当数春天的蒲公英，尤其开花之前的蒲公英幼苗，效果最佳。

此时取蒲公英的地上匍匐枝叶，最好带根拔起。蒲公英的根茎也有很好的保健功能。

新鲜的蒲公英幼苗用来煎水、煮汤、凉拌、做馅、佐粥，都是极好的。它的颜色青翠碧绿，不仅有美好的观感，而且口味清新微微苦，更重要的是还有祛火解毒的神奇疗效。

作为天然野味的一员，蒲公英有微微的苦。它的苦味柔和，不会对人的味觉作出猛烈的攻击。但若不习惯，可在沸水中焯几分钟或者在盐水中稍作腌渍即可去其大部分苦味。

蒲公英是平日里肝火旺盛的人的良品，吃了瞬间就能让身体里感觉过了凉风，浑身上下一阵清爽。但因其毕竟属寒苦阴性之物，对身子虚的寒性体质的人，就弊大于利了。

蒲公英在欧洲被用来消肿和治疗消化不良，与花草茶或咖啡同泡，被用作日常养生与身体保养的主料。

妇孺皆知的草药蒲公英，又名黄花苗、婆婆丁、黄花地丁等，是菊科植物。它生长不挑地方，山坡、沟渠、荒地、路边、河滩、旷野都能见到。

药用蒲公英最美的时候，就是它开黄色小花的时候。

等蒲公英花开时，漫山遍野都是明亮的黄，那时世界也仿佛跟着明朗起来。它的花是多瓣花，层层叠叠的，新鲜花朵用来酿酒或用作食材，都是极好的。

图 40　蒲公英

小时候，我喜欢一个人去野外采摘新鲜的小黄花，回来裹上一层蛋清液，小火煎至两面金黄，只需撒上一点点调味的盐，就是难得的滋味。

它的黄花与绿叶一样，都可晾干保存，泡茶、做菜均可。

花儿的口味苦中有回甘，周身一股草木清香，让人唇齿留香。

蒲公英的新鲜花也是非常有用的一款香药草，据说用蒲公英的鲜黄花煎汁可以祛除雀斑。

花开花败的蒲公英，经过时间的熬煮，终于长成可以飞翔的小种子。成熟的花朵变成种子，每一粒种子都身披白色绒毛，那是它们飞翔的翅膀。

此时只要有微风，或昆虫的颤动，哪怕只是小小的气流，或外界轻微的触碰，她们就开始飞翔。

蒲公英的种子乘风而去，像它们的先辈们一样，越过山川河流，看花开花落、时光流转，体味不同的地理风情。

直到它们飞得累了，倦了，就停下来。择一良地安歇，选一方水土孕育子孙。

有时候，停下来是为了更好地飞翔，蒲公英就是这样。它们停下来安静地蓄积力量，是为了来年更好地起飞。

43. 清清雅雅凤尾兰

这是一种极具异国风情的外来物种，是塞舌尔的国花，与本土植物有明显的区别。凤尾兰是我们经常见到却不一定很快想起名字的花儿。

在花园、绿化带，最常见到凤尾兰。虽然经常可以见到，却很少有人知其姓甚名谁。

更让人颇感疑惑的是，还有一种剑麻，和凤尾兰长得很像，宛若同卵双生的姊妹，也是我们经常见到的。

凤尾兰与剑麻长得很像，两种植物从外观上不太好区分。它们叶片的着生方式与株型均相同，亦长着相似的花朵，一眼看上去，很难找出大的差别。

也许只有长了放大镜般眼睛的人，才能敏锐地将它们异同的细微部分捕捉到。

剑兰的叶片较之凤尾兰，更笔挺与坚硬一些。

剑兰的株型也更高大雄壮，开花高度一般可达到 4 米至 7 米。而凤尾兰相对小巧得多，开花高度约 1 米左右。

两种植物一阴一柔，仿佛郎情妾意，相当和谐。

若掀开它们细长带尖的叶片，仔细观察它们根的基部，也可辨识。

剑麻的根基部，很像铁树，而凤尾兰的比较光滑，靠着这个特征是最容易分辨出彼此的。

凤尾兰的叶片长剑形，有时狭披针形，稍肉质，革质，质地坚硬，正反面微见白粉。

从叶片丛莲状抽起的花茎，强壮粗大，成熟的花茎能长到 1 米左右。粗壮的花茎上挂满白色的铃铛花，花朵围绕花茎左右，层层叠叠，一浪高过一浪，蔚为壮观。

凤尾兰的花儿铃铛状，花朵一开，就脸面朝下，一副低头深思的认真模样。

有风吹过的时候，花梗牵动花朵，次第交错，微微摆动，宛若成群结队的小精灵欢快地舞蹈。

凤尾兰的花儿有淡淡的香，清新淡雅，花香持久。

凤尾兰的单株开花量很大，绕茎密密匝匝、素洁的白花瓣，挂在高高的花茎上。高度与洁白，让它们多了几分轻灵，宛若一袭白衣的仙子。

凤尾兰的白花，在清晨的露水里最清冷。似开非开的花儿，氤氲在一片薄薄的雾气里，自有一种遗世独立的美感。

它清雅孤高的气质，并不止于那一大片早雾里的洁白。

凤尾兰的花朵因其与凤凰涅槃相关，神形似凤尾，而得其美名凤尾，又因身形似兰，故为凤尾兰。

它固执地保守自我，用花瓣筑起城堡，清风吹不到它的内心，虫鸟无法为它传播花粉。

这是凤尾兰和大部分风媒花不

图 41　凤尾兰

同之处，在一整个花季，它拒绝虫鸟的邀请，独自生长。

所以很多时候，在北方，我们见到的凤尾兰只开花，不结果，也不繁育子孙。

凤尾兰是孤独的，它一直都在等待，等待一个真正懂它的生灵出现，虫也好，蛾子也罢。

上天并未让它失望，只有一种昆虫可以进入它的心。

丝兰蛾，是专为它而生的昆虫。

在长期的自然协同进化中，只有丝兰蛾可以穿进丝兰花，精确地为它传播花粉。

没有丝兰蛾存在的地方，凤尾兰就坚守自我，兀自凋零，孤独终身。

但凤尾兰又是慈悲的，它的花瓣保持洁白忠贞，却用根茎奉献于人。

人们用它的根与老茎进行无性繁殖，以保存自然完整的基因库。

44. 科研基地、小狗与薰衣草

朋友知道我喜欢花草，薰衣草开的时候，便邀请我去他们的基地观花。那是一个国家重点生态科研基地，在这座城的郊区。

常规意义上的科研基地想想都知道，严谨工整，与花前月下相差甚远。喜欢自由浪漫的我，对它并不抱任何期待。

我们经过黄河大桥的时候，夕阳下的黄河水面平静，落日的余晖洒下金光。温暖的色调映衬周围绿色的庄稼，宽阔的河滩高低起伏。忙碌的水鸟追逐虫鱼，桥上的车流一刻也不停息……

我以为那场景该是此次出行可圈可点的了，所以格外珍惜，一直往窗外看。

走到地方，有两道看守，朋友特地安排一条偏僻的小路。从那条路上，能远远看到一片紫，但看得不清。她就故意跟我说那薰衣草开得如何好，就是先不给我看，故意调动我的心。

到了，她先把我安顿下来。不等我开口，她向当地人借了一辆摩托车，带着我去兜风。

先去看他们的试验田。一块一块，整整齐齐的。他们所的地儿，种满了花生、黄秋葵。那是用来培育优良品种的。

朋友专属的试验田就是绿色围栏门口那一片。那里的每一次花开花败，所结果实数量与重量，她都要亲自详细记录，一切只为寻找培育最优良的种子。

花生田的隔壁是黄秋葵，种的明显是矮化品种，才刚十几厘米的植株已经开始挂果了。这个北方不太常见的蔬菜，如今已被科研人员重视。相信不远的将来，黄秋葵这种与韭菜、牡蛎具有一样功能的蔬菜，不止风靡南方，也将在北方落地生根。

她带我去看果园，大枣、雪梨、苹果、青桃……很多水果，在这块基地都有培植。

苹果与雪梨的果实，被牛皮纸袋套住。一眼望去，满树金黄。细看，纸袋上标了不同的记号。我们看不懂，那是科研人员的密码。

她说，等实验做完，果实成熟，有一些就可以供人随便采摘；那么多，真让人期待。

看完管理精良的果园，我们绕过河流，去河边小别墅。

联排或独幢，相隔很远，用绿树、花草、清水隔开，意境悠远，富有诗意。看上一眼，就让人感觉那不该属于这里。

在这个科研基地，也许一切都是程式的，不由为那些放错地方的美丽房子惋惜。

接近黄昏，霞光渐暗，我们终于到了薰衣草田。

并非很大一片，但已成气候。

一眼望去，点点花瓣浮在碧水之间，层层叠叠，玫瑰粉、清水绿交错相映，蔚为壮观。

此时正值花盛，一簇一簇花朵开得正艳，浅绿细长的叶片尽显蓬勃。我们行走其间，不时被青草绊住双脚。

嘤嘤嗡嗡，蜂蝶乱舞，落英纷飞，暗香浮动。有风吹来，花枝攒动，与人亲近。

见薰衣草之前，一直觉得它与勿忘我是孪生，难分彼此。

看了才知原来它们相差甚远。

只是它们都常常被用作干花，花朵细碎，干了也不易脱落。

最具风情的薰衣草长在普罗旺斯。因为薰衣草，成就了一个梦幻王国。

没见过薰衣草、没到过普罗旺斯的女人，一定用过薰衣草精油。多少个孤灯点燃的烛台，被女人们施了薰衣草的花香。薰衣草精油可以让人安眠，又能美颜白肤。

比之新鲜的薰衣草，我更爱风干了的，也爱经由鲜花提纯的精油。因为干的花儿或浓缩的灵魂被赋予了时间的意义。

在薰衣草丛中穿梭拍照的小朋友，一直与我们嬉戏。临走时，我们竟忘了掐几枝做干花儿。

第二天一大早，我就强带了一只小狗奔薰衣草丛散步。它是最小的看守狗，我与那狗也是第一次相见。

去时我一直抱着它，到了花丛，才放下。我到深处摘花儿，它在花田里四处乱窜，一边做下记号，一边试图寻找熟悉的痕迹。

回去时，也不喊它，只顾自己走。没走几步，就见它主动跟上来。

经过河边，我去采香蒲，挖莎草。它一直乖乖地跟着，不远不近。那距离真得体，

图 42　薰衣草

不至于太近让它自己觉得危险，也不至于太远迷路，反正我去哪它都跟着。

那个早晨，我们每过一处，都搅乱一池露水的清梦。我拿着花儿、草儿。我们走在阳光下，湿漉漉地回到院子里。

很快我们就从陌生到相熟，相信，依赖。其实，那一路，不长也不短，但总感觉过了很久，走了很远。

回去众人见了皆问，那狗如此调皮，我是如何驯服的。

嗯，很简单，只因为我们一起走了一段陌生的路。人与人之间，也不过如此吧。

45. 冬日燃香

有些事，是有季节轮回的。

冬寒来临，让人忍不住去做酒酿，烤蛋糕，发豆芽，喝红茶。它们性温，与暖有关。还有，就是燃香了。

过了立冬，冬日的暖阳去了燥火，空气里透了寒凉。窗外是燃烧的红与百变的颜色。没有雾霾的时候，太阳独独亮着，并不灼人。白花花的光线，爽利中带着淡淡的秋日余韵。对我来说，那是最好的冬日时光。

空气中淡薄的凉与浅白的光，让人忍不住点燃一炷熏香。

也只有初冬那凉、那光能包容任何香料。它不温不火，只带一点淡淡的清爽，让香粉发挥本色。

无论天然香还是合成的，放在初冬有暖阳的时候点，一定能见其真性。

很多人喜欢在夏日沐浴，燃香安神。不想空气燥烈，浊气随香入肺，往往败了兴致。

虽有很多专为夏日设计的香方，但我都拒而远之。

彼时，若能躲到深山、森林、湖泊，闻一闻花开，吸一吸清风，远比掺杂任何香料来得自在。

自然山林的风吹水流，就是清凉世界。无上的清凉，是任何香粉都无法比拟的。

冬日则是另外的，寒冷让我们渴望温暖。沉睡的花草帮我们唤醒记忆。愈寒冷愈依赖，所以初冬是最好的，不至于不需要，也不至于太依赖。

这个季节与香料打交道，是最容易见心明性的。

无论点燃绿茶香，还是古沉香。淡淡的寒，轻托着或浓或淡的香气，在鼻尖打转，进去已是混合均匀，舒爽怡人。

我喜欢在客厅点香，在卧室闻，开着房门，让那香气穿越而来，抵达内室，刚刚好。

有时，也学善香的老闺蜜做塔香、线香、瀑布香。配方是她实验多年的。

偶有兴致，也跑去与她同打一方香篆，让内心平静，心手合一。

有其他的朋友也喜闻香。

初到这座城，有小友就带我到古玩市场选香炉。我们选了青铜的、黄铜的，也有陶瓷的。

那并不是摆设，生活中经常用得到。

尤其写字画画前，总先净手焚香，再写字画画的。

只是香味比起沉香，我更喜欢茉莉与绿茶。

后来，在一个寒凉的冬季，我丢失了心爱的人。

他走的那天，我们一起在朋友处打香篆。

那个画面就是那个季节最温暖的记忆。

只是打完那香篆，香灰燃尽，他就离开了，去了远而又远的地方。

就是从那一刻起，我们咫尺天涯。

如今，又是冬天，我点燃剩下来的香。

香料又陈了一年，香味依然，温暖依旧。

当往事可以云淡风轻地谈起，我就知道所有的一切，都已经过去了。

原来时间才是记忆与疼痛最好的橡皮擦。

46. 童年花事

长在乡野的苘麻，盛开的黄色小花，灿烂着我们的童年。每当春土松动，嫩芽拱地，我们就满怀期待，盼望那片嫩黄的花海。

比之油菜花，色泽、花瓣上，苘麻矜持得多。单株开花量也显得珍贵得多。作为经济作物的油菜，孩子们玩耍踩坏秧苗，总逃不掉大人们的责难。而在苘麻地里，就无此忧。

苘麻高大宽阔的叶子，给我们遮挡出一片天地。我们在里面捉迷藏，过家家，模仿着大人们的世界。最让我们动心的并不是这些，而是它拥有一种神奇的力量，让小姑娘不可救药地爱上它。它的花瓣和花萼之间有一种特殊的黏液，我们总是轻轻拧掉花萼，靠那黏液把花朵粘在耳朵上当耳饰，偶尔也会粘在额头中央扮公主。

粘了花瓣的姑娘们，想象自己成了白雪公主、豌豆公主、人鱼美人之类，有惊世的美，仿佛也拥有了神奇的邂逅。

很多女孩对美的概念也许就在那片片花海中开始的。

那时，我们总是跑遍整个开花的土地，熟悉每片花瓣脉络，把它们的美丽恰到好处地延伸到人们身上，尤其是美丽的女人。

这种关于美的传统不知何时起，如今还在乡野里继续。每每见凤仙花染过的指甲，虽染色不均，但存朴拙天趣，喜爱异常。那时我们总把染指甲当作大事，呼上三五好友，采摘最鲜嫩的花朵，用明矾在小瓷碗里小心地捣碎，用洗净晾干的豆角叶包裹起来。然后，这双手被供养起来，沾不得水，干不得活，看不得书，它纯碎为美而存在。那样整整一下午的时光，我们躺在槐树下，吹着微风，看撩起的长发，说白雪公主、丑小鸭。

那时接触的除了打碗碗花之类的乡土气息浓重的花，就是常见的树上的花。

漫山遍野的梧桐花、槐花，让我们如此感激花开四野的土地。家里的石榴花，片片落红之际，总免不了伤情。所见最高贵的，也许数芍药花了。童年的记忆里，它是我唯一郑重其事拿花瓶插过的花。

我家屋后就是一片让人羡慕的芍药地，花开时节，蜂蝶乱舞，我总把持不住掐上几朵，以清水侍奉。闻其香，看其开败，也能感觉到情调。

记得再有就是那些开着艳丽的花的米瓦罐之类，常常被我们拿来做成花环，送给最美的女孩。那些毛茸茸的狗尾草，巧手编成小猫小狗。我们暴露在太阳下的肌肤，清一色的古铜色。有人为求肤白，就勤洗脸。也有人用炭灰染黑眉毛，以求对比。有知识广博的父母，求来桃花秘方，以花养体。

形态学上，花有雄雌之分，而在童年的记忆里，花和女人一样，都是美。

在云南，有花做成的玫瑰饼，用各种花卉入馔。在盛产玫瑰的山东，有花做成美容用的玫瑰酱。在普罗旺斯，薰衣草的故乡，有花的灵魂——精油。还有分不清产地的各类花茶。还有在日本深受重视的插花，有生命的艺术。

后来知道还有个美丽的女人薛涛，用鸡冠花、荷花、木芙蓉等花的汁液制成小笺，用于写诗，赋予花不败的灵魂。

图43　路边的野花

47. 赏花听诗

在她那里，我总是很轻易地受到蛊惑，走进一个和尘世无关的世界。

我们抚琴，听诗，赏花，闻香，品茗，读书。

时常，我们借助诗歌、弦乐、花朵、美酒、好茶以及古木营造的氛围，让奔波的脚步暂时慢下来，去体味一杯清茶、一炷熏香的味道。

去享受一首诗、一片树叶、一朵鲜花、一曲古琴带给我们的愉悦。

在繁杂的生活里，借助这些简单的器物与方式，就能轻易地获得短暂的超脱。

器物的本身只是器物，是人类赋予了物以灵魂，赋予了物更多的内涵。当然这里并不否认物的天然属性。因此，除却物基本的实用功能外，我们往往还希望获得更多，尤其在一个喧嚣的世界。

有时候，我们需要借助外物暂时离开尘嚣，与天地万物沟通。

听琴，品茗，赏花，闻香，读诗……这些从古人那里传承的风雅方式，一直都在抚慰着我们的灵魂。

可如今，快节奏的生活，这些并不够。

我们需要更为直接的方式。也许更直观的器物观感或更为直接的触摸方式，至少对我是有效的。

在她那里，我们时常把信手拈来的花材放进粗制的陶罐，简单得如同在自然中生长的那样。

就是那些马铃薯的芽叶，湖边的芦苇花，剪来的干枯树枝，与高贵的兰一样，都能在这里生机盎然。

偶有兴致时，随便翻开喜欢的诗集，随性读上两句。好喝的茶，好闻的香，都拿来与大家分享。

不管外面四季如何更迭，时间如何流转，在她那里，我们试图借助简单的外物或方式，让诗意融进生活，让灵魂得到安歇。

和她的缘分，也许仅始于一个庸常的称呼。

在众人的场合，她喊我老师。

对于第一次被这样称呼，着实吓了一跳。况且，她大我十岁有余，事业有成，容颜美丽。她的谦恭与谨慎就这样与"老师"两个字一起，长在了我的心里。

后来的一天，我正在秋日的暖阳里百无聊赖。

她打来电话，说想见我。

到时，正逢饭点，她带着长长的睫毛与满身清香款款走进我的厨房。神一样的速度翻炒出两个菜，当然全是素食，我拿来桂花陈酒与之相配。

在对饮中，我知晓了她一片生机的童年。那些水煮青蛙、捉蝉、听雨与移栽花草的记忆让我们梦回过去，当然也击碎了那个所谓"老师"的称谓。

就在那个午后，我们神迷在遥远的童年或浓烈的桂花香与清冷的

图 44　赏花听诗

蔬菜气息里，仿佛时间不曾从我们身边走过。

等醒来，她带我去寻正在开花的芦苇荡，就在距她的领地不远的湖边。那个被称作这个城市眼睛的湖泊并不大，穿着高跟鞋十分钟就能绕上一圈。周围尽是颇富设计、气势凌人的高楼，而它们的锋芒却无论如何也遮挡不了它的静雅。但凡经过的人，一定记得这湖泊。

就在湖泊周围，一个不起眼的角落里，长着一片寂寥的芦苇。

我们宛若孩童，欢快地行走在巨大的绿色里，采摘那些年老的枯荣与冒着新绿的芦苇花。

芦苇花柔软的身肢在风里轻盈地舞动，绿叶白花，模拟着波涛翻滚。我以为我们来到了大海，想象自己像浪一样恣意飞舞。

她见我在这里沉迷，便带我到"海里"来。

那里是她的港湾，我们把采来的芦苇放进粗制的花器中，看它们光彩夺目，相得益彰，心生愉悦。

那是个不大不小的地方，处处安放着她精心挑选的器物，尤其古木为材的器具深得我心。

那些器具风格明显，厚重大气，天然质朴。那些源于自然的木头，下水之前，曾经被人类千挑万选，又在海洋中千锤百炼。对它们而言，退役并非生命的终结，而是新生命的开始，无可替代的价值让它们超越了时空。

这些带着深刻海洋记忆的古船木，凝结了人类的智慧，被制成寻常日用之物，大可装点门庭，小可摆设案头。

它们营造的氛围，很特别，当你看着它们，会在不经意间穿越时空，冥想它们在时光隧道穿梭的故事。

在生活中，我们借助简单的外物及形式，品茶、闻香、抚琴、赏花、喝酒、听诗、读书……修炼身心，放松心灵，让自己在滚滚红尘中，拥有方寸空间，舒缓脚步，观照内心。

让诗意走出文字，让生活充满诗意。

所有的物与形式都已脱离其自身，赏花赏的是莲花，听诗听的是禅音。

48. 归乡记

秋收的中原，四野裸露，显出大地不光滑的皮肤，有一种粗野的美感。

那些枝头成熟的各色果实，秋风吹红的树林，充满离情的叶子，让这个季节丰富又细腻，到处涌动的收获气息让归乡的人心情复杂。

所到之处见到已被收割的玉米，一粒一粒的，在太阳下晾晒，大片大片，铺满道路，堵塞目光。走到哪里，都是一样的场景。

农人的收获，此时正在被晾晒：黄灿灿的玉米，红彤彤的辣椒，白花花的长果……它们裸着身子，在日光下沐浴。所到之处，尽是一幅幅流动的田园秋收画卷，让人心生欢喜。

轻松欢快的调子不仅在蒸腾的水汽里，更在农人的脸上和心里。

也许那种欢悦是我们这些远离土地的人无法真切体会到的，但那些耀眼的金黄总让人联想到不只是黄金，还有那些清香的花蕊，联想到饱满低垂的向日葵，春天黄灿灿的油菜花。

这个养育我的中原大地，我脚踩的每一块土地，都让人充满想象。童年的缩影一幕又一幕，越过季节的河流，像鲜花一样带着芳香来到我的眼前。

我迷醉在自然浓密的气息里。在夜色苍茫、虫草安歇的夜晚，我独自行走在熟悉的小路上。这些鲜花开满的土地，被绿草占据。人工踩踏出来的小路，曲折蜿蜒，远到天边。它们最素朴却最诗意，承载了多少

图 45　梦里故乡

人的青春。

　　而如今，在钢筋水泥肆意蔓延的时代，它们越发显得珍贵了。我每走一步，都仿佛听得见背后的摧枯拉朽，让人难安。

　　这个一味往前赶的速成时代，是不会停下来看一看鲜花、溪流的。就连那些天经地义的庄稼，都变得不是自己了。它们也像人类一样，被迫改变，变得速成，籽粒饱满，抗旱、抗病虫。

　　它们被加了其他的基因，变得如此陌生。

　　被加上人类渴望的转基因作物已经防不胜防，它们被端上餐桌，进入现代人的饮食。

人类主要的食粮、蛋白、油料都被加上飞翔的翅膀，远离病虫害与歉收。这种需要经历漫长自然选择才具有的性能，被人加上基因，一夜之间都能实现。

人类已聪慧到可以改变自然规律的地步了。物种进化、自然选择这种上帝才具有的使命已被现代人代替。几千上万年的物种进化、自然选择，它们通过植入基因就可以轻而易举地改变。

那些长相不归整、籽粒不饱满的粮食，比以往多了亲切。它们是最后坚守上帝阵地的作物。

城市里那些借人工之手变得五彩漂亮，让人怀疑自然造化的粮食，我一直与它们保持着距离。

那些圆滚滚如同一个模子出来的大豆粒、花生仁，那些齐整的玉米棒子，饱满规整得让人难以想象，那些五彩的甜椒，漂亮得如此诱人，我却连碰都不敢碰。

有些东西不是洪水猛兽却胜似洪水猛兽，转基因的作物当属此类。一旦蔓延，宛如打开的潘多拉魔盒，人类早晚要自食其果。

只有乡野里长出来的才自自然然，按照原来样子生长的东西，才让人心安。它们远离主旋律，不肩负丰收的使命，是我最喜欢的。

49. 干草垛

乡下小镇处处可见的干草垛，常年累月地存在，它的历史可以追溯到农耕文明早期。它们被用来燃烧、沤粪，而更多的是提供一个温暖的闲话场地，尤其深得上了年纪的人的喜欢。

他们一整天可以窝在草垛根，背靠耸起的干草，面对春风，懒懒地晒太阳，可以随手扯起话题，又能随时放下。

那是一种绝对的清谈，不会误国，也不探求意义，只是打发时光。

小镇居民的老年不是躺在床上，就是熬煮中药。在草垛边晒暖、闲谈，是享清福才有的姿势。

建设草垛与享受草垛是年龄的分水岭。年轻人捡拾柴火，高筑灯塔，难得有空俯视脚下。即使孩童，不过翻个跟头，抓鸡寻虫，才与草垛偶然发生联系。

小镇居民不看莫奈的干草垛，也不读美学修养的书。草垛就是草垛，拾草为垛，铺草为座，燃草为火。

他们不懂得莫奈，并不代表莫奈不懂他们。基于懂与不懂，很多人出走，去寻找莫奈。

当你能在庸常的琐碎里看到美与真实，也许你找到了莫奈。但找到莫奈，也未必能让人平静地面对自己和世界；找到自己，也许可以。

50. 春光无限好

和这个被称作绿城的地方不期而遇，它承载了我最好的年华。几经辗转外地，一路漂泊，最后还是归来。

它还是原来的脏乱差，还是那么小家子气，还是那么拘谨地迎接八方来客。仅存的美好在回来的那一天，被蜂拥的人群彻底挤走。

面对它，我选择躲避。尽量少出门，尤其在节假日，更不出去。

春天来了，沙尘暴过去了，万物复苏。那些花草开放，张扬着姿势，引诱人出去。

只要一出了门，哪哪都是人。穷山恶水的地，除了人多，还是人多。每每出去心里堵得慌，索性揪两花枝插花瓶，自个儿回家赏。

这花天天看，花也不是花。

面对暖阳春风，没有丝毫抒情，格外怀念南方的山山水水。这片土地干涸，毫无动情之处。

满城唯一牵动我的，也许只有樱花大道了。在春天到来的时候，这座城市最让我牵挂的就是那些樱树。

所谓樱花大道，是我本科学校老校区的一条小路。路狭，两旁密密麻麻栽满了樱树。师生们美其名曰樱花大道。

树虽不多，算下来也仅有几十棵。在这贫瘠的土地上，花开时节，却也艳惊全城。

品种也非名贵，但足够特别，是自己学校里的研究人员培育的品种，有的一棵树能开好几个颜色的花儿。花朵也比别处的大，颜色也更雅致。

尚记得读书时，花开的时候，我们喜欢临窗而坐，窥视着窗外的花儿和穿梭于花丛的人们。至于课堂上老师们讲的什么，迷迷糊糊的，左耳朵进右耳朵出，走进心里的是恐怕只有外面花开的世界。

当有风吹起来的时候，花瓣招展，落英缤纷。零零落落的花瓣从树上飞翔，缓缓降落到浓密的草丛上。那时我们很迷恋这样的情景，翩翩惊鸿，无不忧伤。

前几日，央求好友前去赏花。初去去得早了，花刚结了骨朵。今有好友先行踩点，说花已经开始开了。

好友是我本科同班同学，同去母校，多多少少感觉时光穿梭。

我们并不急着看花，先在校园里四处转转。

边走边讨论着读书时的一切。

想起那时风靡一时的美食。回族餐厅的馍夹蛋，其味鲜美，但见有卖，大家都哄抢一通。

说着就见有人啃着馍夹蛋走出餐厅，脸上洋溢的表情，和我们当年的一样。

小花园的玉兰此刻正在凋萎。新种的铁梗海棠吐着花蕊，颜色鲜丽却不俗气，映着新生的嫩叶格外美丽。

大花园的古柏越发葱翠，底下坐满了读书的孩子。年轻的脸，让我们回到从前。

印象里那两丛翠绿的竹子，满目枯叶，还不到它们青翠的季节。

站在那两棵古杉下，我问她，若此刻有故人站在你面前，喊你的名字，你会有什么反应。

她笑着说，那个概率几乎是彩票中奖。

曾经我们在那样美好的时光里相遇：有的有了交集，像我们；有的却渐行渐远，可能永远不会再出现在彼此的生命里。

枇杷树下，有我们打果子的影子；丁香花树下，有我们一起做标本的身影；南天竹和芍药的丛中，有我们寻找昆虫的印记……

那时我们植物学实习，有时相互提醒着连翘和迎春花、紫荆和丁香的区别，……如今已物是人非。

我们转到曾经的学校机房，从房间的这头走到那头。每走一步，一脚踏在遥远的过去，一脚结结实实地踩在现在。

蒙尘的电脑还是往日的旧气，该是我们用过的那批，旧得和时光一样，和脱皮的座椅、板凳一样。

我们绕了学校逛一大圈，最后才到樱花大道。

只有两棵恣意先开。那两棵每年都是先开的，纯净的白，开得清冷。

那些粉的、绿的，总躲在后面开。

看到那些树都还在，心里就满满的。它们总有一天会开的，可也会败落。

好友说，这些树早晚会被铲平，被盖上房屋。

这是国内唯一一所处在市区的农业大学。这片好地，不知多少人觊觎。学校周边正在热火朝天地大兴土木，早晚，这片沃土也不能幸免。

北门正对的整条街被拆掉了，临街的一个财经学院早已不在，被高耸的写字楼和闪烁的霓虹替代。原本寂静的夜空，已再难找寻。

我们曾经的那些记忆，若发生的场所不在了，不知仅凭印象，还能保存多久？

　　这片土地上唯一让我期待的樱花，也许很快就没有了。

　　牧医楼前，曾一直蓄满盈盈清水的小溪，此刻尽是枯枝败叶，不见当时的景象。

　　春光无限好，只是近黄昏。

51. 天地岭初印象

去过一次天地岭，被那繁茂的植被、天然的绿色蔬果以及浓浓的文化气息，深深吸引。它深藏在伏牛山深处，居附近百里群山之巅，是天地之间一个小岭，故名天地岭。气候属南北交汇，不湿不燥，是巨大的天然氧吧。

那里有一种散发奇特清香的兰草，当地人称天地兰。多美好的名字，那种兰花的清香，世间罕见。到天地岭，让人忍不住首先要做的一件事就是要访兰问香。

它一般躲在山巅丛生的树林里，需要提醒的是，山高路陡，需要当地人陪同。关于它的故事并非仅存于人们的口中，更存于他们的心中。

据说那是关于一场美丽的邂逅。男女主角为情私奔，历经磨难，战胜世俗，终获幸福的圆满故事。而那种奇香，真切地表达了那样的美好。

到天地岭，你会听到活跃在此的当地人讲述他们眼中各不相同的故事。虽版本不同，但无一不精彩动人。就因此，你也不虚此行。

山庄自酿的红小米酒也让人印象深刻，是到此地不得不品的一款佳酿。此酒取山间清泉和深山生长的红小米，自酿而成。就是这种红小米酒，让我第一次见识了米酒的魅力。

熟透的红小米酒色泽淡雅清澈，很难让人与疯、与威力联想在一起。它有着南方陈年黄酒才有的琥珀色，香甜可口，清香宜人，非常婉约，深有女性气质，是非常优雅的一款米酒。

它的香，它的甜，让人不自觉地往口中送。就是这样温暖柔顺的拨弄，不知不觉就过了，醉了，丝毫没有提防。它就是那样让你醉得措手不及。

那晚，酒意阑珊，我就享受了那样的待遇。

天地岭不得不提的还有它的建筑。

那是豫西典型的民居，灰瓦白墙镶木。庄园主人品味不俗，保留了旧居风格。仅稍加修饰，填设绿植，增加洗漱等设施以更适合人居。主人统一以中国诗歌流派命名房间亭楼，并以其为主题把握装修风格，给人以质朴中见雅致的美好观感以及居住舒适的完美体验。

想一想，当你穿行于以海子、北岛、舒婷等诗人为名为主题的房间里，落眼窗外即景，葱翠与火红的植物高低交错，疏密有别。此时，青色的山峦蒙上轻雾，随风送来的百花果香，袅袅不绝，鸟雀鸣叫着归巢，再读上几句他们那些被锤炼得发光的文字，这样的夜，即使没有美人相伴，也让人难忘。

到西峡，若没去天地岭，没有度过这样与诗人共枕而眠的夜晚，该是多么遗憾啊。

当然，天地岭并非仅以此为业。它地处南北交界，资源丰富，各种食材均可入菜。在那里，你将享受到令人震撼的味觉盛宴。它的每一道菜，都让我垂涎。

我总是不等饭点，就去厨房张望。在那里，我都不知道自己是因为哪道菜变得这样嗜食的。几乎是每一道的上桌，都得了满堂彩，让人赞不绝口。

我以为，那样天然绿色的时蔬，即使简单的加工也会口感新鲜，何况天地岭拥有深得食材精髓的美食家团队与专业大厨的专业眼光。所以在这里，体验到不俗的口味似乎是顺其自然的事。

还有那片寄托山庄主人希望的金银花田，具体面积有多大，目测很难估计，亦无人考究。

那是块美丽的梯田，颜色浓淡交替，异常美丽，凡·高笔下的色彩都能在此找到。当然，这里也是一片沃土，看金银花长势就能知道。那些野生与自种的金银木一起，应季便开清新的花朵，白色中点缀金黄，衬以绿叶、红土、青石，还有繁多色彩的野生花草，随风摆动，宛若流动的色彩，极其美丽。

而它并不流于美丽，其实用功能更得人们青睐。人们用它的花朵沏茶泡水，清洗碗筷，用它的叶片冲澡泡脚，用它的老根，煮水治疗顽疾，康健体魄。

那是庄园主人先辈们开荒留下来的遗产，而他们留下来的并不只有此，还有那些漫山遍野的果树。我对猕猴桃和樱桃格外有好感，就重点说这两种。当然你所能见到的一般果树在此都能找到，比如野生栗子树、芒果树、木瓜树。

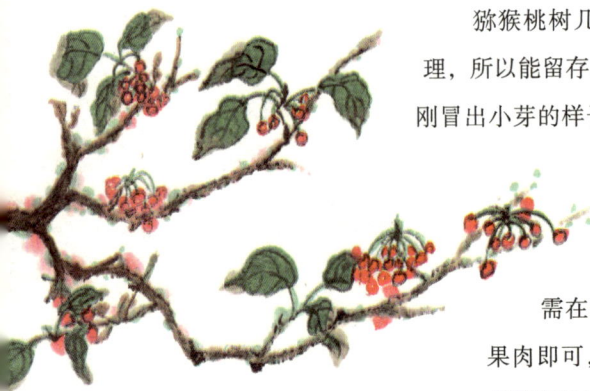

猕猴桃树几乎都是野生的，因人们妥善管理，所以能留存至今。我只见到它们的藤蔓，刚刚冒出小芽的样子，并未亲眼见到开花挂果，着实遗憾，倒是品尝过它那酸甜可口的味道。

应季新鲜的猕猴桃，只需在表皮撕开一缺口，用小勺伸进取果肉即可，方便易食，美味异常，绝非一般猕猴桃的味道。

图46　红樱桃

至于那漫山的红樱桃，令所有到此的人都惊叹不已。当它们红透枝头，不仅美丽，还很美味。

我们总是酒足饭饱，爬到树上开始吃餐后水果。

那些饱满的汁液带着幸福直抵心房，樱树底下散落的樱桃，铺满土地，被人当作垃圾扫除，你就知道这里的樱桃有多丰富。

让我关注的除了金银花，还有那些漫山遍野的其他药用植物，比如山茱萸、藿香、薄荷、益母草……当地人知晓自然的秘密，很多时候，他们借助这些植物的力量渡过难关。

另外一个好玩的项目就是采蘑菇，可惜我们去的时候，并不是季节。听他们讲，可好玩了。一场雨下来，它们就发疯地长。他们结队去采，回来煮汤炖肉，格外鲜美。我期待有朝一日，能和他们一起去采蘑菇，梦回童年。

那里的活动总是顺时顺景，并不丝毫强求。餐桌的菜蔬瓜果，也都是应季甚至是自己亲自采摘拿来烹饪的。饲养牲畜，他们总是在适合牲畜生长的季节饲养，而且采用天然散养，所饲食料亦是秸秆、麦麸这样天然的材料配比而成。所以，在此，你能体味荤菜至味，并不足为奇。

在这里，我不知不觉就能找到的唯一地方是书画室。那里很安静，你可以随时铺开纸张、涂鸦、创作均可，只要你喜欢。

当然，你也可以去露天小亭，铺上宣纸，感受山风与花香、辽阔与空旷，只要你喜欢。

在这里，在天地岭，最能应了"天地人和"那样的古话。

52. 南山小野菊

没去终南山的时候遗憾，去了就更遗憾了。

遗憾的是，我只在那里待了一个天阴的下午加上一个有彩霞的傍晚，只来得及与小野菊有亲密的接触。

天下归隐，终南为冠。去了就知道，南山为何为冠了。

太乙福地，沉淀了几千年的人类文明，穿越唐宋风雨，一路走来，那份唯美与极致从来都不曾让人释怀。

古今风流，又有多少文人雅客醉倒在它的怀里，思缱绻，殇流年，繁华一梦尽数遗落在沟壑、山峰、碾尘中。

站在秦岭，我不禁想到那个人到中年，把家安在辋川的王维。诗人特地选长安东南蓝田的辋川营造居所，后半生过着半官半隐的生活。此地一半距离朝堂，一半距离南山，意味深远。他是想入世、出世兼修，玩平衡术，身体力行做那种一脚踏在现实、一脚踩在天空的人。

而今，我的脚下，叠垒的脚印，何曾不是王维、李白、陶潜们的足迹？

仅匆匆一瞥，单凭第一印象，南山就奠定了其在我心里第一大山的地位。可以毫不夸张地说，因为对南山一见倾情，从此内心便多了一个切实的牵挂之地了。

可惜，到终南小峪的时候，我还沉浸在千里之外的中原，并不在状态。唯有对小野菊，还有几分真切的感受。

作为一个容易陷在一种旧情绪不容易自拔的人，一切看起来似乎都慢半拍。当朋友从中原大地，一路带我深入他终南山脚的私人宅院时，我的思绪还陷在与我们渐行渐远的中原。

直到深入南山深处，看了满山的红叶，我还在恍惚。

一直不敢相信眼前的一切都是真的。

也许我们对当下的感知，总是迟钝的。

很多时候，我们活着，并不在当下，而是生活在自己的回忆里。虽然我有意识地努力修炼，让自己活在此时此刻，但不可否认，怀念真的是一件让人很容易沉迷的事。

南山其实一直就在旧梦里。

终南是我很早就有的期待。去南山，心里感觉仿佛是一件很重要的事，沉甸甸的，所以比较谨慎，并没有轻易就跑那里去。只是实在没想到竟是一个偶然的机缘，让人一下子直抵大山。

我们都在旧时光里做梦，醒来发现自己正在梦境里。

恍恍然，浮生若梦。

但眼前真切的只有含在嘴里清新微苦的小花瓣，还有手里捧着的一把山野的小菊花。

重阳将近，秋已深了，花也多失了色、隐了身，正是赏叶的好光景。各类绿叶，焕然成彩。绿的，黄的，深深浅浅，层林尽染，在山间叠翠争艳。尤其漫山遍野的红叶，红绸缎一样落满了南山。那红，像姑娘刚刚披上的红头纱，也像她们脸颊上微微泛起的娇羞红，美极了。

傍晚，霞光落下来的时候，万丈光芒洒满山涧。我们沐浴着一场深秋的芦花风，踏着深深浅浅的山石路，走过五彩斑斓的新世界，遇见一丛丛正在花开的野菊花。

此时的山间，山石坚硬，溪流寒凉，百花早已凋零，唯有一丛丛漫山遍野的小野菊，天真烂漫，仿佛不知冬寒将至，欢快地开在山野。

不管水草丰美的溪流岸边，还是土石接壤的清冷之地，抑或山脚人声鼎沸之处，都见小野菊的蓬勃与昂扬。

人说，开到荼蘼花事了。而小野菊、寒梅，独对秋凉，寂寂绽放，是命运的漏网之鱼。它们孑然有遗世独立的美。

采菊东篱下，悠然见南山。陶翁定是喜欢菊花的性情，才有采花之为的。只是庐山的菊花与南山的，定是不同的。但采花人的心境，却可以丝毫无差。

南山的小野菊格外清新，带着清冽的山林之气，清觉爽心。我们下山途中，拣有眼缘的采了一把。我把它们捧在手心里，一路上嗅个不停，清香扑鼻，真让人陶醉。

回去，朋友找来花瓶，我拿清水把它们养起来，放在茶桌上。我们喝茶的时候，时不时揪两瓣新鲜的小花瓣丢到茶水里，一种特殊的菊科香气顿时把人融化了。

这是一种特别的香，细润有厚味，是被这里的山风雾岚和钟灵毓秀的人文之气慢慢滋养出来的，与平原、与其他山间的大不同，是只属于太乙山菊花的味道。

图 47 小野菊

南山的小野菊是很多隐士们的一味

茶饮。他们在野菊将开未开之际，亲手取其花骨朵在太阳下晾晒，让花朵散去多余的寒气，吸取阳光与能量。晚来用山泉水烹煮浸泡，喝的正是自己采摘的山林花草与阳光、时间混合发酵的味道。

有人说喝了南山的野菊茶，会感动得流泪。这话虽矫情了点，却也不失为实话。

野菊花的种类很多，一般说的野菊花指的是甘野菊、野菊与甘菊等常见品种。野菊花让人津津乐道的不仅是它的美与气节，还有其强大的药用功效。《本草纲目》与《神农本草经》都记载野菊花全草是宝，可以清热解毒，祛风散热，明目降压。

赏菊，饮菊花茶，喝菊花酒，用菊花做枕头，是自古就有的传统。

野菊花与菊花是不同的品种。目前被用作茶饮的菊花除常见菊花外，也有小野菊，不过小野菊味道最苦，可能受众比较少。

市面上用作菊花茶的品种一般是杭白菊、胎菊、贡菊与小野菊。胎菊的口味最宜人，杭白菊最亲民，野菊有苦味。

虽然常喝菊花茶可以去火，但火与火不同。肝阳上亢适合杭白菊，上热下寒适合小野菊，用不同的菊花区别对待，对症下药才好。

也有人拿菊花入馔、酿酒，都是借其清气，取其芬芳。

作为四君子之一的菊花，终归是寒凉一物，这与其开在暮秋严冬、喜欢严寒不无关系，所以体质虚寒之人，还是谨慎些好。

我虽为寒性体质，还是希望自己有机会能亲手采一些南山的小野菊，晾晒成茶，品其滋味。

也愿去山里抓几片闲云，汲一掬山泉水，酿一壶菊花酒，从此醉倒天涯。

53. 得水成仙

对水仙，一直是陌生的。之前一直以为，培育水仙，还不如养育一钵青绿的蒜苗。在我眼里，青绿的蒜苗比洁白翠玉的花朵更有诱惑。但等自己亲手培植了一丛水仙后，便彻底改变了这种看法。

很多时候都是这样，我们对未知事物的认知总是拣熟悉的来类比。但类比只是类比，不同就是不同，蒜苗就是蒜苗，水仙就是水仙。

为了能完成国画老师布置的功课，画出我们心中形神俱佳的写意水仙，我决定先从培植一株水仙开始。

水仙就是这样进入我的生活的。

种在水瓮里的水仙，只一掬清水，几粒卵石，就可蓬勃生长。水仙是喜阳植物，每天需要阳光照拂。所以最好放在有阳光的地方，以防搬来搬去，而且温差变化大，也不利于其生长。

水仙自身的鳞茎在夏秋储存了大量的营养，足够其开花结实的。在培植过程中，一般无需另外补充营养素，否则水仙会因营养丰富只旺苗而不开花。

水仙的绿苗生长很快，形态与长势很像蒜苗，一天就能抽出一指长。一日不见，旺盛得就很陌生。

水仙长苗之际，除了细细观其长势，控制绿苗疯长，就是谨防苗不抽薹以致哑花。

哑花就是水仙只长苗不抽薹不开花，往往是青苗长势过旺或搬来搬去温差大或者缺少阳光所致。

若你精心养育，水仙便用花开繁茂来回报。

水仙的花开起来的时候，陆陆续续，接二连三，白花黄蕊，纯洁素雅。

花朵常见单瓣花，6瓣，也有重瓣花，12瓣。单瓣简约，重瓣繁华，各花入各眼。不论单瓣还是重瓣，花瓣均洁白无瑕、简净素雅，周身散发浓郁的芬芳，沁人心脾。

遥遥望去，盛开的水仙花儿轻盈玲珑，宛若凌波仙子踏浪而来，因此水仙素被人称为凌波仙子，有花中雅客的美誉。

图48 水仙

水仙花素雅，与兰、菊、菖蒲一样清简雅气，这四种草木古时就被人们并称为花草四雅。

水仙可以说是人类的老友了，自唐人培植水仙以来，就进入了人们的日常生活之中。尤其在寒风吹紧的冬日，万木萧萧、百花凋零之际，唯有水仙，盈盈而立，花开灿烂。

水仙金灿灿的花蕊，冰清玉洁的白花瓣宛若春秋的暖阳，瞬间就能驱走空气里的寒凉，让看到的人不禁生出几分暖意。

而且因其花开在隆冬，且多近年关，尤喜在雪花飘飞的严冬，展翠吐芳，春意盎然，被人们视为祥瑞的使者，常常被当作恭贺新年的岁朝清供。

水仙凌雪傲霜，花开素简，不着一泥，不染尘俗，气度不凡，自古

就是文人墨客歌咏抒怀的介体。

爱水仙者自古不绝，仇英、赵孟坚、王迪简、陈淳、文徵明、黄庭坚、张大千，等等，但尤以李渔甚。

你能想象有人仅仅因为酷爱水仙而举家搬迁，以成全自己临良仙而居的夙愿吗？

清代李渔就是因为迷恋水仙才把家安到金陵的。李渔举家搬迁至金陵，仅仅因为那里生长着最好的水仙。

李渔视水仙为生命，甚至宁肯折寿节食，换得一钵可观的水仙。他在《闲情偶寄》里这样记载："水仙一花，予之命也。予有四命，各司一时：春以水仙兰花为命；夏以莲为命；秋以秋海棠为命；冬以腊梅为命。无此四花，是无命也。一季夺予一花，是夺予一季之命也。"

水仙，水仙，得水成仙。

如此爱仙之人，让人惊叹。

李渔痴迷的，绝非仅仅是水仙的仙女凌波之姿，更是它冰清玉洁、超脱出尘的性灵之气。水仙是李渔自我神魂的寄托实体。

水仙为多年生草木，一岁一枯荣。等花开花败，青苗枯萎，水仙的鳞茎便开始新的生命。它们收敛锋芒，蛰伏在时间里安顿身心、整合资源，只待来年冰雪覆盖，又是水仙重新繁茂的时候。

而很多人，只看到花开一年的水仙，等花落苗枯就草草将鳞茎处理扔掉。

也许很少人能将花落的鳞茎保存，或埋于黄土，或卷于旧纸。妥善储存的鳞茎，第二年会再度给你惊喜。

但这需要耐心，不知有多少人，能有眼缘看到旧根的再次繁茂。

李渔一定是懂得的。因为懂得，才会深爱。

　　李渔也一定懂得，水仙孑孓独立，各有风姿。他也一定了然，水仙在花开之前，早已经过千刀万剐。

　　在所有的球根花卉中，唯有水仙花的种球在受到重创三分之二时还能开出花来。

　　不经雕刻的水仙是很难开花，有大成就的，自古就有这样的讲究。

　　每一只经过雕刻的水仙球茎，都是独特的，一刀下去，深浅部位有别，变化万千。

　　那是个体生命存在的一种状态，是生活的个中滋味儿。

54. 高山金银花

　　对于不吸毒、不迷恋烟草和酒精，也很少进行中药理疗的人，仅仅通过日常的餐点饮食与植物打交道，是很难体会到它们原始的神奇力量的。

　　有些东西若非躬身亲历是很难深刻体会到的，对食物的敬畏与认识源于自身亲历的·些事儿。

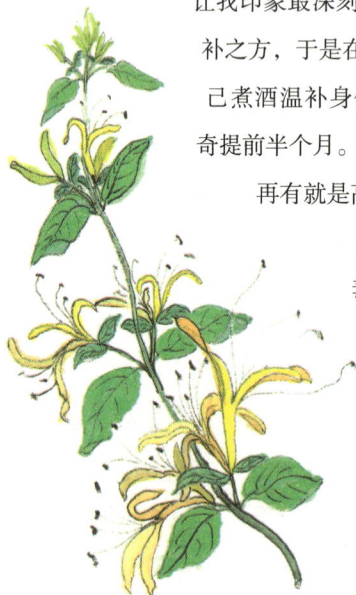

图49　金银花

　　让我印象最深刻的当数红小米酒煮蛋了。据说这是大补之方，于是在冬日飘雪的清晨，外面天寒地冻，自己煮酒温补身体。连喝了两天，结果"大姨妈"离奇提前半个月。那让我第一次见识了食材的力量。

　　再有就是高山金银花了。

　　记得一个异常干燥的夏季，被季节邪毒感染的我，连日上火，但又不知火从何来，口干舌燥，满脸爆痘，吃遍了退火药都无济于事。山里的朋友得知，寄了我一包自家晒制的金银花，说清热解毒，对去火有奇效。

　　金银花是一种古老的草木，在我国有两千多年种植历史，早在秦汉时期，《神农本草经》就载有忍冬，称其凌冬不凋。金银花自古就是宣散风热、清热解毒的良药。古代医书药典就有记载说金银花性寒凉，味清香有回甘，芳香透达可祛邪，久服轻身，去燥败火。

这种集草药与观赏于一身的草木，宋人在《苏沈内翰良方》中记载金银花：“可移根庭栏间，以备急。”这样的传统至今有之。

山野村间，屋檐疏林，常常可见到稀疏散落的金银花。金银花是多年生藤本植物，与金银木不同。两者虽看起来很像，但金银木是木本，而金银花是藤本，果实也不同，一红一黑。金银花可自由伸展，不仅是秀美常绿的观赏植物，也是人们救急的良药。

我拿到当天就泡了茶喝，喝了马上就见了效。一杯水下肚，还没到两个小时，就自觉症状有所缓解。也许是碰巧对了症，很快便药到病除了。也许与自我心理暗示有关，但对植物拥有治愈力量的印象却深深地镌刻于心了。

一次，朋友家的金银花生病了，发图片给我，期待我能寻求治病之法。拿给大学里的老师和从事农药研究的同学们看，很快便有了初步的解决方案。经过及时治疗的金银花很快便恢复了生机。

后来朋友请我去看深山里的金银花。它们长在祖辈们留下来的金银花梯田里，长在群山之巅，所以我们都喊它们高山金银花，以区别于平原丘陵地带的。

长在山巅的高山金银花吸收山风雾岚、阳光雨露，经历山顶的高寒与凉爽的季节交替的淬炼洗礼，能活下来的往往植株健壮，株型秀丽，各自形成独特的风格。

梯田上的金银花，稍加整修，加之山风雨露参与，终于出落得遒劲秀美。深山里的阳光与粉蝶让金银花多了柔美的气质，不比温室的盆栽缺少温软的气质。

金银花的叶片水灵灵的绿色，浓郁得仿佛要滴下来。绿叶四季常青，像给山川披上了翠绿的纱质裙。

金银花花开多茬，有开两茬的，也有开四茬的。两茬分春花和秋花，春花味甜，秋花味苦。春花始于初春，秋花始于初秋。四茬的头茬花在初春，依次递推，每个季节都可见到花开，每茬花期一个星期左右。

金银花初开纯白，花开唇形，隔两天花瓣渐变为黄色，也有花开时花瓣黄白两色的，金银花因此而得其名。

采摘金银花一定要赶在花蕾绽放之前，金银花的花蕾一旦绽放，药用价值就会大打折扣。

花开的时候，为了能及时采摘金银花，朋友经常要赶在露水未干之前。此时最不伤及未成熟的花蕾，而且香气最浓，也方便保持花色。

金银花是药食同源的花朵。花开之季，新鲜的金银花常常用来做汤、煮粥、炖肉，裹蛋清炒，鲜香迷人，清脆爽口。金银花淡淡的苦味又有回甘，是难得的全能型时蔬。

采摘鲜花的人们在间歇之际，也时常喝上一杯用新鲜金银花泡制的茶水。口感清新，凉爽解渴，顿时就能带走一身疲惫。

采摘金银花的人们不仅要忍受带刺爬藤植物的尖刺刺痛手指，还要忍受被采花的蜜蜂所蜇。所以每一片金银花，都凝结了人们的心血与汗水，让人懂得珍惜。

新鲜采摘的金银花幼蕾要赶在天黑之前，尽快处理，否则花朵就会腐烂或全然绽开。

新鲜的金银花是一定要在日光下晒干的，不可烘干，否则花色光泽尽失。

金银花茶是制作凉茶的绝佳材料，更是制作金银花茶的材料。

金银花茶需用 70% 的茶叶作为主料，采用一芽二叶或一芽三叶的鲜嫩茶叶，按照绿茶的制作方法制成干茶。

干茶与新鲜花朵一层隔一层平铺于透气的纱网袋中，一层茶叶一层鲜花。再密封环境，让茶叶充分吸香，每次两到三个小时。如是两到三次，制成的金银花茶，茶汤清亮，清香扑鼻，色香味俱佳。

除了用来制作茶叶，金银花多药用。

药用的金银花依不同炮制方法，可分生药、炒药和炭药三种，效果各不同。

生药是把新鲜的金银花经过日晒、自然阴干等方法获得的金银花干品，用来疏风清热。用文火炒制的金银花为炒药，多用来清解内毒，透邪外出。而用武火清炒出来的金银花，常被用来活血化瘀或治疗肠胃疾病。

但毕竟金银花属寒凉一物，只适合体质平和或内热的人服用，至于胃脾虚寒或体质虚寒的人还是谨慎些好。

每年金银花开的时候，我都会想到深山里的金银花，想到我们一起漫步梯田、采摘鲜花的日子。

那些日子繁忙、辛苦，却让人记忆深刻。身体的痛早已忘记，留存的唯有记忆了。可记忆也渐渐远去，但生活一直没有停歇。

一年又一年，在花里开始，又在花里结束。

果木部

1. 山中看杏花

山中杏花开的时候，天气寒，山风吹，我们就在屋子里待着。每天睡到自然醒，醒来就吃饭，煮茶，喝酒，聊天。

徕园地处天铎山脚下，银山塔林附近。山高云懒，节奏慢。我们一般多半上午起床，洗漱完就坐下来，一坐就是一整天。喝茶，煮酒，大锅烹肉，不分三餐，火从早上烧着，一直不停，直到夜星高挂。

偶尔趁阳光正好，也出去溜溜，到山上看花。也有喝了一半，就到上院写字画画的，也有酒过半巡，到东房忙正事的，反正一切皆随心所欲。

徕园主人尤喜肉食，爱吃肉的我初到甚喜。碍于保持形体，用不了两天我就败下阵来。更不胜酒力，亦不善言辞，有时候趁他们聊得开心就兀自走开了。和我有一样感觉的，就是白木禅师了。

一次，白木禅师约我出门看花，便与他去了。连绵的大山还在沉睡中，一路我们只见到柳树新抽的嫩叶，还有开得正旺的杏花。

我们一路慢行，快走到银山塔林处，见到一棵正开零星杏花、有稠密花骨朵的大树下，停下来。

树下有几块巨石，禅师走到那里就不走了。他坐下来，就在树下正方的石块上，闭目打坐。我去看杏花。

长在大山里的应该是野杏树，花落可以见果的，不像城市里常见的观赏树，只开花不结果，即使勉强结了果，果实也长不大就落了。

它的树形高大，枝条虬曲，花朵繁密。虽天气微寒，但已经有昆虫在花间飞来飞去。

飞虫们躲在浓密的花丛间，忙忙碌碌地采蜜，并不忘为花朵传粉。

开了的杏花白里透着粉，花繁姿娇。只见花开，不闻其香。花蕊俏丽，细长细长的花丝上是点点黄蕊，猛一看让人误以为是孔雀仙子的长羽毛。

没开的花苞，一个一个圆滚滚的，在枝条上膨大，像一粒一粒粉白的宝石。

杏花是短命的花，很快就败了，花衰落的时候，翠绿的叶片就跟着长出来。

我找到两枝开得不错、花苞多的，但树枝有些高，够不着，就站在原地往上蹦，伸手试图够花枝，但多次尝试均失败了。

禅师见我动静大，睁眼看了看我。他显然认真思考了很大一会儿，才过来帮忙。

图 50　杏花

他站在石头上，边用手牵起花枝，边说杀生的事，说花儿也是生命，万物皆有灵云云。但见我心诚，而且他是男子，还是决定帮忙。

他帮我掐了几枝白杏花，我们怕花枯，就赶紧原路返回了。

当时他还没有入寺，我们聊到他的过往。听他说起年轻时谈过恋爱，只是后来气场越来越像禅师，所以人见了都喊他禅师，喊着喊着，仿佛就要成真的了。

我回去找了一个粗陶的茶海当花器，把花插上，放在上院的书房。后来长出叶子，花瓣凋萎一些。有人看到喜欢，说可以画写生图了。不知后来有没有人画。

从那之后，就没再见过白木。后来他帮我和宁寻拍的照片到了我这里，看了让我吃惊。我曾一度想请他为我拍摄一组照片的。后来，听徕园主人说，他进寺修行去了。

我们有时聊到白木，觉得若要有一个女人一直在他身边，也许他不会走这条清冷的路。他自己也说，年轻时并不拒绝女孩，也不拒绝恋爱，走着走着就走到寺里去了。

就像那些被我们折掉的花枝，为什么偏偏折的是它们呢。也许，这就是众人所说的命吧。

2. 无花果的两个秘密

自从知道了无花果的两个秘密，就再也不吃它了。尽管它很甜很香，口感很好。

小时候，父亲尝试多次种植无花果，但都没种活。当时挺为他惋惜的，现在倒是感到庆幸。亏了那些无花果没活，否则，现在就不知什么心情了。

当年要是那些无花果种活了，解决果实的大事儿就落在我身上了。若真吃了那么多无花果，真是恐怖啊。

无花果并非真的无花，不仅有花，还有昆虫跑到果实里授粉。

无花果的花很隐蔽，开在果实里。

朋友楼下就有一棵很老的无花果树，无花果花初开的时候她喊我去看。她是一个科研人员，眼睛像装了放大镜，能看到一般人看不到的东西。

无花果的确是有花的，是肉眼可见的。花开的时候，小小的，藏于无花果宽大的叶片间。花朵浅绿色，带有一点淡黄，是存在感不强的花朵。加之浓绿的大叶片掩盖，非常隐蔽。所以经常是没见开花就结果，被人误以为不开花。

等这花再长大一些的时候，我们看到的就是一个一个毛头毛脑水滴形的青果了。其实此时的花在青果的里面，我们眼睛见到的青果是长大了的花儿，无花果是隐头花序，花朵在青果里面层层叠叠的。我们拿个刚发育不久的无花果切开，去看纵切面，就能发现它的秘密，它的花朵隐藏在果实里。

有谁像无花果一样有城府、有底气，把花瓣、才华深深藏于腹中，羞于示人？

无花果是花中的隐者。你说我不开花就结果，那就是不开花就结果。任凭外界如何评说，我自岿然不动，所有的秘密只与志同道合的有心人分享。

或许你会问，无花果这样收紧自己，风雨不侵，远离蜂蝶，怎么受粉，怎么生存？这就是它的另一个秘密。

无花果是榕属植物。榕属植物在长期的进化历史中，与一种榕小蜂达成和解。它们协同进化，彼此形成比人类契约更稳定的关系。

若你仔细观察无花果，会有一些细微的发现。

无花果果实是烧瓶状的，更像是瓮形的。在瓮的底部有一个小孔。

那个小孔就是果实与外界交流的通道。

榕小蜂通过那个小孔，进入花朵进行传粉。

果实底部的孔，初时并不显眼，榕小蜂进进出出，一定程度上会撑大

图51 无花果

那个孔道。有昆虫进去的果实，小孔也相对看得明显些。

雌榕小蜂就通过那个孔道进入无花果花朵内部。进去以后，在里面传粉，产卵，孕育后代。雄榕小蜂完成授粉交配任务，有的从花里钻出来，有的就葬身花朵中。

未受精的花儿就脱落，或长大成品相、口味不佳的果实。

受精的花朵发育，膨大，成熟，长成果实，就是我们平常作为水果的无花果。

无花果的果肉香甜，颜色饱满，非常诱人。植物们天生就具备用自己的色彩、香甜和美味之类的才华，去打动人类和鸟雀。它们借助人们的采摘，鸟雀的飞翔与迁徙，或风、雨、气流等可以流动的媒介，将它们带到远方，以扩大它们的疆土，繁衍它们的子孙。

所以，成熟香甜的无花果里，往往是有虫卵的。

那些虫卵，是榕小蜂们的后代。抑或，无花果里面还有昆虫残存。那些没有爬出果实的雄黄蜂，尸体没有自然掉出来的，就只有留在果实里了。

可能有人在无花果的果实里发现过虫卵和昆虫的尸体，那是无花果的真相。

采摘的新鲜杨梅，很多人随手就往嘴里塞。也许并不知道，很多鲜活的高蛋白白虫子也一同跟着进去了。新鲜杨梅要用淡盐水浸泡，白虫子才受刺激跑出来。

但不知道这些倒也无妨，知道了却让人心里膈应。

反正从我知道那里面有卵，就不愿意再吃了。

有时候，不知道真相，反而会更好。

3. 不识海棠花

曾专门跑到苏州一个园子里看海棠花。一会儿是贴梗的，一会儿是垂丝的，一会儿是高大树木，一会儿是盆栽小景，越看越迷乱。

为海棠而去，看完却愈发糊涂，越不识海棠花。

在南京读书时，弟弟去看我，看完就见色忘友，只管带他女朋友出去玩耍。对门师姐见了，喊我出门玩，带我去中山陵景区。

那儿树木繁茂，我们穿过树木花草，来到一片天然湖泊。师姐喜欢在那里游泳，甚至有时还参加冬泳。

她带我来到的湖泊岸边，有很多开着仙气十足花朵的树。那些树，散散聚聚，自然排列。树形袅袅，花叶娉婷，宛若偶然落到凡间的仙子。

那是我第一次见到海棠花儿，一见倾心。

师姐告诉我，这是垂丝海棠。它的花儿真灵气。长长的花梗柔中有刚，自然垂落的花骨朵，淡淡的玫粉色，花朵根部色深，渐渐向内变淡。

有风吹过，花枝飞舞，清香浮动。一泓清白的香与轻盈的舞，瞬间就能把人的魂魄勾了去。

海棠是天生的美人坯子，通身都符合我的审美。海棠花自古以来是雅俗共赏的名花，素有"花中神仙"之称，在园林中常与玉兰、牡丹、桂花配植，取"玉棠富贵"的意境。

海棠花落花开，无声无息。虫鸣鸟唱，让人身心放松，感觉现世安稳，岁月静好。

图 52　海棠花

清浅的湖水中，花树倒影里躲着皮肤白皙的师姐，她不时游过来与岸上的我打招呼。我捡了地上的花瓣，趁她过来时，洒向她，暗香随风随水漂到她身上。她说你把我错当作杨玉环，你以为自己洒的是玫瑰啊。那个女人的百花浴，该不会用颓废的花瓣吧。

说完，我们相视一笑。

这个让我知晓海棠花的美丽女人，与我不是一个院系的。我们只是对门的邻居。

她人好，热情，贤淑，经常动手做菜、做汤给我们吃。尤其她的甜品异常出色。西米椰汁露给我的印象最深刻。

西米椰汁露的味道，与那次一起看垂丝海棠，我一直记得。

虽然我们毕业离校后，再也没见过，也没联系过，但每次看到海棠花开的时候，就会想起那张美丽的脸和那双精致的巧手。

生命里有很多人，走走就散了。时间沉积，岁月流逝，总有一些记忆，永远留下来。

留下来的，也许只是一些非常微小的事儿，也许只是别人偶然的一个善意、一个鼓励的眼神，也许是惊心动魄的事件。

那时她不经意间给了我那一树繁花般的温暖，这种记忆里温暖的美好，我永远都不会忘记。

后来在北京的颐和园，见到了西府海棠。

西府海棠是海棠花中少有的极品，名副其实。

西府海棠的花儿色泽淡雅，清新雅致。花朵清浅的粉红色，是少女才有的淡淡粉。花瓣柔弱无骨，花梗细长。一簇簇层叠的粉嫩拥在一起，疏疏朗朗，像跳跃的精灵。

海棠花开时烂漫，宛若仙子；花落时无声，静若处子。

在那个接近黄昏的时辰，我一个人站在落花中，任凭飞花扑面而不觉。那时心里搁浅着浅淡的心事儿，渴望与人分享。但一整个下午，只有风吹，不见人影。

见过西府海棠再看贴梗海棠，其他海棠，就没那么有感觉了。

在花都，曲径通幽的小路旁有两棵垂丝海棠，初见时已错过花开，一树的累累青果。再见，就是一树红果。

海棠果不大，有一粒蚕豆那么大，样子像袖珍的苹果。熟透的果实是红色的，上面布满一层朦胧的白，像女人施了薄薄的粉，若有若无。

成熟的果实色泽明亮，在秋风里异常鲜艳。

我们采新鲜的来吃，甜甜的，带少许青涩。果子初熟时并不美味。

垂丝海棠的红果要经过时间与冬日的寒风淬炼，才能甘甜迷人。

海棠果做成的切片，经过日光的淬炼与时间的魔法，口味酸甜，适合当小茶点细细品味。

海棠果是一个懂得等待的果实。它们用时间与历练让自己丰满、甘甜，然后才放心地把自己交给人类，或自足地离开，化作春泥更护花。

4. 好想去种树

3月12日是植树节，也是我的生日。今年的生日，到写这篇文章时才想起来。没有人惦记，也没有人发个祝福短信什么的提醒一下，连父母都没有打电话来。我想他们一定不会想到他们的女儿矫情得一年要过两个生日吧。只是阳历生日真的是忘记了，等过下个吧。今天就写篇文章纪念一下。

这阳历生日自己也觉得非阴历生日那般郑重，忘记也是自然的。若非每年都想着与植树节凑一起，就真不在乎阴阳历什么的。这是喜欢草木的人小小的心思吧。

其实，每年的这一天，最想做的不是庆祝，而是去种树。

也许正因为这么多年都只是停留在想的层面，想去种树的渴望才显得迫切。就在刚才，微信上读别人一篇关于种树的文章，所有的神经瞬间就被撩拨。脑袋里火急火燎、心心念念只有一个想法，就是想去种树。

对我来说，树、花、草，是最深的诱惑。它们宛若我一见钟情的恋人，一下子就让我沦陷。

草木，从来都不仅仅是草木。相信每一个喜欢草木的人，痴迷的不仅是草木的外在，更着迷的是草木的生存哲学以及草木背后自然素朴的田园式生活。接通天与地，非草木之心，不能为也。

城市里寸土寸金，所有的树都被仔细规划，种得谨慎。根也无不是小心地往水泥板、大理石深处扎。城里的人，一个一个也莫不若这夹缝里求生存的树，顽强与拧巴是其生命的本色。不呼吸 PM2.5 的空气，自由自在地扎根，是让人遥想的事儿。正是这样需要仰望的土地，让人一直想种的树迟迟找不到去处。

城市里，举目四望，没有我可耕种的土地。荒郊野岭，又未免太孤苦。想想还是那个养我长大的家乡，最好。只有那里容得下一棵树的所有挑剔。只要想去种，就可以找一棵年龄恰当的种苗，拿起掀头、挖个坑、浇点水就能实现。如此简单随性、自由熨帖，如见旧人、如穿旧衣。想到这里，格外想念起父亲的院子来。

生活不只眼前的苟且，还有梦和远方。曾经年少，我们怀揣美好从土地出走，经历冷与暖，喧嚣与纷争。唯有一个角落，一方小院，每每想起，让人心生暖意。

记忆里，父亲的小院，种满绿树，结满果实。花开时节，晨起鸟鸣，他在院子里锄草，抽烟，喝酒，遛狗。母亲采集花籽，看黄瓜抽条膨大，番茄由青泛红。

除了按点上下班，夏种秋收忙一阵，闲时就聚众去摸牌，玩累了躲在自家院子里读书写字、种花养鸟。那是我跑了这么远的路，过了那么多的山，读了那么多的书，才明白的惬意生活。

曾经热血沸腾、离家追梦的少年，无论如何都不曾想到，眼前父亲的院子与生活，正是自己一直苦苦寻找，终以安放身心的家园。

他的院子里种了很多树，果树、花树为众，多为寻常树种，偶有稀罕也是常绿之类。这些树都符合他的审美，都是他喜欢的，在我看来则少了花红柳绿的雌性气息。换我来种，紫薇、海棠、丁香、凌霄、玫瑰之类是少不得的。

可那是他的院子，顶多他会听从我的建议在绿树间插种向日葵。

也仅仅听过那么一次，没等向日葵花开，他就连根拔了，说影响院子的光线。

　　如果我愿意，在他的院子里，找个地方拿起铁锹种上自己喜欢的树，他是不会反对的。只是，我也渴望像父亲一样，有人相伴，过有自己气息的院子，过有自己气息的生活。

　　如果，我有一个院子，我就种上自己喜欢的花树，按自己的意愿布置景观，顺从内心，像花开叶落安安静静地生活，再有一个和自己一样喜欢同样生活的人，就别无它求了。

5. 梧桐只有一棵

村里花木很多，天空宛如被绿叶枝条覆盖，前前后后却只有一棵梧桐。这个是我很早就了然的。

对一些花木的熟悉，就像熟知自己的身体。我喜欢跑遍村里大大小小的角落，熟识每一棵树木，看遍每一朵花开。这是从小就养成的旧习，以满足自我小小的猎奇心理。

读书的时候，校园里的每一棵花木，长在何处，何时花开果熟，都能记得分外清楚。每经过一处，记得最清的当数花木了。但凡稍稍用心，一张鲜活的私人花木地图，就在脑海里自然生成。

渴望了解花木的心，总让人能辨得清丁香与紫荆、蛇莓与树莓这样的相似种类；同时也对南天竹、火棘、枸骨这样常见，很多人却一时叫不上名字的花木，产生浓厚的兴趣；更对野外的一些野生品种抱着极大的热情。

曾几何时，从野外采来各种自己喜欢的花木，培植在自己垒成的园子里。园子不大，物种却很丰富。繁花绿叶，高高低低，错落安排。有时候还会研究园林里的花草布置，分出四季，打造春不妖艳、冬不凋零的小景。

被拿来尝试的花木，无一不是从乡野四处搜寻而来。也许是本地物种，适应性比较强，被移栽后，与土壤的磨合比较好。正午大太阳下浇水，也鲜见花木凋萎。后来长势太旺，难以控制，被家人一铲而尽，我的花园计划也被迫中止。

没有了私家花园，大自然就是最好的园林。从此便把自己的目光转移到花园外的世界。巷口的那棵梧桐就是在那时发现的新物种。

梧桐只有一棵。发现它的时候，正是花季，开着细碎的淡紫色小花。细密的花朵，一串一串的，被闻讯赶来的蜂蝶围住。它们嘤嘤嗡嗡，在花海里忙碌不止。

我站在树下，被陌生的花瓣吸引。细观树皮细腻，上面布满小小的纹理。枝干色泽浓郁，天空的暗灰色，不如泡桐的浅淡。叶片纤巧，小孩巴掌大小。树干很直，开杈的地方很高，枝条不歪不扭，颀长俊秀。远看是一株颇有雅气的植物。

这样的雅气，多次寻找，只此一处。

像这样落单的物种，村子里也只此一株。

而我偏偏就欣赏它的孤独，有事没事，喜欢到树下看一看。

它的孤独没有树懂，也没有同类可以分担。多少年来，它就一直孤零零地，兀自花开花落，经过一个又一个四季。

曾经，我以为，村子里最孤独的莫过于那棵梧桐了。因为我也像它一样，也没有同类。精神上同类的缺失，曾经让我独自品尝孤独的滋味。那时就很轻易地认定，它一定也是孤独的。

图 53 梧桐

可它在孤独里成长，开出花朵。没有同类，它的一切照旧，并非因为没有同伴而有半点自怜、零落的意思。那是我格外欣赏它的地方。

后来我才明白，出了村子，外面的世界有很多那样的梧桐。只是它的同类没有与它生长在同一个村子，存在于同一个时空。

但它的确是有同类的，只是它自己不知道。人也一样。

很多时候，我们以为自己是孤独的，知音难觅。

其实也许就在不远处，就有你的知音。

你们有幸能够在现世遇到，而更多的是你们永远隔着时空，在现世遇不到。但在人类的历史上，或早或晚，一定会存在那么一个的。

我们就像那棵梧桐一样，无论身在何时何处，其实，也许我们孤单，但并不真的孤独。

6. 做宣纸的构树

构树是不需栽种自然就能生长的树种，俗名构桃、构乳、楮树、野杨梅等，我们村里人都叫它楮桃子。落叶乔木，南北均常见。

构树韧皮部含有大量优质纤维，是制造宣纸、丝纺、钞票的好原料。日本是宣纸的主要生产国，常年从我国进口构树树皮。

构树树皮暗灰色，看起来相当低调。但它作为造纸材料，已经存在了上千年，这也是构树又称楮树的原因。

被制成的纸张，散发着植物的馨香，美好异常，但似乎离我们很远。切切实实离我们最近的并非树皮制成的昂贵奢侈品，而是鲜活地正在生长的树。尤其构树的红果，红起来相当惊艳。

构树果实红遍枝头的时候，天牛与鸟雀纷纷赶来，甚至躲藏的刺猬也闻讯来凑热闹。我们这些爱看花开、爱尝鲜果的人，更不可缺席。

果实成熟的时候，红果在枝头招摇，红通通的，稍带些许橙色，很鲜艳。满树满树的红，是节日里盛大的狂欢。此时的构树像盛装的新娘披上了红妆，夺人眼目。

构树的果实，圆圆的果核外披果肉，果肉丝线状绕果壳排列，看起来像杨梅。

起初是青色的小果，果面不平，上面布满一个一个青色的小点点，慢慢舒张，膨大成疏松的花头。

成熟的果实，香甜可口，但不宜多食，否则舌头会有刺痛感。果实性寒，可入药，滋肾清肝，明目利尿。

小时候，秋季果实成熟时，我们总伙同孩子们去采果捉虫。

那些身手麻利能爬到树上的孩子真幸福，他们躲在红果丛中，专拣好的吃。那些个头大、红透、刺头肥又新鲜的，轮不到树下张望的我们。

他们边吃边往下扔，扑簌扑簌冰雹一样往下落，砸了谁是谁，幸运的才能接住。有时在地上的孩子往往在脚下垫上几块砖，把树枝牵下来，自己摘红果吃。

我们每次都会遇见鸟儿来抢食。

鸟雀们此时的胆子很大，它们扑棱着翅膀，离我们很近。它们每每煽动翅膀，从树丛中飞过，就会引发哗哗的落果。那些熟透了的果实稍微有动静，就掉下来。

落果的密度很大，稍不注意就落到我们身上。每每染了一身红浆，洗都洗不掉，免不得挨大人们的骂。

那些掉落的果实，则成了刺猬的美食。刺猬也不要的，就是虫儿们的饲料。最后剩下的才化作肥料。

构树繁殖力强，得归功于前来取食的八方来客。飞鸟能把自身消化不了的果核带到远方，流水、风吹、人为都能扩大构树的行走范围。

一棵静止的树，通过奉献果实，完成自己的长途跋涉，扩大自己的版图。我们经常见到构树，却不见人栽。正是暗地里，有其他生物在享用果实的同时，替它承担了传播的使命。

构树的花可食。尤其是老陕爱吃的"麦饭"，用构树花做，不仅美味，还有营养。把新鲜未开的构树花洗净，先后用少许油和面粉拌匀，上蒸屉，熟后取出，加调料，浇上蒜汁，清香异常，非常诱人。这里所用到的都是构树的雄花。雄花像毛毛虫，长圆柱状的茱黄花序。

构树雌雄异体，雌花不可蒸食，却可生吃，香甜可口。雌花是头状花序，我们所食的红色果实就是雌性花成熟的产物。

构树全身是宝，除了花可食，嫩叶也可以蒸、煮、烤食。村人少吃，经常捋叶子给家畜吃。构树是罕见的高蛋白植物，是优质的饲料原料。

构树的叶片，和桑叶很像，只是更厚一点，叶被绒毛也多一些。桑叶是有光泽的，而构树的叶片是亚光的。

叶片幼时阔卵形，大了一般是不规则的 3～5 个深裂。叶片深部多为心形。边缘有粗锯齿，表面暗绿，披粗毛，背面灰绿，密生柔毛。那些捋掉的树叶以及折断的树枝冒出的汁液，奶白色，可以用来疗癣，提炼栲胶。

构树上常见有一种鞘翅目的昆虫，叫天牛。我们常捉了它们逗着玩。找狗尾草秆从其后背缝里穿透过去，再放开，看它们载着狗尾草嗡嗡乱飞。这游戏如此单调，那时却百玩不厌。

构树无论在平原还是群山之巅，都是极普通的树种，普通得几乎让人无法察觉，但它却深深地扎根于人们的生活。

也许你很难想象，大火过后，森林植被瞬间湮灭，构树却是最先新生的那一批。构树生命力十分顽强，是名副其实的先锋树种。

图 54　构树

　　更让人想象不到的是，构树曾是搭载"神舟六号"的六种太空苗之一。对于它的价值的挖掘，我们看到多方都在努力，杂交繁殖、生态产业化等都在推进。在人类科技的关注下，构树将以何种面目出现在我们生活中，值得期待。

　　构树倾其所有，用默默奉献成就自己。

7. 挖土种竹

父亲种了很多次青竹，要不开花，要不染病，要不受旱叶枯而死，也许他与青竹无缘。再见到这么勤快种竹子的，就是在徕园了。

今年初春，在山中小住，栖身徕园，得以亲历徕园新竹入土的完整过程。

主人早早挖好花池，浇水，备苗。那时，天还微寒，接近中午，大地让太阳晒得稍稍暖和起来，才开始动手植竹。

请了当地两位老人，一男一女，一看就是种地挖土的能手，挖起地来，相当自信，一会就扒拉好一条深沟，用来安放老竹根是最好的宽深。

他们边挖边与周围人聊天。

看三月桃花，开得正艳。我拿手机在院子里拍照。她见我拍花，就跟我说，你看，种这玩意有啥用，不能吃不能喝的。要是我，才不种这空玩意儿。你说那花儿吧，没两天就败了，还占那么大地儿。你看这竹子吧，长大了这一片地什么都种不成了。这竹子长大了也就是一片青，有啥看头。叫我说最实在的就是种点茄子、豆角，多实在。

她继续宣扬她的实用论。同来的男子时不时附和。

他们边隔一段地放一条老根，边心疼主人糟蹋了一片良田。

此时，徕园主人，就站在花池下，听他们说，不解释，只是微笑……

就在对面的花池下，有人正在闭关，为一些难解的个人之事。

地洞里的人，已经一天一夜没有吃东西了。我作为女护法，送去的水，热的送去，冷的出来，没有见少。地洞里阴冷、黑暗，没有书看，没有石头可以雕刻。

若他们知道，一定以为他疯了，脑袋不正常。

我边为正在静心闭关的朋友担心，边在上面看花听他们继续着论调。我也是微微一笑。

不同的背景、不同的价值观，发生在这座深山里的一幕，是如此和谐。那阳光，打在所有人的身上，如此温暖。不同的人，对相同的事物有不同的感受，一切发生得那么自然。

图 55　竹子

8. 三月桃花

人们都说少女最美，说的是身体发肤。少女的肤色美若三月的桃花，光泽透亮，灿若云霞。

今年三月，在西郊练车，认识了一帮新的女朋友。

女人节那天，教练特别柔情，让我们几个先练完去过节。

我们就顺路一起去看花儿了。

我们去了郑州大学新校区，学校里面有一个人工湖、一个情人坡，够我们玩的了。

情人坡的花开得真旺，淡粉、玫红的最招眼。

看花的人不少，情侣倒不多。多是我们这样同性结伴的，要不就是老人、孩子。现在过节，很多情人应该可能不稀罕赏花了。

坡顶花开得最热闹，新老枝条都长满了花儿。有的还是花骨朵，有的半开，有的正盛，有的将衰。小巧厚实的花瓣层层叠叠，花蕊微含，有梅花之意。这是我最喜欢的，我们见到的该是观赏桃树——碧桃的花儿。

碧桃花开灿然，春意盎然枝头闹。

再加上蜜蜂，赏花的人群，在花树下奔跑嬉戏的顽皮孩童，以及不远处湖边盛开的明黄迎春花，果真是春日胜景。

我们躲到偏僻的树林里，寻求有眼缘的花枝。

碧桃的花是观赏花，仅仅用来欣赏就好了。但作为果树的桃花，可以新鲜时采摘，自然晾干制成花茶。干了的桃花，泡茶佐粥都是极好的。桃花可以补血、美丽容颜。

另外食用桃树若被割伤，树体为促进伤口愈合，会分泌一种黏液。这种东西就是桃胶。桃胶是一种天然的美容圣物，常常被用来与百合、莲子、雪耳、红枣、蔓越莓、枸杞子一起炖煮

图 56 桃花

成美颜汤。此汤常喝可以雪肤、美肤，这是我在江南读书时，一个上了年纪、依然风采不减当年的老阿姨传给我的私人秘方。她说除此，需要的就是坚持与耐心了，想要一直美下去的姑娘确是可以一试的。

我们看完花儿，下坡的时候，不知哪个孩子给我们送了一个海绵宝宝的氢气球当礼物。我们那个 90 后的姑娘玩疯了，她扯着那只气球跑了整个山坡，进出花丛中，满是童真。有人受了感染，也拿海绵宝宝扮可爱。

等坡顶折完花枝，我们就结伴小步去湖边。

坡下的湖水域不大，湖水清浅，碧绿碧绿的水草生长茂盛，水草丛中的游鱼轻灵，嬉水、捕食都别有风味。

有孩童拿了小网，伸进水中，试图捕捉小鱼儿，但让人高兴的是，他们一无所获。

湖边的迎春花已经过了最好的花季，但尚未衰败。这种和连翘难分彼此的花儿，引起过往人群的讨论。我听她们如何区分连翘与迎春，虽不专业，却也不失为一种民间的辨识之法。她们的土方法，还是能将两

种植物区分开来的。我听了，待在一边，只微微一笑。

不仅迎春花有春意，岸边的青草与绿树也开始了萌发新芽。新绿的色彩很鲜嫩，像十三四初长成的少女，鲜丽娇嫩，饱满多汁。

这群没有男朋友陪伴的女孩，似乎并不缺少节日的欢乐。我们采了花枝，耍累了，看倦了，找地方吃甜点。

好容易找到一处坐下，店里有许愿墙，姑娘们很郑重地写下愿望，基本写的都与男人有关，其中有两个希望前男友回头。

她们的前男友早就另有新欢，与别人热火朝天了，但她们还抱有希望。女人大抵都是如此吧，除非真的被伤碎了心。

女人天生是为爱而生的，她们面对爱情的态度，由心出发，纯粹，义无反顾，多少都有几分道的意味。至少我朋友圈子里很多女人面对爱情的态度，都是如此。毫无疑问，爱情的纯度与维度是她们极其珍视的，但与她们志同道合的异性，似乎是可遇不可求的。

9. 文艺桑

　　桑科植物文雅清气，与其多用作造纸材料有关。常见的桑科有桑、楮、柘，都与纸张、丝织有关。

　　尤其楮树皮，自古至今都是宣纸的主要原料，亦是制造最早的纸币交子的材料。桑树皮是比楮更早用于造纸的，但被楮后来居上，如今古法制造桑皮纸，在西北地域仍有遗存。

　　桑树的果实桑葚子由青转红到长成紫色，吸足了阳光，储藏了大量的花青素。

　　花青素是一种神奇的物质，可以延缓衰老，美丽容颜。紫色黑色的食物一般都有此类功效，常见的黑豆、紫甘蓝、蓝莓、紫色葡萄、黑加仑，都富含抗衰老的花青素，是爱美人士的圣品。

　　桑葚用来酿酒，所出果酒，果香浓郁，色彩深红，口感丰富，宛然在舌尖长了一座果园，那种美妙可以与天山之域酿造的葡萄酒相媲美。

　　桑葚子汁液饱满。孩童拿它当彩笔，染书上美人的衣服与发髻。女人用作染料，学薛涛制笺。只不过一个用各色花叶，一个用青熟不同的桑葚子，但都能让色彩缤纷，纸多情致。

　　桑树的枝叶与树皮也是很好的天然染料，可以染出自然柔和的卡其黄以及黯淡带黄味的灰调黄褐色。

　　用植物材料染出的颜色时间越久越柔和，有旧旧的时光印记，看着越久越舒心。本人虽不太怀旧，却偏爱草木染出的一切旧颜色。

桑葚子是桑对自然的贡献。人、昆虫与鸟兽都可享受这种无私的馈赠。

人们把高处伸手难触的桑葚子留给飞鸟，把青青叶片留给桑蚕。

蚕宝宝们食叶吐丝，缕缕细丝织成丝绸锦缎，或者做成丝帛，用来裁衣作画。

自从用了桑蚕丝的棉被，就彻底抛弃了之前痴迷的棉花被褥。本人喜新厌旧的秉性也许在这里表现得最为明显。

棉花的质地坚硬厚实，盖在身上很有存在感。虽然在料峭的冬日里很保暖，但很多时候你会被压得从睡梦中猛然惊醒。

图 57　桑树折枝

那绝对是个噩梦，即使是美梦也会在醒来的那一刻兴致索然。

而桑蚕丝被保暖性虽然差了些，盖在身上却不逼人，几乎没有存在感，轻柔温暖得像小镇的花开与天空飘散的云朵。

桑蚕丝轻柔、浪漫、柔软的触感，让被子下面的人感觉到浅浅的浪漫。它的软甚至能抵达人的梦中，让梦境也沾染上几分款款的柔情。

我以为把桑蚕丝用作被子，也许是受了仙人的启发。像是哪位仙女无聊时扯了一尺天空的云朵，做成了轻盈柔软、亲肤熨帖的小被子。温暖的触感像极了人的皮肤，打动了内心粗糙的人们。

桑除了地上部分，即使深埋在黄土底下的根茎也是良品。

桑根，剥不剥皮都是良药，有泻肺平喘、行水消肿之功效。

　　甚至通身桑树皮中的白色汁液，我们叫桑皮汁的，也是一味不可多得的药材，对小儿口疮和外伤出血有奇效。

　　古语"把酒共话桑麻"不是随口说说的，桑为农事之首，也是无愧的。桑文艺时可以上天，从事时可以入地。

　　若桑有人的性情，一定是最迷我的那类人，那种一脚踏在现实，一脚踩在天空，平衡术玩得很好的人。我特别欣赏它这种云淡风轻、懂得阴阳调和并自己可以玩得很好的优雅姿态。

10. 野生枸杞

秋日暖阳的午后，一个人行走在已被拆迁的村寨。新雨后的路面潮湿，脚下的草地芬芳，所到之处尽是青草花香。每每轻移寸步，不时惊乱一群飞鸟。鸟叫和着草丛深处的虫唱，这样美好的天籁，让人误以为到了仙境。

新农村规划的大潮席卷这里，村落里的人都另迁了他处。

人走了，土地就肥了。闲置的土地上长满茂盛的青草，开满各色不知名的野花。尤其枝头挂满果实的野枸杞，最入我的眼睛。

村子里的枸杞都是野生的，很多村民并不认识这树。起初他们在这里居住的时候，见了就当野草拔掉。拔了的野生枸杞苗，往往被丢给牲畜做饲料，或者被投进粪堆做积肥的材料。

野生枸杞的命运，并不自主，一直被人操控。但一向乐天知命的野枸杞，能幸存下来的，无不以丰硕的果实回馈生养它的土地。

野生枸杞的花是淡紫色的，小小的，细细的；花瓣单薄得就像营养不良的女子；花朵气味清淡，接近无味。

野枸杞的花期很长，一年能开两三次花。从初春到暮秋，都能见到野生枸杞开花。每次开花是不同年份的枝条。这是一种很好玩的植物，只有相同资历的枝条才会在同一个花期相遇。

花落之后，最初见到的枸杞果实是青色的小果子。果实坚硬，渐渐变成橙色、橙红色。熟透的浆果一扫以往的硬度，变得柔和。柔软多汁，颜色鲜艳，一个一个错落有致地挂在长长的枝条上，惹人怜爱。

野枸杞的果实萼片与果柄，自始至终都是绿色的。果萼宛若撑起的雨伞，一直陪伴到果实成熟，兢兢业业地充当果实的保卫者。纤细的果柄让浆果与枝条紧紧相依。瘦弱的果柄是枸杞的脐带，让母与子血脉相连。

野生枸杞是个庞大的家族，在不同的地方生长着不同的种类。同一个地方有时也可见种类有别，仅新疆就有结红果和黑果的。

村子里的野生枸杞，生长不挑地方。老宅子的断壁残垣上，干涸的河道里，谁家小菜园的柴门边，青草花径的两旁，都能见到它们的身影。

野生枸杞生命力强，生长速度惊人。它们疯

图 58　野生枸杞

狂的姿势仿佛要将这块现代人抛弃的土地占满，以安慰这片被人遗弃的土地。

这是块古老的土地，也是一直有传承的土地。翻阅族谱，可以看到它往昔悠长的岁月。族谱上长长的数字，不仅是数字，更是根植在这片土地上悠远的血脉，但城市化的进程让人们不得不作出选择。

这个村落，依河而建，处于沙河与惠济河中间，受到两条河流的恩泽。如今，河道溪流健在，只是气势不如当年。

被用作灌溉的小水系早已干涸，良田缺少水的滋养，粮食、花木就会被连累。尤其大旱一到，庄稼缺水之后，就会变得畸形，宛如妊娠中止的畸形儿，小而瘦弱。

而能渡过这样的难关的，只有贱性的野生花木，越是在困境，它们越顽强。

野生枸杞是小镇永不衰败的风景。无论旱涝阴晴，它们都不改本色，一直郁郁葱葱。

在庄稼歉收的年景，野生的野枸杞，是个例外。它仿佛向外界证明，越不景气自己越丰满妖娆。不管外界如何纷扰，野生枸杞总是笃定地用自己丰硕的成果回馈人与自然。

野生枸杞不管长到哪里，都用它丰饶的果实与闪耀的红，点亮一方水土。它顽强、积极乐观，全然没有被驯服的庄稼的娇气。

蓬勃、籽粒胀满的绯红果实，随手摘几粒，饱满的汁液就染满双手，散发出清新甜蜜的植物气息。放到嘴里，细细品味，新鲜果实甜蜜中泛着微微的苦涩，正是它真实的生命写照。

晒干的枸杞红果，煮粥泡茶，可以保健身体、美丽容颜，是村镇里不可多得的一味补品。

若碰到正在抽枝的，可采一些嫩叶来，无论凉拌清炒都是极好的野味。枸杞叶还可以用来制茶，口感温顺，强身健体，美颜明目。

我摘了一小把新鲜的枸杞叶拿回家，父亲见了，洗净随手扔在炖鱼的锅子里。他总是这样，随地取材就能做出美味。

我对植物有感觉也许是源自他的花园和他种满果树的院子。不知什么时候，他在他的院子里又种了一棵栾树，这类在乡野不易见到的树种，在他那里一定会有的。

但这一切，就要没有了。

城镇化的推土机已在他的园子前蠢蠢欲动。

那些漂亮的野生枸杞也在巴望着扩展新的阵地。

11. 一棵不会开花的树

谢我的老闺蜜，送我的树到了。这树真够霸气的，直抵我家的天花板。这是一棵不会开花的树，可看的就只有叶片了，它的叶子闪着珍珠般的光泽，让人怀疑它的真实。

没来得及清洗它的每一片树叶，只浇了点水就着急拍照给朋友们看。是的，你很早就把它给我了。从那一刻起，我就开始对它负责，成了它的母亲，每天都惦记着：温度是否高了；空气是否干燥，它是否需要喝水。隔几天，我就会打电话给你，而你总是提早把我想到的都做过了。

就像我失恋那天，自己一个人待在家里，心失落到了谷底。你不知从哪里突然冒出来，说在我家附近保养车，好了来看我。你给我做了我喜欢的素食，我们用桂花陈酿来配清冷的蔬菜。之后，你带我去湖边芦苇荡，我们摘芦苇到你店里插花。晚上，你又带我到你家附近的一个书院。那里种满兰花和其他绿色植物。书院的藏书很多都不错，适合慢慢看。那里仿佛是个安乐园，我们可以放松身心的一个地方。也是那天，我给你说了我想学古琴的愿望，也是你给我介绍了可靠的老师。

还记得我们走在书院的路上，我说过的话吗？我说，缘分真是奇怪的东西，感谢缘分让我们相见。我想你当时并不能真切地感知我那句话的意义。

那天，我完全听从你的安排，所有的项目都是我喜欢的，也因此对你另眼相看。就在那个我们刚认识不久的夜晚，你走进了我的心，那种倾心可以和我那场恋爱的开始相媲美。

我永远都不会忘记那枝栀子花。在我所在的研究所，只有那条偏僻的小路旁，散长着几棵栀子花。我和一个男子就在栀子花开的那个花期相遇。

在花开满城的江南，那个长满苔藓的小路因时常无人光顾，似乎成了我一个人的世界。时常我一个人走进它的幽深，就像走进自己。很多时候，我渴望能邂逅一个和我一样对它有好感的异性，甚至和自己赌了一把，若遇见有人出现在那条小路上，就和他展开一场爱恋。

后来，正是一个手持一把栀子花的男人，打动了我。而那栀子花，也正是我遇见的那些。毫无疑问，他很快就走进了我的生命。因为没有人会拒绝那种一见倾心的美妙，那仿佛是自己与自己的隔世重逢。

可是，后来，他带着我们的栀子花走了，就在你来看我的那天。那天，若不是你来看我，真不知会发生什么可怕的事。

我相信是上天把你推到我的身边，来慰问遇到挫折的人。还记得吗？那晚你送我回家的路上，我已经筋疲力尽，你说的话，我几乎没有力气回答。还记得我那晚的安静吗？格外的安静，说话声音格外小，因为我实在没有气力。就因为想到晚上、夜里，回家还是要一个人面对一切。

当天，我对失恋之事闭口不提，并非对你不信任。我觉得有些苦难是要自己承担，就像化蝶的蛹，需要自己直面疼痛。若非苦难之于它，并不能让其蜕变。有些痛我们需要自己消化，等你可以谈笑风生的时候，再说与朋友们听也不迟。但对你，我认为你是上天送给我的朋友。

你送的这棵不会开花的树，圆了我心里那个小小的梦想。从此，我可以在绿树下写字、画画，多美啊。谢谢，我的朋友，你总知道我会喜欢什么。

我一直不强求任何事，顺其自然就好。栀子花的爱恋，走了就走了，回来就回来，就像我和这棵树的缘，任它开花与否，都是我喜欢的。没有花朵的树，自然有绿叶可观，开花的树，自然叶片观赏就居其次。在我眼中，并无差别，只要喜欢就够了。

我正慢慢把自己的居所变成一个花园，可总觉得城市高楼里的空间格外受控。也许，有一天，我会归隐乡田。

最后，谢谢你家的搬运师傅，很勤快，和我一个姓，是我的本家。留他喝水不肯，便忙着去工作了。

12. 爱在栀子花开

若没有江南的那三朵栀子花，应该也不会有我和他的一见钟情。

那是三年前的一个初夏，我在杭州的一个研究所做毕业设计。研究所远离闹市，偏远僻静，城墙花木深，天空都被大树遮盖。光线不好的时候，哪怕是晴天，也觉得院内幽深灰暗。加之科研氛围浓重，行在其中，总隐隐有囚笼之感。

我平时不喜欢走寻常大路，一则熟人太多，不愿打招呼；二则小径人少，安静，花木繁茂，哪怕自言自语也不会被人撞见，走小路让人轻松自在。

在高压的科研环境下，必须时刻让自己保持严谨的理性，表现出职业素养，至少得看起来像个科研人员，这对一个爱浪漫幻想的文艺女青年来说，未免艰难了些。

那条小路是我唯一可以显示自己真实的地方，可以说那里是我的天堂。

我经常骑单车或步行从那儿经过。

那条路很偏，是家属区最幽深的巷子。

两年里我一直都从那经过，从没碰见过其他人。

路的两边长满花草，由于人迹罕至，路面布满苔藓。两旁的大树，遮挡上面的天空，夏天遮阳冬天挡雪。底下很多花草在大树的庇护下，长得不旺，显得娇贵，叶片都柔柔嫩嫩的，因为缺少日光。

唯有一丛栀子花，还算高大，树叶间隙的阳光洒下来，斑驳的影子罩在花叶上。栀子花开的时候，有浓郁的清香，从它身边经过，一定会被那香气挽留。

栀子花的花瓣并不美，普普通通，不是我喜欢的样子，但色白清雅，香气馥郁，而且只长在那条小路上，是研究院里唯一的一丛，所以还是对它存有几分好感。

它的花期挺长，经过漫漫秋冬的酝

图 59 栀子花

酿，可以从春天开到初夏，长盛不衰，默默陪我渡过了多少个难熬的时刻。

一次外出采集实验材料，返回途中出了一场车祸，险些丧命。生命的意外让人瞬间明白了生死。

那场车祸逼人回归自身，对生命有了新的思考。

我开始明白人要活在当下，否则一切都是虚妄，绝不能欺骗、糊弄自己。

等醒来，我要做的第一件事就是分手，清理从一开始就不在状态的恋爱。

既已经醒来，便丝毫不再犹豫。

因为那不是我想要的未来，我不能和一个自己不爱的人，共度余生。

对一个经历过生死劫的人来说，我没有资格再去凑合生活。

尽管我们曾是别人眼里的完美组合，但鞋子合不合适，只有自己

清楚。

分手终归是痛的，那条路承担了疗伤的重任。

花开草绿，鸟雀归巢，时间一天一天地过，等伤疤好了，又是另一个夏季。

而我和那条路，在日复一日的彼此陪伴中，也越发熟悉。它宛若我的一件旧衣裳，越来越熨帖、舒服。甚至我闭着眼睛从那条路上过，都不会错过拐角。

但那条路一如平常，一直只有我一个人走过。

有时经过花儿，便停下来看一看。花朵们天真烂漫，让人悸动。

那种温润的潮湿慢慢开始让人产生渴望。

我希望能遇见一个人，最好就在这条路上遇见。

那时心中笃定：若遇见，那人定是一个与我相像，懂得适时把自己放逐的人。若步履缓慢，神态安然，年龄恰好，非要与他展开一场轰轰烈烈的恋爱不可。

那样的期待一直有，只是等了很久，都是空的。

希望几乎要破灭了，终于有一天，一个男子携花而来。

正是那栀子花，研究院里唯一的栀子花。

那是我们第一次相见，我见了便问那花是否采自那条路。

他惊诧，点头。

那一刻，我沦陷了。

内心的期待，在现实中上演，他从远方走来，真真切切，挟裹满身的诗意，走进我的生活。

我以为那是命运的安排。

我们一见倾心，再见倾情。

他给我的那三朵栀子花，我放在随身衣袋里，没事的时候翻出来看看，直到彻底干枯才舍得扔掉。

只是，让人错愕的是栀子花的爱恋，很快就凋萎了。就像栀子花的花期一样，看起来很长，其实也不过灿烂了一季。

爱，是世界上最美好、最重要的事儿，不论何时，要记得一直爱下去。

如今，每到花季，我依然会期待一个人。也许他带着小野菊，或者满身的别的花香从远方向我走来……

13. 木槿花开

木槿花是暮秋难得见到的花，前两天在门外的小公园里散步遇见三两株，稀稀疏疏，仍在开。

北方的秋寒被雨催赶来得早了些。尤其在夜里，已经凉得肌肤有感了。

怜其在野外孤苦受寒，折来室内，插瓶奉水供给营养液。

放木槿花的是一只透明的窄口长颈玻璃瓶。为了搭配新插入的花儿，我便拿丙烯颜料在玻璃瓶外壁上画了一幅画。被画上画的瓶子，第二天一早被我拿来拍照，因匆忙外出，忘记了将拍照时拿出的木槿花儿放回花瓶。夜里回来已见衰态。连忙抢救，再放在卧室里取暖。残花仍是一身柔弱，让人心痛。

木槿花柔软烂漫，无论多重瓣还是单瓣红心，都极其柔弱。木槿的花，色彩缤纷，有淡紫、粉红、素白，浅黄等浅淡色系列，也有大红、玫红艳而不俗之类。

花开起来散淡随性，这儿一朵那儿一朵，点缀在柔软修长的枝条间，像闪烁在夜幕上的星星，点亮了一棵绿树。

每次我看到木槿花开，都想如何在画中才能表现出它们的娇柔，尤其其灿烂又顽强不息的气质，如此抽象。此刻总是让人深感绘画语言的局限。

木槿是朝开暮落的短命花朵，却又能从初夏开到暮秋。它与紫薇一样拥有长长的花期。

每一个花季，木槿花开花落无数。每一朵花都是母体成熟的孕育，不得不让人惊叹它旺盛的生殖活力。

而这些，都是宣纸与毛笔，难以表达的，是画布与色彩的局限。

我们在一朵花前局促，语言文字也一样，人也一样。

即使最高深的诗人、艺术家，也难以将它们全然表达。它们是自然神奇的造化，花朵丰饶又充满灵气。

这些难以言说的部分，却是可以感知的。所谓只可意会、不可言传，说的就是这种抽象的东西。

它的花朵柔软灵动，可以用笔触轻柔、色彩

图 60　木槿

淡雅柔和、软硬对比来表现，也可以用软糯细腻的文字来表达。

那些毛笔与文字到不了的地方，比如柔软的程度、丰富的内容、蕴含的哲思，唯有灵魂可以抵达。

木槿花烂漫高洁，朝开暮落，柔软而强韧，生生不息，被人尊崇。有异国拿它做国花，画到国旗上。木槿花还被拿来当作图腾崇拜。而这些，都与它本身无关，它只自己开合，任人评说，遗世独立。

它所具有的远不止于此。它可以清冽、高洁、轻灵，也可以因其实用功能，坚实地站在大地上。

《本草纲目》上说，它是非常重要的食用花材，可以入药，救人于皮肉之苦；可以清热解毒，美容养颜；做粥做菜，荤素均可入，味甘性凉。

童年记忆里的木槿花裹蛋清，每每想起都能触动味觉。但苦于深居城市，雾霾严重、土壤污染，让人不敢轻易采花吃，只有想念了。

近日口味寡淡，愈发想念。而此时已过花季，只能待来年了。

但若不讲究，始开花于暮秋的木芙蓉倒可一试。木芙蓉与木槿是地道的姊妹花。

木芙蓉花开迟，延续了木槿的美丽。宛如牡丹与芍药，自然界的孪生现象非常常见。大自然宛若慈悲的老人，舍不得自己的子民孤苦伶仃，总在盛景退后又安排同类补充。跌宕起伏的四季，开放不一的花朵，是大自然最温情的安排。

木芙蓉与木槿同科同属，单花难以辨识，迷惑性很大。木芙蓉单瓣、重瓣均有，色彩亦很相像，不同的唯有叶片与树形。

木槿属小灌木，小叶多深裂卵圆形；木芙蓉大叶三裂掌状，乔木，可以长成大树。但它们的花朵无论形态还是药理都无差别，可以弥补我错过木槿花期的遗憾。

待芙蓉花开，一定远郊采花去。

14. 椿的哲学

椿有香椿、臭椿之别。

两种非同科近亲，形态相似，但气味迥异，一香一臭，各自坚守。

香椿雅俗共赏，往往植于庭院，被人植养。

人们垂涎于它的嫩叶。早在汉代，食用香椿就被皇帝选中，进了御膳房，是餐桌贡物之一，自此风靡宫廷内外。

香椿素四溢的季节，正逢阳春三月，春风吹绿的第一拨树叶就有香椿。

香椿初发时新芽是嫩嫩的紫，越接受光照，越呈绿色。谷雨前后，是椿芽初抽的季节，新抽的香椿嫩芽，新鲜娇嫩，是最好的取食光景。

香椿叶厚芽嫩，绿叶上宛若镶了红边，犹如透亮的美玉，闪着碧绿、紫红的光芒，周身散发浓烈的芬芳。成熟的叶片是羽毛复叶，根据香椿初出芽苞和子叶的颜色不同，有紫、绿之别。

紫椿一般树冠开阔，树皮灰褐，初出幼芽紫红色，叶上有光泽，香味馥郁。绿椿树冠直

图 61　香椿

立，树皮青色至绿褐，香味微淡。

无论紫绿，椿木均实而叶香可啖。这种树上的蔬菜，无论煎炒烹炸，都不失其芳香本色。凉拌、煎炸、佐汤、腌渍都是极好的吃法。而我最喜欢香椿炒鸡蛋，嫩紫鲜绿的翠玉点缀在一片花蕊的金黄之间，色香味俱全。

香椿叶片营养丰富，美容养颜，还止血止痛、行气理血。但此物为发物，应谨慎食之。

等嫩芽长大，展开腰肢，变成平滑舒展的叶片，就开始光合作用。

随着养料日渐累积，叶片渐渐长大，容颜在风餐雨露中渐渐变化，变得组织老化，颜色黯淡，便一日不如一日了。

新鲜的椿芽就像初生的小猫崽，软乎乎的，可爱至极。等骨骼伸长，膀粗臀圆，长成大个子，就越来越不觉得萌与可爱了。

光合作用让叶片日复一日地衰老。变老的香椿叶片色泽深厚，致癌物亚硝酸盐增多，是人们避之不及的。

男人永远对十八岁的女子怀有好感，仿佛女人年龄越大，越让人不可接近。香椿的叶片犹如女人。

香椿青春年少时的鲜叶，人们趋之若鹜。待年华不再，甚至虫鸟都不愿亲近。它的孤独，唯有女人能深深领悟。

但它并未因此懈怠。即使无人欣赏，它的叶片依然蓬勃，不到冬日，便不罢休。脱离人们视线长大的绿叶片，兀自芬芳着悠长的岁月。

香椿用短暂的嫩芽惊艳自己漫长的生命。

如此飞蛾扑火般绚烂一时的人生哲学，被很多女子奉为箴言。

她们在有限的生命、特定的时空里尽情舞蹈，然后收起锋芒，放心地离场。

臭椿坚守朴素与平淡，远离香气与绚烂，甚至给自己穿上臃肿的皮囊，用臭与不堪去拒绝外界。

它远离人群、是非，独独长在牧野、河边，身旁只有青草或水流，与特殊趣味的少数昆虫作伴。

它没有香椿受人瞩目的香叶，人们不会伸手触碰它的嫩叶，没有人打扰它的成长。

它一直忠于自己的成长，长成连自己都不相信的高大树木，直到被莫名其妙地封为树王，也不会停止早已习惯的生长。

香椿与臭椿不同的坚守，让它们拥有不同的命运，不同的风格与气质。此事无关成功、无关好坏，以自己最舒服的姿势存在，对它们，或对我们而言，就是最好的。

香椿不去凑臭椿的清冷孤寂，臭椿也不会参与香椿的热闹繁华，它们相安无事。万物和谐，岁月静好。

15. 洋紫荆开在夜空

洋紫荆开在偏远的山区，四川威远连界一带的一个小城。

那是一个生命中的偶然，也许是必然。在到达之前，我根本不知道世界上还有那样一个地方存在。

但命运就是这么奇妙，安排太多的必然与偶然给我们。一如人与人的相遇，茫茫红尘，浩渺人群，却偏偏让一些人彼此遇见。

我们一起天南海北地行走，走过多少我们不曾想象的城市、村落、山林，经过多少纷争、人事。那是一段潮湿而闪光的岁月。

我们曾一起行走在滇南小镇上，为寻找美食、重温记忆的那个夜晚，只是为了之前共同品味过兔肉。我们从小镇到城市，来回用了四个小时。但世事变迁，诸事流转，原来那家店已迁了新址，再也找不到了。

在当地人的指引下我们换了口味。那是一顿异常遗憾的晚餐。新做法终归不入我们的心，折耳根的鲜腥让一向不挑口味的我皱了眉头。我只好用当地绿豆凉粉与冰镇果酒，填饱自己。

当我们出门，已是繁星高挂。行走在微寒的夜风里，我抱紧肩膀。

在十字街头，我们本打算散一会儿步，但不忍经过的年老车夫空手，便坐了他的车。他带我们绕过这座烟火十足的城市。遇到上坡路，我们就很紧张，生怕他走不过去。他吃力的样子让人担心，每到上坡，我们就商量着谁下来推车。

车夫送我们到一条花开正茂的路上，我见是没见过的花，就让车停下来。

那条路不宽也不窄，很短，只是连接两条大宽路的一个胡同。两边种满了绿树。

遥遥看过去，满树满树的繁花。花大若拳，不浅不淡的粉红色。花瓣张开，上面布满细细的叶筋。

那是与北方花瓣气息不同的花，奔放热烈，花瓣肥硕。花托是很碧绿的青色，翠绿的松青托住粉白的花儿，格外养眼。

那个普通的夜晚，瞬间就被它点亮。

我们走在花树下，不时停下来，遇到低矮伸手能触的，就牵过枝来。

那花儿有兰花的清香，幽幽的，却持久。

暗夜里的花香，飘浮在半空，那是一种奇妙的美的感受。借由酒精的作用，那股清香，让人身轻盈。

这是一种先开花再长叶的树。有长得快的，小叶片正在舒展，两半肾形叶合在一起，叶尖缘有一缺口，叶脉明显。

花叶以及树干、枝梢那种细致的感觉，是专属南方的精细、婉约风格，在粗犷的北方不易见到。

当然，那一天我们不知道它的名字，但记住了它的样子。问了当地人，也多说的是俗名，加上当地方言，听不太懂，我们只好带着遗憾离开。

后来，也是一个偶然，我又见到了它。

图 62　洋紫荆

原来它就是紫荆。

它是洋紫荆，和北方常见开细碎花瓣的紫荆一个名字。绿城的紫荆山公园就是因其长了很多紫荆得名的。只是此紫荆非彼紫荆。南方小城见到的紫荆是人们常说的洋紫荆，而北方常见的是正儿八经的紫荆。它们有鲜明的地域之别。

洋紫荆在南方是常见的，也是香港的区花。

洋紫荆深受南方人的喜爱，因其易活、好看似兰花。洋紫荆虽花朵香气有兰的气质，却更亲近人，暗合了人们的勤劳质朴等德行，让人喜欢。

我喜欢的，是它自身的美，还有那个像花开一样的夜晚。

16. 折桂女子

桂花初绽在这座城时，就被外出拍照的我们发现了。草木清香，花朵灿烂，我们一见到就蠢蠢欲动，心心念念要择时去看花赏月。

今年的桂花时逢多雨、阴晴不定，比往年来得晚一些，从九月初到月底，迟了一个月的光景，羞羞涩涩才来见人。但该来的总会来的，迟了又有何妨。经久的酝酿反倒不一定是坏事。

近日痴迷于在棉麻布料上作画，从早到晚，乐在其中，虽一直挂念着看花折桂之事，但疏于无合适之人同往，无清净之地可栖，亦无爽朗之日作美，想着花期尚有时日，尽管心生失落，但也暂时搁浅了。

久未见面的朋友捧花而来，惊动了我的心。在这个花开满城的季节，朋友一身布衣，带着淡淡的草木清香，前来探访。

我们有两年未见了。虽同在一城，又相居不远，但各种匆忙与浮沉让我们错过，直至这个秋天，绿城开满桂花，我们才得以相见。

见到朋友时，朋友已不同以往。那些在朋友身上很漂亮的靓丽颜色已寻不见，有的是淡淡的粉色围巾，轻柔的森林绿长裙，素雅的白色手绘衣衫，还有手工编织的

图63　桂花

包包。

朋友说多少次想要相见，要么因为着装，因为气息，要么因为同伴不合适作罢。而我何尝不是如此，最担心匆促的相见让我们从此陌路。我们一直都在守望，等待上天的安排，等待一种叫做缘分的东西。所以直到这个花开的季节，我们相见，你手捧桂花，让人心动。

朋友知道吗，你的名字、才华与美貌总让我联想关于青梅煮酒这样充满浪漫情调的事，每每想起，就清风拂面。

我很早就知道，我们不仅同乡，亦是同一天生日。朋友带来的同伴不仅棉麻穿得随性、儒雅，又与我的名字有一字相同。上天总是珍惜有心之人，也会赐予等待之人。我们等待了两个花期，但并未错过花开，等待的醇香让人迷醉。美好一定是美好之人作成的，感谢那个温暖、让人悸动的夜晚。

月白风清的夜晚，我们在大露台上喝酒、清谈，直到深夜。蜂蜜酒的甘甜把我们带入微醺之境，轻飘飘的感觉宛若山间溪流飘散的花瓣。

感谢上天让我一直能遇见眼前一亮，心中悸动，又能彼此相惜的人。尽管我一直期望这是个异性，以目前的经历来看，有点天方夜谭，同性的倒有几个。

朋友从家里折来的桂花满室生香，在静静等待夜归人。我用清水伺奉，仅仅一个黑夜，小花苞们都开了，饱满的色彩与开裂的花瓣陪伴着晨起习字的人，穿堂风一过，时而浓郁、时而淡雅的香气，让人内心柔软，想起温暖往事。渴盼来年，我们相约看花去。

17. 泡桐花开

泡桐是最乡土的树种，原产我国，与中原大地有不解的渊源。兰考的泡桐，木秀花灿。成年的泡桐，因其优越的声学品质，是斫琴的良材，因此人们送它一个清雅的称呼——琴桐。

泡桐属速生树种，三年成林，五年成材，七八年的泡桐就能长到水桶粗。材质疏松而不易弯，耐腐传声效果好，所以很久以前，就被选为制作古琴的材料。泡桐正是因为这一实用功能，让自己多了几分清趣。

并非所有的泡桐都可以用来斫琴。因水肥充足而生长迅速的泡桐，成材木质过于松软反而不可用。要取经过不良环境锻造、历练过的材质，不急不慢生长出来的泡桐才是制琴的良材。斫琴师选材还会综合树龄、产地、品种等综合因素。

楸叶桐，因叶小如楸树叶而得名。其材质密度坚硬，纹理顺滑，是难得的良材。

古人梧桐不分，梧应指梧桐，桐指泡桐。梧桐与泡桐是两个相近的树种。很多人难辨。辨别梧与桐是对斫琴师的第一考验。

"面桐底梓"已是很久远的古人选材标准。由于琴风和琴弦变换，自清以后，已很难看到用泡桐制琴了。后人舍了泡桐之后，转而求用杉木，也是因时制宜。

泡桐树形高伟，又因其叶大而密，最适合遮光挡阳，所以泡桐树下是人们闲话纳凉之良地，古画中常见桐荫品茗、荫下听琴的场景。

我家乡的泡桐虽不能制琴，却灿烂了我的童年。

泡桐先开花后长叶，花开起来，真是密不透风，灿然一大片，很壮观。淡淡的紫色，带了一点粉红，阳光照耀下，非常妖艳。

每当清风吹起，甜蜜的清香散布所有角落，能让羊群安静，能让农耕的人停下手中的活计，也放松地闻一闻花香。

花开时节，所有的蜂蝶都为它们惊叹，所有的人都被香气与甜蜜迷醉。那是一个带有母系氏族气质的夏季。

因为灿烂的花海，整个小镇都温柔起来，连暴躁的种猪都会抬头看一看头顶上的那片美艳。

那些长了金钟形状的泡桐花，在清风里簌簌落下，又是不可错过的美景。

漫天满地飞舞的花瓣，会让身在其中的人感觉幸福。

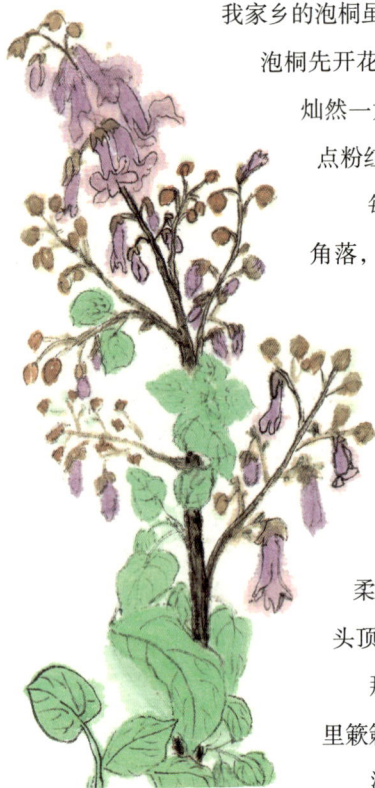

图 64　泡桐花开

铺落一地的花瓣，掐去花柄就能见到黄灿灿、亮晶晶的蜜。在那个缺少甜蜜的年代，我们就是靠这些甜蜜温暖自己。

也有见多识广的人取鲜花来做菜蔬，或焯或炒，都是一道不可或缺的美味。而我们最感兴趣的是用它做玩具。

去掉钟形花瓣，拿剩下的比赛拉长链。最好玩的莫过把它们当气球吹。只需整朵花在手里轻轻一搓，待它们变软，汁液沾满双手，就可以拿来吹起。

互相比赛的孩童穿梭在花开满树、花铺满地的小镇上。每当泡桐花开，这样充满玫瑰色的时光，我都不禁会想起的。

泡桐花开在我们的土地上，也开在我们的心里。

当一片繁华落尽，留下繁茂的绿色枝叶，又让我们产生了新的想法。

傍晚时分，有孩童一二，在枝叶间玩起捉迷藏，是那时的我们永远也玩不倦怠的游戏。

当花朵老去，泡桐开始开枝散叶。浓绿的叶片饱吸阳光雨露，助力泡桐长成大树。待树木成材，有人伐起，做日常器具之用。这些成熟的树，让人有床可栖，有案可倚，有农具可操。

18. 爬山虎之变

　　小镇茂密的花草遮盖天空，树洞一样的村子藏着休养生息的人。他们遵守古制，恬静生活，一派祥和。直到一个叫祥子的当地土著外出多年返乡，搅乱了一池春水。

　　祥子未离开村子时，在自家院落倚墙种了两行爬山虎，让它们顺墙爬向天空。爬山虎被他照顾得很好，生长迅速，枝叶繁茂，没几年就爬满了白墙，直到爬满那座五层楼房的外墙。

　　那是小镇的一道景观，远远的很惹眼。尤其春天复苏，叶片浓绿，夏天遮荫，秋冬变色，浅黄火红不断变换，祥子亲手种植的美丽是让人称赞的。他性格随和，与人为善，因此提起他来，大家都赞口不绝。

　　等那爬山虎绿了又红，红了又绿，年复一年，祥子也长成了翩翩少年。提亲的人踏破门槛，他都婉拒了。最后在父母的强势威逼下，与一当地貌美女子订了婚。

　　从那时起，他的爬山虎缺少了精心的照料，开始生长缓慢。没过多久，爬山虎又红的时候，那个和善温柔的祥子与众人眼中温婉贤良的美丽女子结了婚。

　　据说婚礼那天，爬山虎的红映照小镇的天空，与新娘子的粉红脸颊一样让人陶醉。众人的溢美之词更让那个冬日温暖，让人如沐春风。

　　谁也没有想到，大婚三天，从未出过小镇的祥子，离开他水灵灵的新娘子，去了远方。

留给女人的念想，就是那满院热烈的红，充满燥热的红。冬雪来临，那红并不能温暖被窝。女人尚且年幼，嫁与他时，尚不足二十，她一个人，在那红了又绿、绿了又红的爬山虎墙后，等了三个春秋。

每次爬山虎红的时候，她以为，男人该回来了，至少该想她了吧。但一切都湮没在爬山虎生长的年轮里。

她格外珍惜他的植物，施肥、浇水、松土，当男人一样养护。那藤长得越发灵秀，叶子越发肥美，她的心亦随那树一层一层结痂又一次一次软化。

在一个僵硬的冬天，火红的叶子烧红了院子。他回来了。这是他的女人渴望的一个夜晚。他点亮烛火，照亮女人娇嫩绯红的脸，小心地说着这么多年在外面的事，迟迟不愿上床。那一夜他们依然一如从前。

洞房花烛一直都是横亘在他们眼前的一座大山。第二天，祥子牵着女人的手，一起看那爬山虎，告诉她他爱上了一个人，那是个爬山虎一样可红可绿，喜欢攀爬的女人。

而眼前的她，如此美好，却一直从未燃起他的焰火，他不想让这样的两个人都蹉跎岁月。

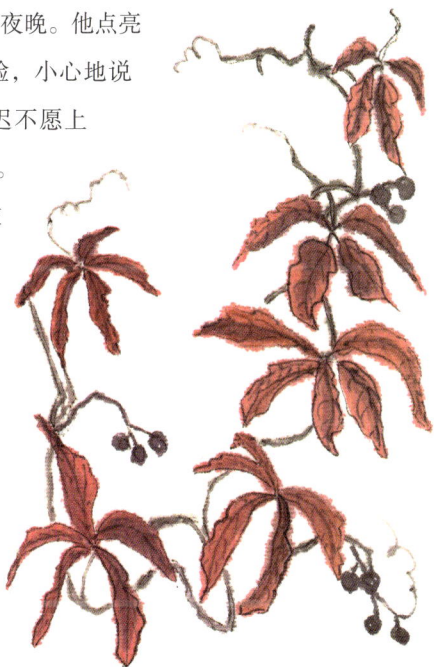

图65　爬山虎

女人似乎懂了，但一直抱有希冀的她不曾想到他这么决绝。他都可以种养爬山虎的啊，为什么不能顺便种养她。她宁愿自己只是一株低微的植物，能陪伴他就好。但一千多个冰冷的日夜，似乎让她看到以后的灰暗。

她带着绝然的清醒离开了，娘家人亦识大体，并未为难男人。但这事儿，震动了一向平静的小镇。那是深受古典文化熏陶的小镇人不可想象的。

尤其他带了一个离了婚的女人回来，外貌比那女人差远了，还领来一个男孩，当然不是他的。这更让整个镇子沸腾，风言风语，八卦猜测，充实了饭后谈资。

那是当地人不敢想象，也没有勇气做的。骂傻子的，赞是真男人的，各种言论掺杂，连鸡鸭都跟着凑热闹。

小两口在外人异样的眼睛里生活了很多年。每次见到他们，女人一眼爱意，幸福溢满脸颊，男人温良敦厚，一如当年。他在爬山虎的旁边又种上了女人喜欢的竹子，与那藤根并排，一对一，那样爬山虎红的时候，竹叶还是绿的，像一湖盈盈的清水，溢满小镇。

时间悄然流逝，仿佛会施展魔法，慢慢地这个女人也开始在小镇有了自己的朋友。与她们不同的是，她选择了一个彼此深爱的男人生活。后来，这颇受争议的存在，竟成了村子里年轻女孩们喜欢她的原因。

有时见了那女人，其貌不扬的脸上，荡漾着波澜不惊的淡然，洗练的线条勾勒出纯真的轮廓，说不出来到底有什么不一样，就是让人感觉有性格、很舒服。不管你愿不愿意，都让人忍不住给她一个善意的微笑，那也许就是她的魅力吧。

如今的她，依然一脸幸福，与刚到村子的时候没有差别，他亦是。

只是皱纹爬上了双脸，往事早已如风，被时间深埋。

后经多方打听到，以前那个她，也早已成家，儿女成群，享受不曾有过、不敢想象的男人的温存。

这就是他们给小镇的执念与爱的故事，长在爬山虎渐变的年轮里，随着它的红与绿悄无声息地流转。

19. 傻子的红石榴

小镇上的人，吃完村口树上的红石榴，都不由自主地说，若不是那人傻，我们哪有此等口福。说得让人蓦然一怔。

出于好奇与对口中之物的求索，我便问及那石榴之事。

老人们说，石榴树已经在村口长了十几年了。那里原是一片荒地，后来有人开荒种树，把自家石榴树挖来种下，浇水施肥，多少年精心管理，才有了今日我们的腹中之物。

从有那树后，每年中秋，小镇居民的清供也就多了那果实。

只是一直伺候石榴树的人，被人视为傻瓜。

因为他不图回报，一做就是十几年。不是傻是什么，在锱铢必较的精明人眼里，没有比不算计、不功利更傻的事了。

当初他把自家的石榴树挖了来，等树长稳后，压条扦插才在自家里又种上一棵。那新栽的当然不比母树繁茂结实。经年以后，每到果子成熟，两树对比明显，总免不得被人笑话，说他傻。

汶川地震，他捐了两万，那是他近一年的抚恤金，又被不肯掏腰包的人笑话，说他脑袋有病，一定是当兵打仗摔傻了。

众人皆说他脑袋不正常，所做之事亦不太考虑自己。这样胳膊肘往外拐的人，不是有毛病还能是什么。

众口铄金，积毁销骨。小时候听多了村人的言论，总避着他。远远地见他笑眯眯地走来，就浑身起鸡皮疙瘩，赶紧跑开。

　　但我一直都在享用他的红石榴。

　　相信品尝过那石榴的，一定不会再期待其他的果实了。那树结的果实，无论色泽、口感还是饱满程度，都让人格外满意。

　　人都说傻子的红石榴一点不像他。那石榴古灵精怪，长着仙女的容颜，中国红，喜庆的颜色，红艳赛过大年里的红鞭炮。长熟了的裂口对着秋风笑。饱满、晶莹、透亮的珠子，一颗紧挨一颗，塞满白薄皮包裹的腹腔，水嫩润泽宛若羊水里睡着的婴孩。

　　傻子见人摘了他的红石榴，总是笑得很开心。那笑也是远远的，多少让人感觉有一种君子的淡然。

　　平时在路上见到他，不是牵着一只羊就是遛着一匹马。似乎他很喜欢去小镇的窑厂放羊饮马，任那牲畜自由吃草采花。

　　每次经过草地，见到他的时候，不是坐在深草丛里，旁边开满野花，就是口衔一根狗尾草或一枝小野花，跷起二郎腿，用头枕着臂弯，自然随意地躺在花开的草丛里，静静地想心事，或许只是痴痴地仰望天空。

　　每次见到那场景，都很好奇，挺想坐下来与他聊一聊。那样子，仿佛不是本地人该有的。他在草地里很轻盈，那姿态，仿佛能飞起来。

　　其实他模样周正，身材魁梧，仪表堂堂，怎么看都不像众人口中的那样。我考上大学的那一年，他与我说话了。

　　我们在一个小胡同里遇见，狭窄逼仄，我想避开，似乎是不

图 66　石榴

可能的。算起来他是我的长辈，他先是祝贺我从小镇上走出去。说姑娘，以后，你与这里的人是不同的，外面的世界很复杂，但总比闭塞的好。活在这里是孤独的，但明了了，也就好了。

我一直睁大眼睛看他，不懂他在说什么。只知道他的用词是陌生的，与这里生活的人不同。

后来，知道他是一名指挥官，参加过对越自卫反击战。他的部队在那场战役里只有他活了下来，从马背上摔下来留了病根。他清醒的时候，拥有的美德与修养，是这个小镇的居民无法理解的，他们只会把不利于自我利益的人称为傻瓜。

我们小镇上有一个美好的傻瓜。他的红石榴，以及他的云淡风轻的放牛牧马，红遍我浪漫少年的心。

这个傻子，是让心若明镜的人暗暗心感温暖的人。

至于为什么他栽下的是一棵红石榴，而不是别的树，也许与他心底的愿望有关。他希望这个小镇人丁兴旺，多子多福，宛若石榴，不似他没有子嗣。

20. 板栗又熟了

若非暮春时节在伏牛山深处偶遇板栗，被它青色的果实上密布的尖刺刺伤，该不会特别留意到它。

板栗青青片片刺，根根直立，宛如钢针，深入皮肤。残留在指腹上的伤口，不大，却很深。青针刺过的表面几乎不见痕迹，却十指连心，有锥骨之痛。

那是和朋友上山采蘑菇，到山顶看水库。返回已近黄昏，天色灰暗，只顾低头走路，不时扒开树枝开路。殊不知途中经过大片板栗树，枝丫低垂，青果累累，一不小心就用手祭奠了它们的青春。

板栗年轻时长满锋利的尖刺，根根直立，宛若人类青春期鲜明的叛逆。它们用刺牢牢包裹自己，对外界保持敌意，一副爱憎分明、不与世界和解的模样，尖锐的外表下隐藏的却是一颗异常柔软的心。

不经意被它刺痛，让人对眼前这个倔强的玩意印象深刻。当时顺手折了一个小尖枝，上面带有两颗青果，算是对疼痛的补偿。再说之前尚未见过完整的板栗果，挺好奇的。

拿回去，在灯下见那青色中正，不卑不亢，不急不躁，便也舍不得破坏了。

两个小刺果间长着三片绿叶，刺尖，绿中泛黄，都是绿色却有深浅明度的变化，挺特别的绿色系，天真有趣。就把它拿到画室，用普洱茶水养起来，放到我的案台前，画画累了的时候，抬头看一看那绿，舒缓

眼睛疲劳，时间久了，竟生出感情来。

　　还没有离开，心里就挂念着。到底还是一直好奇绿色果实里是什么样子，里面该是藏了怎样的宝贝吧。但又不忍心弄坏那青果，所以只能一直猜测着。

　　我们见到的市场上的板栗，成熟了的，大都经过处理，去了带刺硬壳的。

　　那些老了的硬壳就是它自我保护的盔甲。成熟的栗子，内心笃定，不再求助于外界，亦不需要那层厚厚的保护。那些完成使命的老壳，送走饱满光洁的栗果，胸腹空空，紧靠大地，迎接寒风。

图 67　板栗

　　板栗丰收之际，就是果肉与盔甲告别之日。在板栗林中，在山间，在农人的院落，经常都可以见到那些苍老的被人遗弃的板栗外皮。

　　每年冬天，我们几乎都要放下繁杂，抽出时间到徕园清净几天。银山塔林附近，有很多板栗园。我们每次遇见时，都已过收获的季节。遍地都是赭石色空壳，寻不见一粒完整的果实。曾一度渴望见到它们自然熟透的样子，但一直缘浅。

　　最初见到完整的，就是那天的青果了，竟然还刺我，初识并不友善。

　　它们内心脆弱，表面坚强，这种小东西，让人反观自身。

　　剥去外壳的成熟果实，水煮、红烧、糖炒、荤炖都是极妥帖的吃法，软糯香甜，清香怡人，滋补身心。

　　徕园主人的大作——火爆栗子与栗子榴莲鸡，柔软甘香，让人回味悠远。每到栗子成熟，我都会想念这菜。加上东风吹紧，围炉夜话，把酒言欢，不分夜昼，闲看落雪，真是无限美好，每年都想再来一次。

21. 又见黄角兰

与黄角兰的相识，用了四年，才彻底完成。我曾经与它偶遇，初时未识其真面。后来便是靠着它特别的味道又重新将它找寻到。而这一切都归功于它独特迷人的花香。

那是一种让人震撼的花香，一旦闻过，便不会忘记。

四年前，在一个实验基地，第一次见到了这种花。

偌大的实验基地，只长了一棵正在花开的树。草木花朵对我总有致命的诱惑，见到它们总要停下来，哪怕看一看，也很好。所以见了，就奋不顾身地奔向它们。

大老远，未见花开就闻其香。

那种香，清新、浓郁而持久，热烈又奔放，但凡接近的人都为之一震。它们简直是世间最浓烈、最独特的花朵。

这些让人印象深刻的花朵，它们持续不断的清香，就源自瘦弱纤长的花瓣与浅淡小巧的花蕊。

它们形似玉兰花，却比其精巧别致。层层细长约4厘米左右的花瓣将花蕊紧紧包裹。花朵在宽阔的叶片中，显得娇小可人。

但它们长得足够结实，用比一般花粗壮的花柄与母体紧紧相连。

我被花香迷惑，贪恋它的清香。在烈日下，站在它不大的树荫里，火热的脸面变得绯红也在所不惜。

那是一种木本植物才有的大气的味道，是直接入肺的芬芳。它的旁边长了两棵正结了青柚的树木，可它们那种淡淡的香气，实在抵不过黄角兰的直接与热烈。

平日里四处花开浓烈的花草，在她面前，仿佛都集体失声，隐匿了芳香。只有它，香得大气、凛然，义无反顾，让人难以忘记。

我在花树下，被花香包围。被风吹落的香气落在发丝、皮肤、衣服上，香甜温软又经久不散。

我采了一些幼嫩的小花苞，随手放在口袋里，宛如穿了百花裁成的新衣，时时刻刻都能闻到芳香。

每一个女人大抵都有一个长袍、香草梦。与花朵草木亲近，怡情养性，能让我们更接近喜欢的自己。

黄角兰的香让所有接近的人感到美好。但随着花朵枯萎，香气渐退，它慢慢淡出了我的生活。

而那种特别清新的香气，时常想起，只是再也没有它的消息。

直到四年后，在成都，我又遇见这种久违的、难忘的芳香。

久违的味道瞬间就唤醒了我深处的记忆。

它们被棉线串起，有人拿着沿街叫卖。在这里，这是一种按朵售卖的花。小小的一朵一朵，瘦长的身躯并无营养不良之感，在物质丰富的今天，反倒让人感觉灵巧轻盈。

它们的花苞，香气是最浓烈的。

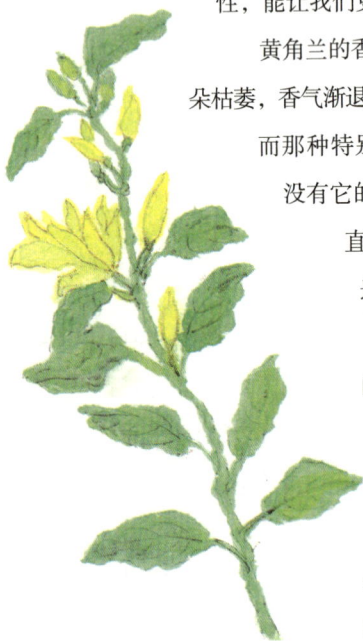

图 68　黄角兰

花香始于开放前，愈开放愈损失能量，香气也愈淡。

在花水湾的市场上，我见它们和栀子花摆在一起，被当地人称量出售。

栀子花的香气更浓，花瓣与花朵也更肥硕，但它们远不及黄角兰之香来得持久，不过都是我喜欢的花香，浓郁而动人。

那里的栀子花是用草绳捆扎成一束一束的，素素朴朴，很淡雅。而给我解开黄角兰秘密的，是一个喜欢植物的故友。

在川南小镇，我们一起爬山，一起辨别植物。很多陌生不常见的植物，都能被我们辨识。山路陡峭，我们走走停停，一路上，我们都在聊植物。谁也不曾想到，她无意中说的一朵花、一句话，竟然解开了我多年的疑惑，让我知道原来那花就是黄角兰。

也许这就是所谓的缘分。

黄角兰被宜宾人尊为市花。花儿常见的有黄色和白色，而我们见到的都是黄色的。

它们的树很娇贵，寒暑湿旱均不耐，要长成大树，才能开花。所以它们不像栀子花，是按朵采摘、按朵出售的。

它比栀子花清淡，与桂花比肩，但比它们都持久。

你可以像当地人一样，放几朵在书房、卧室、车舱、口袋里。它持久的香气是植物巨大能量的传递，让自然的气息通过持久的芳香渗透身体内外。

如果你遇见逼人的清香，小小一只，袖珍的玉兰花一样的鲜花，很可能是黄角兰。

停下来，看一看它的花瓣，闻一闻它的芳香，感受一下这些离灵魂最近的花朵。

22. 苦楝紫

有关小碎花的灵感也许就和它有关。

每到春夏之交，小镇上，有一种花开得悄然，不知什么时候就挂满枝头。远远望去，一串一串细碎的紫色小花，散发出阵阵扑鼻的清香。凑近去看，才发现淡淡的紫色里掺有素素的白，文文弱弱的黛玉样。

明戏曲作家高濂在《草华谱》曾说："苦楝发花如海棠，一蓓数朵，满树可观。"楝花开的时候，"紫丝晕粉缀鲜花，绿罗布叶攒飞霞"。

苦楝紫色的碎花瓣氤氲着淡淡的粉、浅浅的白，宛若仙女轻灵飘逸的裙裾。

它的颜色紫调尚淡，不如薰衣草热烈，没有鸢尾紫的明亮。它的淡紫与雅白宛如被蒙了日暮或早晨的天空灰。

那是一种非常别致的紫，专属于苦楝的紫。

没有经历苦难，是难以担当那样的紫。那样的紫不喧哗、不孤寂，安守本分的素雅，安静地开在仲夏。

楝花开在春天的最后，姗姗来迟，是二十四番花信风的最后一位花客。二十四番花信风，始梅花，终楝花。

程棨曾在《三柳轩杂识》中说过一句"楝花为晚客"，故楝花被后人赠以晚客的雅称。

谷雨三候，苦楝花开过，便标志以立夏为起点的夏季来临了。

苦楝生长迅速，很容易成材，材质疏松，树形开阔，是优美的风景树与良好的造林树种。所以，苦楝是四处都可见到的寻常植物。

苦楝存在的地方，没有蚊虫叮咬，没有二氧化硫。它的苦就是天赐的克星，专克害虫与毒素。

苦楝以苦让自己有存在感。

它的苦，是一把双刃剑，可以毒人毒牲畜，也可以对人畜有益，剂量才是转换的砝码。

它以天生的智慧提醒世人凡事需注意尺度。

在印度等尊崇自然智慧的国度，它被奉为神灵的化身。在中国，因其名发音接近"苦怜"、"可怜"，而不被人喜欢。

据实而言，苦楝不仅花美，树形身姿秀美，叶片浪漫，它碧绿的果实也可观；传说，苦楝的叶片是独角兽的美食。

而它的果实，也称"练实"，是凤凰的食物。古语有诗"非梧桐不止，非练实不食，非醴泉不饮"，说的就是这个。

经过夏日，楝花开败以后，就长出碧绿的果实。

苦楝的果实一串一串，宛若翡翠，挂满枝头。这些青翠欲滴的果实，在冬日万物萧索时，也不改本色。也许只是颜色，在阳光的照射下，从湖水的碧绿渐渐转变为温暖的脐橙黄。

图 69　苦楝

它的果实鸟儿见了啄食，孩童见了拿来嬉戏。

当站在树下聆听，能听见断断续续的自然的乐章，此起彼伏，不绝于耳。

成串的果子在风中叮叮作响，铃铛般清脆的声音，从远方传来，溢满心田。

等青果老去，变成暖色的夕阳黄，是一种很有格调的色彩。

老了的球形核果，也是老中医喜欢的一味药材，亦是手作者的掌中宝。

它们被用来杀虫，行气止痛；或去除外皮，仅留果核，做成饰品，承载人的心愿。

苦楝通身为苦，花也不例外。花苦但不失秀丽，反而多了耐人寻味的厚重。

也许，苦，未尝不是一件好事。

至少，对苦楝如此。

23. 紫叶李

紫叶李的叶子，总是落满院子。无论晨起还是黄昏，扫净的地面上少不了它们的影子。

虽是落叶，一地衰败，但并不见悲凉。

院子里的紫叶李枝叶，与插进它们树冠的青竹叶依然随风奏响乐章，让屋檐下的女子心神荡漾。

紫叶李，因紫叶得名。紫叶李暮春初夏时节开花，花开白色。花儿开起来的时候，白雪一样的花瓣映衬在紫红色的叶片丛中，非常有存在感。紫叶李的花，经常被误认为是樱花。樱花的花期要早一两个月，而且樱花叶偏绿色，而紫叶李叶片紫红。

等白花落尽，便长出一枚一枚小圆果。果色黄、红或黑色，成熟的紫叶李果实则为红色，微披蜡粉。因紫叶李是杂交出来专供赏叶的，它的结果能力就大大下降，即使结实，口味也大打折扣。又因其含有天然的氰化物，有微毒，最好不要取食。古语说的"李子行里抬死人"说的就是它。

紫叶李的叶片紫红，比艺术家的色彩丰富，层次多变。它们的叶片散发着深紫色的光泽，幽暗而生机

图70　紫叶李

勃勃。没有相同的叶片，也没有相同的色彩。

无论什么季节，它们总是一身紫衣，以高贵不张扬的姿态示人。但它们的紫，在青山绿水间格外吸引人，像开在山野树木间的花朵。而这种美丽几乎随处可见，路边、花园、庭院。

每次见到，那些紫得丰富、紫得细腻的紫叶李都让人产生一些美好的想法。

最美的紫叶李长在南方的深山里，在那里它们可以秀气得让你难以辨认。那是与北方贫瘠地带的紫叶李孱弱暗淡的气质完全不同的。吸饱雨露山风的叶片水灵肥厚，闪着玉石的光泽。

以叶为美是草木的另一种哲学，紫叶李天生就有这样的智慧。它们的叶片即使落下，散落一地的紫花那厚重的色彩并不让人感知凋零、荒凉这样的气息。

紫叶李的叶片易落，没有竹叶的顽强。蔷薇科植物像它们的名字一样，不仅浪漫，还更具雌性气质，外形柔美娇嫩的居多。紫叶李叶片柔软色彩鲜丽，是非常浪漫的草木。

尤其女子常拿紫叶李的叶子给未成的画稿染色。这也许是每个爱画画的女孩儿时都有的记忆。

那个年纪的孩子，常常取花草树木的叶片、花朵、茎秆的颜色，为画稿或课本中的黑白插图上色。她们细心地将采集的花叶材料用手指反复搓捻就能出现带颜色的汁液。那些自然的色素，带着芬芳，缤纷了我们的童年。

在那个灰暗的缺少色彩的年代，这种天然绿色的颜料丰富了乡野村子女孩的世界，承载着她们美好的梦。紫叶李是很多女孩喜欢的，它的紫鲜艳而不张扬，像内敛的节制的女孩子。

若居山野，一棵蔷薇科的植物，如月季、玫瑰、紫叶李之类，长在庭院里，无论清晨黄昏，每当清风吹起，簌簌落下的叶片铺满小路，扫了落，落了扫。一天又一天，一年又一年。时光流转，四季更迭，一切发生得和谐自然。

草木各不同，各有气质与姿态。人，也带着不同的气息来来去去。没有一片叶子可以永恒，没有一个人可以不朽。

24. 紫薇

在很小的时候，就知道紫薇了。不过那是因为夏紫薇。而不知道这样美丽的两个字不仅是做女人名字的，还可以是一种树的名字。

几年前，在植物学的课堂上才知道这种树。下课就迫不及待地在校园里到处寻找。

其实，那是让人很早就在意的树木。也许很多人和我一样，早在很多年前，就被它们吸引。

它们通常长得并不高大，但一定都能一眼看出其拥有乔木的样子。最小的，也能让你感觉有长成高大灌木的潜质。

紫薇的树冠蓬松，主副枝向四处扩散。枝条弯曲盘桓，错落有致，空灵而有诗意。它的树枝纤柔多媚，不比龙爪槐苍古紧密，不比凌霄紫藤留恋长蔓。

若要师化自然，它们是练习中国画"出枝"的绝佳范本。

紫薇可观的何止枝条树干，还有挠一下就花枝乱颤的可人之姿。

紫薇树干非常不耐振动，轻轻挠一挠树干，整树的花枝都在颤动，所以人称痒痒树。和它们有相似反应的还有含羞草、痒痒草。虽内在原理不甚相同，却各有各的痒法。

当它们花枝颤动，一树嫩玫红的柔软直钻进人心。紫薇花儿是颇有浪漫风情的一类，它们的花瓣细腻纤薄，长着天然的细褶皱，像水洗得发白的棉布，有温暖柔软的触感。

紫薇的花瓣质地细致，纤细、若有若无的花脉紧密交织。它的花儿拥有布匹一样精致的纹理，像美人手中紧握的丝质折扇。

而这些温柔浪漫的花瓣，颜色多变，常见的有艳丽的洋红，张扬的中国红，轻奢低调的紫红，浅淡的粉红，还有白雪一样纯净的素白。

在不同的季节，无论何种颜色的紫薇花儿进入眼帘，都是唯美的工笔画。

紫薇树叶嫩绿，不肥不厚，花叶穿插的美景，不是一树的华丽就是平淡的朴实，无论怎样呈现，都能惊艳路人。

而这种美丽并不短暂，它们的花开几乎可以延续一个季节。

若心思缜密之人，还能发现它们美丽的花药和花丝。它花药的样子，是在很多写意花卉中都能见到的那样。而花丝的结构变化与彼岸花如出一辙，有着锦鸡翅膀一样开散组合的律动。

每每有鲜花开，常见蜂蝶来，鸟雀飞。有鸟儿啄食果壳，有小昆虫吸食花蜜，甚至有害虫与天敌精彩的对决。

偶尔在储存雨水的老枝干的潮湿处，也可见到青苔与甲虫。

被风吹落的花瓣、果壳，被蚂蚁们占据。

有紫薇花开的地方，若能细细察看，就能看到一个丰富的微观世界。那是一个自然天成

图 71　紫薇

的小群落，虽然袖珍却富有生机。

紫薇因其美感与浪漫气质，被人精心培育，或成大灌木，或成小盆景，或只是房前屋后、溪流岸边栽种一二。

因其美，被人喜，所以这种树木的花朵随处可见。

但凡见到，定能一见倾心。而且，拿它当作美化居室的素材，信手可取。

又因其性情平和，不争不抢，无论做主角还是小素材，都能安之若素。

其香亦浅，给人淡泊之感，实乃美化居室，陶冶性情之良友也。

若有人谈起一种树，不小也不太大，花开在早夏，颜色或清丽或浓艳，面容温婉柔美，又能花开长久，每个人都应当知道，它的名字叫紫薇。

25. 老榆树与香粉

小镇家家门前都有各类草木，而榆树是必备的。

榆树和泡桐一样，最乡土，成材又快，但凡家有儿女的人家都种几棵做木材用。

况且还能吃上榆钱，就更让人欢喜了，所以到处见到也不稀奇。

对于孩童，榆树是天然的乐园。

对长在小镇的孩童而言，爬上大树树顶，看天空湛蓝，远方无垠，是最充满诱惑的事儿。

那是我们对远方最初的渴望，爬得高，才能看得远。

老榆树是每一个内心燃烧的孩童都必须经过的。

我就是骑在它最高的树杈上，开始获得有关它的记忆的。

当它在春天舒展腰肢，满树绿色，挂满果实，在风里荡漾，它是最风情的。

它用天然的色彩与清新的芳香诱惑人，我们

图 72　榆钱

总是站在纷飞的榆钱花里，试图从一朵花里张望未来。

倒是主妇们最实在，拿它与蛋清、玉米面粉混蒸，解馋饱腹。

我们记得那绿，在蒸煮之间变作芥末黄与一缕清香。那是一个飞翔的梦想的破碎。

榆钱在风里飞扬，飞得并不轻盈。

它从土里长出来，一直普普通通，没有仙气，直到它走到了另外的世界。

那是一个鸟语花香的地方，是香粉的王国。每一个都天生异香，遗世独立，它们是世间独自行走的精灵。

那是人类的香粉世界。

在那里，榆树才发现上天赐予的使命。多年以来，它似乎没有发现自己竟然是香粉之间来往互通的天然媒介。

榆树的树皮，是天然的黏合剂的宝库。

它天生的黏合作用能让香粉连接起来，创造香粉另外的天地。

有了榆树的牵桥搭线，香粉们马上灵动鲜活起来。榆树拥有这种可以化腐朽为神奇的力量。

榆树皮是天然的香粉黏合剂，是香粉最好的天然伴侣。是榆树的黏性，为我们创造了一个迷人的芬芳世界。

远古的榆，是文人墨客们精神寄托的轻灵世界里必不可少的元素。而那种神奇的东西就长在粗犷开裂的树皮里。

稍微上了年纪的榆树，树皮就会裂开，越来越裂，像经过悠悠岁月的老人，脸上开满的花纹。一条条深深浅浅、不可更改的沟壑，那是已经远逝的昨天留下来的痕迹。榆树也许是最不信赖雁过无痕的哲学的乡村植物，它总是固执地在自己身上刻下时光的印记。

老了的榆树，生命力渐衰。叶片也绿，只是不再像原本那么水灵。榆钱也能结出，只是不若原本那般气势恢宏，不如以前一串一串厚重浓郁逼人的眼。树枝也开始收敛锋芒，不再肆无忌惮地扩展疆土，而是渐渐回归自身。该干枯的绝不再长出新叶。

小镇上的老榆树很多，可很少见到长到自然老死的。若非雷劈风刮连根拔掉，自然死亡的很少见到。

榆树的生命虽短，却也比多数人的寿命要长。每每想到这个，都觉得人类并非自己想象的那么高大，而是切切实实的微小。

老榆树的生命是悠远的，至少比很多眼前人的生命要长久很多。它无言，不怕风雨兼程，它饱经沧桑的身上长着古老的智慧。

虽然它总是默默不言，却让人深思。

也许最庸常的，恰恰是最不平凡的。

把生活的琐碎编成杨花，是老榆树的智慧，那也许是生命存在的另一种意义。

26. 暮秋，红柿，际遇

秋风吹起、树叶落的时候，柿子发育初成，从青涩少儿，渐渐变成妙龄女子。

柿树苍老，却滋养着娇嫩的果子。柿果从青青绿衣，到穿上浅橙的衣裳，在秋风吹动下淬炼，慢慢变成厚重的橙红，宛若锦瑟年华的姑娘成熟，穿上礼服，色彩华丽，热烈奔放。它张扬地明艳枝头，一副色不惊人死不休的架势。

我爱极了那枝头的激荡。是蓝天与大地的包容，让成熟的柿子可以久居半空。

暮秋初冬的天空，处处可见那抹亮色。这个季节出门，一定可见熟透的柿子，挂满枝头，橙黄发亮的暖色调驱走即将到来的严寒，这是来自深秋的问候。

它贴心的善意与美丽容颜，是我在意的。至于那甘美润滑、饱含汁水的滋味，也让人陶醉。

柿子不分品种的甜，是其本性。有一些异类，偏香脆。亦有的品类，青色的时候就去了涩，鲜香脆甜，清新爽口。

无论什么品种的柿果，我都喜欢。并非喜爱食之，而是喜它的颜色。年幼时，它青得翠绿，宛若翡翠，光泽四溅；渐至成熟，黄橙温暖，像女人的红唇。

我见了柿子，总免不了捡两个来，放在旧木板上，粗质陶瓷器皿边，或置于书桌案台，不论什么颜色，都增添野趣。

也许有人像我父亲一样，喜欢它吉祥的寓意。因为那事事如意的祥瑞，父亲对它偏爱有加，在房前屋后栽上一两株，圆了心愿，又能饱口福。

每年柿子熟的时候，父亲总央着我们回去，他只是想与孩子们分享祝福与收获。那种朴素的愿望，温暖人心。

挂满枝头的柿果，红彤彤的，表面染了白霜，薄薄的一层，像女人薄施的脂粉一样，若有若无。

清雾飘满山间的时候，遥看那红色，是最美的。朦朦胧胧一簇红，轻灵，充满仙气。但都不抵那年偶遇的一片柿子林的美丽。

西溪湿地美在天然，树木花草茂密，水鸟海藻虫鱼，都能给人惊喜，是喜欢亲近自然之人放松身心的好去处。那是我一去再去的地方。

一次，我们绕过湖泊，走了窄路。一路很长，清冷偏僻，但见了很多奇花异草。在犹豫何处是尽头之际，前方一片开阔。

那是一片柿子林，正在举办首届采摘节。但不见人，连售票员也不在，我们等了很久却依旧没有人，就自行进去了。

那柿林管理得极好，有的树被做了造型，有的树被控制了果子的数量。很多果实

图73 红柿

颜色百变，形状奇特，是平日里见不到的稀罕品种，让人大饱眼福。

我们走累了，选了水边的岩石坐下来，旁边就长了两棵。

柿子熟透的果实充满了寂寞，等不及人采摘就落下，掉在草地上或喂了蚂蚁，或腐烂入泥。树下麦冬丛里堆满厚厚的果实，一不小心踩下去，果浆溅得人满身都是。

同行有人爬到那树上，给我们摘果子吃。那人爬得可真高，轻灵的身体在树枝果实间穿梭，一次次让底下的人心惊肉跳。新摘的柿子一个一个被扔下来，我们侥幸接住的都是好果子。汁液饱满，香甜可口。

在江南的暮秋，一个有夕阳的黄昏，我们面对一片浅溪，围坐在岩石边，细细品尝柿子熟透的果实。红彤彤的果实映在清水里，反射到脸颊上。饱满的汁液沾满双唇，周围的世界一片清净。

与红柿子同在的时光，如此柔软、短暂，随着那一季的果实，远去了。所有的一切都消失在无尽的时空里，而一切却又可以重生、轮回。

只是，新的果实将与谁一起分享呢？

27. 银杏黄了

前一阵闭关写作，没有要紧事不出门。除了买菜打水这些必须的事情，其他的都推掉了。但每每倚窗南望，看层林尽染，花叶相映，都有外出的冲动。

我的老闺蜜似乎与我心有灵犀，在一个飘雨的早上，喊我去花都。我们去那儿都是当郊游的。她的小公主也不送学校，与我们一起冒雨去。从一座城到另一座城，只不过一个钢筋水泥，一个花木扶疏。

说也奇怪，我们每次到花都，基本都是雨天，极少例外。要不就是去时阴天，第二天才放晴；要不去时晴天，到了滴雨。在我们的印象里，这绝对是个缠绵的小镇。

即使在夏季，我和我的老闺蜜散步花丛中，想停下来坐一坐，户外的木凳上也基本都是湿的。我们捡了叶片，驱走蚂蚁，就坐在雨水里。抬头看天空灰蓝，听昆虫窸窣，看草在夜里疯长，聊内心深处的事。

那是独属于女人们的温软时光。

等天放晴，整个小镇都被镀上天青色。我们到院外采海棠红果，看睡莲卧睡，尤其我们门前的青竹与银杏，是我们最喜欢的。每次经过，必会停留，看看渐渐变色的银杏叶片与越发浓密、遮住小路的竹子。

这一次就是那两棵银杏树勾我前往的。

暮秋的银杏，叶片一定黄了，黄灿灿的一定像朋友山里看到的那样，纯然洁净。

我们门前的那两棵银杏，虽已能结果，也不过碗口粗，尚是少年树，正是血气方刚的年纪，看起来很有活力。

银杏树长速很慢，寿命极长。自然条件下从栽种到结果要二十几年，四十年后才能大量结果，是名副其实的公孙树，是树中的老寿星。

夏天的时候，那两棵银杏叶片浓密，翠绿翠绿的。繁茂的树冠仿佛遮住了天空。有时候赶了急雨，我们就在树下避一避。

雨水打落的银杏叶片很少是绿的，一般是半死发黄的。它们趁着雨势落下来。新鲜的银杏叶被当地人捡拾起来当药材。收集起来的叶片晾干之后，用来泡茶，可以养颜、降血压。

银杏叶的样子看起来像小扇子，还有细长柔软的叶柄。被风吹起来的时候，满树的小扇子呼扇呼扇的，像成百上千的小风扇，同时吹来凉风，夏日的燥热顿时消除。

叶子的边缘有浅浅的裂口，颜色也稍微浅淡。叶缘的色彩递进，像姑娘巧手绣出来的细致花纹。纹路沿叶缘绕了一圈。

春夏的叶片是翠绿的，秋天的叶片是橙黄橙黄的。它的样子别致，有造型感，又有一定的厚度，有存在感。小时候我们喜欢捡了有眼缘的，夹到书里当书签。也有人在上面写字，拿它飞鸿传书。

银杏花开的时候，往往已是后半夜。花朵形态小，比较细密，和叶片颜色一致，很难看到。雌花即使看到，也容易让人误以为是叶柄。

等花期一过，结果实的是雌树，只开花不结果的是雄树。

银杏雌雄异株，形态学上就能区分。雌株通常比雄株矮小，但茎干粗壮。树枝更为舒展，分杈更多，树冠也更圆。唯有叶片不如雄性树叶大，开裂深。

我们门前的是一棵雄树、一棵雌树，永远长在一起，互相陪伴，应该不会孤单了。

银杏果初时是青绿色，渐而发白，直到橙黄，就是自然成熟了。果实沿着枝条生长，有长长的果柄。

我们平时食用的白果其实是它的种子。它的果肉就是包裹种子外面的那一层，时间长了，果肉自己腐烂或被人搓掉，留下来的只有饱含淀粉类物质的种子了。

深秋的银杏，果实成熟，叶片黄灿灿的。我想门前的那两棵银杏，此时一定很灿烂。路上一直充满了憧憬，所以一下车，就直奔过去。

真是让人意外。

雨中的银杏，尽显衰态。

叶片边缘枯焦，稀稀疏疏的叶片，七零八落，丝毫不见春日浓密的新绿。

它的生命去哪儿了，那些张扬的果子呢？

曾经密密麻麻那么多，现在怎么一粒也寻不着。

我以为它一定会等着我的。

至少用它漂亮的颜色等待我。可惜，它都没有……

一粒白果也没有了，它所有的努力都跟我无关。

它的颜色也不是我要的，除了一脸衰态，就什么都没有。就像婚姻失败的女人，兢兢业业燃烧自己，成就别人，年老色衰后被人抛弃。

这是不是很残酷？

我们门前的这两棵白果树，让人感觉到前身透后背的凄凉。

我不再对它们抱有期望，不再期待来年的黄叶。

越期待越悲伤，相见不如怀念。

28. 风吹落樱

　　樱花开的时候，就想起过往，尤其大学里那条开满樱花的小路。

　　那时，我们主课在老校区的三号楼上。那是一幢光线不好、朝向不佳的老建筑，阳光不能直射进去，里面常年阴森，自然就潮湿阴冷得多。即使夏天，一进去就是逼人的冷，让人感觉格外阴森。

　　老房子不与人亲近的态度让我对它不怀好感。自习课都去别的教学楼，尽量远离那里的晦暗。只有樱花开的时候，才愿意与它和解。

　　老教室窗外就是成排的樱树，只有樱花开的时候，坐在那里，才有几分自得之意。而偏偏那个时候，我们的课多被安排在那些教室里。

　　窗外的樱花儿开的时候，灿烂，繁茂，不同于别处。因为这里的每一棵樱树都是学校自主精心培育的品种，在他处是很难见到的。

　　有原创标志的樱花果然不同凡响，多是姿态各异，重瓣花与单瓣花交织成迷人的乐章。

　　樱花是先见花开，再长绿叶的。

　　花朵开开合合，色彩在嫩绿、雅白与清浅的粉红中不断变幻。有的正在衰落的枝干上，小巧纤薄的叶片已经慢慢拱出来。新生的叶片透着清新的油亮的光彩，在阳光下一片清新淡雅的绿，很惹人的眼睛。新长出来的叶片打着卷，蜷曲着身躯，心怀着美好的期待战战兢兢张望着未知的新世界。

　　有风吹过，落英缤纷，吹到老房子苍古的墙壁，打在古旧的窗台上。

沾染了新鲜与活力的老房子，也难得
展开笑颜，显示出少有的明朗与
活泼。

　　有时，我们正在课堂上，外
面起风了。樱花随风飞起来了，寂
然飘落，兀自凋零。微风打着卷将落花
掀起，一浪一浪的花儿漩涡，肆意地飞
舞。樱花的淡香，若有若无，牵人心魂，
引我们出走。此时的课堂，一定格外的
静，学生们屏住呼吸，紧紧盯住窗外出神。
偶有懂得浪漫的年轻讲师，会在那一刻停
下来，陪我们静静地看一会儿，然后心照
不宣地继续讲课。

　　也有人因此从后门溜出去，独自到花
树下感受樱花雨。

图 74　樱花

　　落花随风，花雨不止。飘舞轻落，不疾不徐。落下时触地或安于青
草丛，或又被风卷起，复又飘到高处。

　　在明媚的春天，花舞的节奏与旋律，肆意流淌，一切皆随心所欲。

　　这些学校自己培育的樱树，花朵仙气十足，或肥厚或单薄，或单瓣
或层层叠叠，颜色或浅淡或浓烈。它们只以花为美，不同于另一种寻求
结果的樱树。

　　它们仿佛是生命的旁观者，不孕育生命，不为后代保存实力，也不
为子孙耗费心神。它们只要花朵绚烂地开，轻盈地飞。

　　此类樱花比寻求果实的花儿，无论形体还是韵味，都更可观可品。

花儿开败，随风吹散，回归尘土，安然，恬静。它们用一个春天的明艳，灿烂了自己的生命。

当夏季樱桃红遍枝头，正是另外寻求果实的小樱花的快乐时光。

它们一个惊艳春天，一个灿烂夏季。

学校里那条并不多长也没有多宽的小路，仅仅因为两旁种满樱树，开满鲜花，被人亲切地称为樱花大道。

樱花开的时候，但凡我在郑州，也一定要前去某个地方赏花。

只是，一起赏花的人，从同学、同事，变成了一个一个想也想不到的新朋友。人事流转，但樱花应季就开，芳菲悠长。岁月越久，它们开的花儿就越多，枝丫也渐渐铺满天空。

密密匝匝的花朵与树枝，用生命填满光阴，一如人，用经历丰富身心，厚重生命。

29. 常春藤未必常春

常春藤随处可见，普通，易得，像爬山虎。它也攀爬，常攀援于林缘树木、林下路旁，岩石或墙壁上，庭园也常有栽培。但其身体、叶型都比爬山虎小，常常被用来装点墙面，或植于高处花坛，让其攀缘或下垂，制造浓浓绿意与园林丰富的层次。

常春藤是多年生的攀援植物，茎灰棕色或黑棕色，光滑，有气生根。气生根是其从空气中获取水分和养料的重要根须。它的幼枝披鳞片状柔毛，鳞片上常见有辐射肋的细致纹理。

这是一种常绿的植物，寒风凛冽时，依然昂扬，一身绿衣，给萧瑟的季节，留存希望。常春藤因其常绿，在远古的希腊，被认为是神奇的植物，是酒神的化身，象征欢乐与活力，是不朽与永恒的注脚。

常春，长春也，因吉祥的寓意被人用于婚庆场合，所以常见新娘的头上插着常春藤常绿的枝条。此藤不仅可以辟邪，还肩负着人们美好的诉求。人们祈愿新人能够相濡以沫，白头偕老。

有"明明德"的大学联盟以常春藤命名，世界上有多少人年轻时以入读常青藤院校作为严肃的追求。常春藤似乎因此多了人文之气。

常春藤是寻常的常绿植物，普通到很多人都见过，却或许不曾细细留意。

我家对面楼下花池就长了一大盆花木。很多人经常从那过，也看花看绿树，却从不曾记得那常春藤。

图75　常春藤

直到今年夏天，有人才注意到这植物。

那是我的一个纪念日，我去城郊玩耍。那里有一片湖水，清澈的水盈盈的绿，无事时绕着湖岸散步打发时间。

在湖边，每每遇到花草，都停下来细细打量，认真察看。那里的花草大多是旧友了，唯有那片长得绿油油的藤状植物，第一次进入我的视野。

当时不知其名，只见它叶片常绿，小棉花状叶片，顺着旁边的枯树枝或高大的野草类植物往上攀援。我凑近去，闻到了淡淡的陌生又熟悉的味道。

仅仅这些信息，就让我敏感的第六感觉瞬间感知到它的身份，该是常春藤。

我当场拿起手机查了资料，果然没让我失望，就是常春藤。

我与很多植物的相识都是这样。之前未见或见过没有深刻的记忆，在以后的岁月初见或再见，仿佛前生有缘，我总能猜个十之八九。

也许，这样对草木的感应是命定的。这让我遐想自己的前生一定是一棵树，或一朵花，要么就是一株旷野的草儿。

常春藤的生殖能力很强，它的茎秆每隔一段就有芽根，像绿萝那样。

那根向我们透露着天机。

将枝蔓连带那些气生根折掉，就是一株可以扦插、成活率很高的幼苗。用来扦插的小枝条，只需把根结埋在土里，或置于水中，好好养，很快就能根繁叶茂，生生不息。

我折了几条小嫩枝回来，放于小花瓶中。它们长得很快，没几天就一片繁茂。新生的小叶片嫩绿嫩绿，水灵灵的，像新生儿的皮肤，真新鲜。

这个纪念日带回来的花草，想让它有个好的归宿，所以养的时候，特别用心。只是后来外出游玩一圈回来，它终究没有摆脱与其他花草一样的命运，最后因缺水干枯而死。

原来倾注的心血不够，没有足够的水分，常春藤也不是常春的，这多像人类的感情啊。

30. 野生猕猴桃

　　院子里种了一棵野生猕猴桃，枝叶茂盛，长势喜人，尤其夏秋之季，正是抽条长苗的好时节。这棵不知哥哥从哪座山里挖来的野生苗，生性随和，从深山里带回来，很快就与当地的水土和解。本想着从此可以一直繁茂，但它似乎并没有那么好运。

　　谁能想到，院子里的大白鹅竟是它的宿敌。

　　当野生猕猴桃的小苗被种下，浇水施肥是我最喜欢做的了。每每看新叶在阳光下抽出、舒展，浅嫩的绿颜色、鲜嫩的芥末黄就像新发的水草一样清新娇嫩。迅速拔高的茎秆，仿佛让人听到清脆拔节的声音。而这样的新鲜嫩叶不仅被人喜欢，被人注视，也是大白鹅的美食。

　　甚至有时候，饿疯了的白鹅啄光绿叶仍不过瘾，连新生的嫩茎也不放过。所以圈起的篱笆越扎越高，才保住了底部的老根。

　　若非大白鹅一再捣乱，这棵健壮的小苗本该长出了很长的藤蔓。虽然让人遗憾，但偶然受大白鹅折腾的苗木，也许是顶端优势的影响，变得格外健壮，这也是意外的收获吧。没有任何事情可以十全十美，阴阳转化瞬息可变。只是，吃自家果树结的果实的愿望，恐怕得多等上一些以年计算的时间了。

　　猕猴桃丰富了大山，是自然的馈赠，是最素朴的山珍。在很多大山里，一直活跃着各种野生猕猴桃。当你走进大山，尤其抵达大山深处，往往不用费心寻找，仅凭偶遇就能遇到野生猕猴桃。运气好的话，能遇见漫天遍野的野生猕猴桃树林。

我曾在伏牛山深处偶遇很多野生的猕猴桃，密林疏木，山涧沟渠，仔细找找总是有的，但遗憾的是，不是收获的季节，只见树木，不见果实。终于在终南山，遇到了正当好的果实，甜蜜清新的味道，让人印象深刻。

每到暮秋，经常见山里有很多当地人四处兜售刚刚采摘下来的新鲜果子，也有络绎不绝前来探寻野味的人在山里不停穿梭。

若想吃得鲜，不能早一步，也不能迟一步。

图 76　野生猕猴桃

挂满枝头的猕猴桃，采摘得早与晚都是弊大于利。鲜果采摘应该在其最风华正茂的时候，早了、晚了，都让人遗憾。

市场上的猕猴桃为了运输便捷，往往没等到果实长到该有的成熟度就采摘下来后续催熟，所以这类果实往往在口味上会大打折扣。若想品尝最本真的猕猴桃滋味，还是要等其真正长大。但若成熟过头了，表皮以及空气中的菌类就会让其很快发酵，酸甜度丧失。

猕猴桃酸甜适口，外美内秀，翡翠般晶莹的果肉不仅可观可品，更富含菜蔬中贫乏的矿物质与维生素 C，是当之无愧的水果之王。因其极高的维生素 C 含量，每天一个就能扔掉合成的 VC 片了。它可以美容养颜，抗衰老，是一种风靡全球的水果。

猕猴桃鲜食可口，晒干切片易于储存，是最常规的吃法。但猕猴桃毕竟是寒凉之物，鲜食多了易腹泻。目前很多人用猕猴桃入馔、酿酒，以及做酵素，都是很好的尝试。

用作酿酒以及做酵素的猕猴桃，一般像酿制红葡萄酒的葡萄一样，并不去其外皮，因为果实外表皮上面布满利于发酵的天然菌类。若实在觉得表皮上面的绒毛太多，接受不了，可以轻轻擦去其绒毛。

野生猕猴桃与驯化家养的品种有别，是在自然界原始生长的一类。野生品种往往不经疏花疏果，也不施肥、喷药、抹膨大剂，所以个头比较小，一般只有鹌鹑蛋那么大。而且相貌也不若家养的猕猴桃光洁，浑身密布厚厚的绒毛，像穿了一件毛茸茸的羊毛衫。去了毛的野生猕猴桃，很像袖珍的藤梨。所以在一些地方，有把猕猴桃喊作藤梨的叫法。

野生猕猴桃是我国的土著品种，后经他国移植改良，尤其在新西兰，品种性能更为卓越。现在国内市售的高端猕猴桃很多是从新西兰进口的。就像祁门红茶漂洋过海，浸染上异国风情再回归，就变成了英式红茶的新模样。

野生猕猴桃虽视觉上不能给人留下深刻的印象，但口味绝对让人震撼。成熟的野生猕猴桃汁水饱满，香甜可口，滋味浓郁。

但刚刚采摘下来摸起来硬硬的果实却酸涩异常，生涩的果子可用其他成熟的果实进行自然催熟，与苹果、香蕉等密闭同放，一般一个夜晚就能将果实催熟。

若是熟透了的果实，口味也会大打折扣。甚至有的酸甜尽失，会有发酵酒精的味道。所以食用猕猴桃一定要把握好时机。

野生的猕猴桃要在霜后才开始大量储存糖分。白露未到，藤梨不甜，是民间久远的说法。《证类本草》里也对其有记载："味甘酸，生山谷，藤本著树，叶圆有毛，其果形似鸭鹅卵大，其皮褐色，经霜始甘美可食。"

不经风霜雨露的猕猴桃不甜，暗含了自然界古老的法则。人也是如此，不经历风雨，怎么见彩虹？

31. 终南红叶

终南山的红叶红起来的时候，比繁花更胜，一枚红叶的火红可以救活一个绝经的女人。

若说起红叶，名声在外的早有香山、千佛山、岳麓山，但唯有初相识的终南红叶，像刚刚结识的良人，让人挂怀。

终南是我不愿醒来的旧梦，自古终南就是隐逸、修为的高地。我以为，那里也是我孜孜以求、勤以修为的南山。没有充分准备，是断断不敢前来的。没承想机缘巧合，让人一下子直抵了大山。

到的时候正临近重阳，山里秋意正浓，暮气四起，已是深秋。

我们登山远足，试图与山林亲近，寻找心安之所。地方没遇到，却初识了太乙山的红叶。

路上偶遇一座小桥，那里狭窄，是可以寻到隐士的小路。我站在曲径通幽的小桥深处，自借清风与红叶，问候山里往来的仙人隐士、文人雅客。

暮秋的山间，除了小野菊、芦苇花，可观的就是漫山遍野、层林尽染的红叶了。

偶遇了终南的红叶，那就顺其自然地赏玩一番，是最应时应景的了。而赏红叶并非现代人的新发明，也非某些人的心血来潮，是自古就有的传统。

屈原从秋风红叶中感悟春秋，写下"袅袅兮秋风，洞庭波兮木叶下"

的感伤之词。眼前有唐人杜牧眼观"停车坐爱枫林晚，霜叶红于二月花"的瑰丽山行之景，亦不乏鱼玄机"枫叶千枝复万枝"的淡淡忧愁。

一叶知秋，是见微知著的哲学。古今旷达之人总试图从一朵花中了悟生命。观赏红叶，像赏菊，欣赏诗歌、书法、绘画一样，是一个沾染了千年古意的风雅传统。

终南山的红叶，更准确地说是彩叶。

一到深秋，浅黄，橘红，暗粉，深红，棕紫，南山的每一片叶子都极尽所能，尽力凝集自己独特的色彩，为无边的山峦披上五彩的嫁衣，像仙女手中刺满绣花的锦帕，流光溢彩，美不胜收。

它的红，不若京城的枫，红得娇嫩水灵，也不像千佛山的黄栌，红得惊天动地，而是像极凡·高打翻了的颜色桶，五彩斑斓。

就在夕阳刚刚升起来的时候，我们沐着山风，踩着霞光，沿着溪流，深一脚浅一脚地往山里去。

我们走走停停，停下来听一听鸟鸣，看一看溪流，闻一闻花香，摸一摸山石，也让自己沉下心来感受一片红叶的火红，顺便摘一摘可以插花晒茶的小野菊。

此时的山间，山石坚硬，纹理粗糙，清泉寒凉，我们在潮湿的水汽里穿行，被富集的氧气与漫天多姿的红叶包围。

青山为帐风为马，我们宛在画中行。

红叶像南山宏大的叙事，美如朝霞，热烈奔放，铺陈夸张，蔓延整个山脉，气壮山河。

可南山的红叶，并不贪恋太阳的光泽，并非一成不变的红，而是变化多端，五彩缤纷，处处流光溢彩。

漫山遍野、蓬勃跳跃的彩色，被山风雾岚蒙上一层轻纱。有时显得

图77 红叶

浓郁，有时隔着薄薄的轻雾，仿佛犹抱琵琶半遮面的仙子一样。又有沾了细密山岚的缤纷叶片，吸饱了水汽，光滑水润。被水汽滋养的叶片，宛若刚刚出浴的美人，周身闪着月亮的光泽，像隐士们秘不示人的白嫩的大腿，柔软光洁。

我们穿过一树一树的火红，抖落一地深秋的露水，来到山石垒叠的巨峰下。

终南山里山石奇古，有石不时从层峦叠嶂的掩映里耸然而出，影影绰绰，自然生趣。

当冷色系的山石，邂逅暖色调的火红，仿佛干柴遇见了烈火，山石叠翠，色彩跌宕。此情此景，宛如中年男人偶遇的爱情，也让年迈的人仿佛回到了初恋。

红叶是人们对于秋日里颜色发红叶片的统称，并非单指某个树种。秋日里的红叶除了常见的柿、黄栌、乌桕、火炬树、爬山虎、紫叶李、红叶石楠、槭树植物、五叶地锦，还有花楸树、蒙古栎、红瑞木、美蔷薇的叶子等。

南山的红叶，以黄栌、乌桕、花楸为众。

尤其黄栌甚多。黄栌除其自身可观的红叶之外，还有美艳绝伦的花可圈可点。黄栌的不孕花的花梗就像孔雀柔软可触的紫红色翎羽，片片串在一起宛若缕缕轻薄的丝纱，缠绕于山林草木间，呈现一片烟雨迷蒙的柔美之姿。黄栌因此有烟树的美誉。

黄栌木材为黄色，是天然的草木染料，据说古代黄袍的颜色就是用它染制出来的。

不同的树种红的时间往往是不同的，同一树种受地域、温度、光照、海拔、树龄、水肥、昼夜温差等内外因素影响，红得也不尽相同。

红叶之所以红，原理虽各自有别，但在秋日里变红的叶片大都充满离情别意。

红叶是秋的乐章，凝集的是生命的轮回。

秋天是大部分树叶回归的季节，叶片先是变了颜色，主宰叶片颜色的正是其内部各种色素的比例变化。

树叶们在秋天叶绿色减少、花青色增多，或叶绿素减少、花青素显得多，叶片就会由青慢慢变色。

很多时候，秋日的红叶片不单单是红，还要斗艳。要想红得艳，就得提升自身体内黄酮醇苷的含量。

其实，我们眼见的世界，是我们以为的世界，植物们另有自己的世界。

直到东风吹紧，叶片的脱落酸增加，叶片纷纷飘落，脱离一生相依为命的母体，直至"化作春泥更护花"。

正是这样一次一次不竭的生命接力，让山河重生，让草木再度逢春。

一年一度，永远的轮回，不变的风景。

32. 木瘾者

木瘾者是指对木质极其痴迷的一类人。他们对泥土里长出来的东西有天然的亲近，对草木花朵、植物种子葆有最纯粹的爱与渴望。这是一种流淌在血液中，标记在基因里的族群密码。

木瘾者大抵为火命之人。

命定的草木缘分让他们纵然深居城市，但所拥地板、妆台等家居，珠串等首饰必为木质。身居这样的家中，随时能接山林田野之气，让自己内心坦然踏实。

那些最让人渴望的部分，往往也正是我们最缺少的。

城市里钢筋水泥筑成的大厦，密集坚硬，宛若刚刚镀了金的叶片，缺少了青砖白瓦的天然质朴与来自泥土里的柔软。冰冷的新材质地板，铺满城市的街道，隔断天空与大地，这种扼住天地贯通的人类惯常手法，让木瘾者们窒息。

木瘾者的根在大地。深深扎根，草木才能繁茂。心肺在天，接通天地才能存活。

但凡心闷气短，他们就要赶快回家，回归草木花朵，山川河流。

每隔一段时间，就得去山林田园透气，去接通天与地，让气息贯通。

他们心中都有一座隐秘的桃花源，不管其自身有没有意识到，那花园都存在。正是那样的存在，让他们葆有接天通地，与天地万物交流的渴望。

与那渴望一样的渴望，有很多种。也许是关乎灵魂的，自己在心里修篱种菊。也许是关乎身体的，来自肉身深处的欲念。

这种瘾与香烟的尼古丁一样，让人难以自拔。可偏偏就有人宁愿让自己沉迷，像一些人纵情声色一样纵身草木。

瘾让我们沉沦，也让我们飞翔。

此生，就愿意待在木头里，做永不醒来的梦。

33. 大叶女贞

夏日里出门，你一定会被一种芬芳打扰，那是大叶女贞的花香。正值花期的木樨科女贞此刻正在肆意妖娆，它们的花朵带着强势的蜂蜜清香进入你的嗅觉。

不管你愿意与否，都能切切实实地感觉到它们的存在。

犹记得去年此时，亦是在这条路上，也是在这棵树下，我经不住诱惑，采了几枝回家做花插。

终是没有抵过那种浓烈，一连几日被花香熏晕，诸事不能做。最后索性把它们放在门口，任人处置。

今年，只远远地看一看，轻轻地闻一闻花香就够了。

女贞的花开起来的时候，满树淡淡的白。花是细碎细碎，一大串一大串的。每串上面都着生数不清的小碎花瓣，细细密密像蜂巢上高叠的蜜蜂。花朵疏松，圆锥花序，顶生或腋生。

女贞的花香馥郁，甚至香得有点逼人，但比之桂花的浓烈是弱了点。不过花香的辨识度很高，老远闻到花香就知道周围定是长了女贞树。

大叶女贞叶片大而肥厚，四季常青，枝条开展，树冠圆形优美，生命力顽强，又可以净化空气，是优良的园林绿化树种，所以经常可以见到，是常见的树篱、行道树、庭院树种。

我们读大学的时候，学校的图书馆两旁长满了大叶女贞。

起初我们并不识这树，它的果实常常被调皮的同学们拿来耍玩，更有甚者还摘了来品尝。

尤其当女贞的一串串青涩的小果子慢慢变成紫红色，再到紫黑色的时候，就更吸引人了。

完全成熟的女贞果是浓郁的紫黑色，很深沉的色调，像袖珍的紫葡萄一样诱人。成熟的紫黑色小果上通常并非一味的黑红，上面还常常挂了一层薄薄的白粉状不明物。那白，宛若新出炉的甜点刚刚撒上的糖霜。

这时，就有成群的鸟儿成双结对地前来取食。它们不知忧愁地在女贞树浓密的树冠里上蹿下跳，让树下纳凉闲读的我们，看红了眼。有人就朝树体猛踹一脚，惊得飞鸟阵阵，簌簌地落下熟透了的果实。

女贞子的果实是浆果，有特别的清香，味道虽不及花朵浓烈，却也绝非安静淡雅之徒。

有人竟然拿它泡茶，植物解剖课上，被助教们见到，顿时惊讶，连忙让学生倒掉。老师们说女贞子全身有毒，尤以浆果甚，摄入过多的果实、花朵或树叶，会呕吐，浑身虚脱，血压降低，甚至死亡。

也听人说女贞子的果实虽有毒，但确是一味疗疾奇材，据说是一味叫做"二至丸"的主料。

女贞的树叶虽然是一味中药，但是药三分毒，不可妄为。无论是叶片，还是果实，量的使用是关键，切切要遵医嘱。

中医很有魅力的一点就在于剂量的转换，剂量的

图78　大叶女贞

当与不当，差之毫厘，谬以千里。老祖宗老早就用铁的事实告诉我们，度的把控是一件严肃且颇具智慧的事。

大叶女贞气味浓烈、特别，却不乏昆虫乐意与之亲近。偶有的年景，虫灾泛滥，尤其近年大叶女贞上有一种之前罕见的虫子。此虫起，浩浩荡荡，气势宏大。遭受害虫的女贞枝条上挂满了白色的棉絮，远看像满树满树的雪花一样。其实这白色絮状物正是白蜡虫分泌的白蜡，狡猾的虫子们此时就躲在白蜡下吸食树汁。若严重的话，能让一棵树龄几十年健壮的女贞子很快死亡。

当我们在树下欢呼夏日里下起雪花的时候，并不知道那时正是女贞子的受难日。

但话又说回来，谁又能真的懂得了谁呢。千金易得，知音难觅。不仅树是如此，人也是啊，只不过一个是在树林，一个是在人群。

菜蔬部

1. 日常食材之美

喂饱肚子，从来不是吃的要义，虽然我们一日也离不开吃。

胡萝卜、土豆、瓜果、水产品……是我们至纯至诚的朋友。它们不玩诡计与欺骗，吃了就有踏踏实实的饱腹感。我们感恩这样的真性情，却也难以规避与之日日相对时产生的审美疲劳。

但是，即使从极日常的事物里，也能看到蓬勃的美学。

这个观点在坚定的追随者眼里，绿色的生机并非因为一朵佛前供花与一棵案前青苗儿有别，一片刨花细腻多变的纹理并非因为红木与梧桐而有大不同。只是一些更精致难得，一些更寻常无奇而已。

物虽以稀为贵，却也不乏寻常之物拥有自身的美。只是这些美也许更易得、更好亲近，才不那么得人珍惜。

说到底区别在于看的人怎么看。比如，胡萝卜可以不仅仅是胡萝卜，还可以是花，是草，是绿叶。

他们以为，食材之美随处可见，且唾手可得。就是因了这样的日常，给了他们将美融入生活的契机。

越发古旧的木质餐台上，随手丢上几只自然色彩的菜蔬瓜果，白的豆腐，绿的油菜，紫的甘蓝，红的萝卜，嫩的水芹，老的莲藕，还有捆菜用的细细麻绳，刚刚用过的浸了油花的牛皮粗纸，再加上或清幽或浓烈的菜蔬气息，宛若带人来到了田野，来到了绿树花开的世界。

色彩、纹理、明暗、大小、疏密、气息构成的空间，多维，有冲突、

平仄感，颇具艺术感，足够丰富到让人心动。

即使不丰，仅仅几个红青辣椒，也可营造出一种疏朗简约的美。

可惜，这是一种看得见的美，也是可以无视、最容易让人忽略的美。它们长在大地上，或被人斩获的时候，也是同样的境遇。

泥土里生长出的寻常之物，非常容易被忽略。它们的绿叶不缺少叶绿素也不少秀妍，花朵也不缺少花粉、不缺少生机与蓬勃，更少不了各类自有的芬芳。老韭发芽，蒜苗抽薹，甘蓝卷叶，白菜开合，葵花向日……呼吸之间展现的自然律动，细腻动人。百合散香、玫瑰花开的精彩更无须多言，它们都有独特的自身之美，不可比拟。

图79　小白菜

对它们来说，被收获，也许是终结，也许是新的旅程的开始。被用来食用，或被拿来当作种子，或被人培育成可观赏的花叶，未尝不是一场新的关于美的旅途。

当然要想美得彻底，就得先积福结善缘，遇见一个知音才好。

这样，遇不见的，是刀俎鱼肉，遇见的就是人间天堂。

天堂与地狱仅一线之隔，而那恰恰就是看得见与看不见的美的距离。

2. 食白果记

那年，若非去学校报到晚了，至今应该还不懂白果的吃法。

之前以及之后，除了她，再没见其他人把它用作食材，更没有人教我怎么去吃了。

也只是她，我的室友，让我知道这种对我来说相当陌生的食材。

那是我去南京读书时，晚去报到了几天，学校是按报到时间分配宿舍的。我到的时候，同年级的女宿舍已满。只有一个研三的女生宿舍有空铺，就把我安排到那里。

第一天就见到了这个教我吃白果的人。

她比我高两届，是我的师姐。人极其漂亮，是她们院系的系花。追求她的男孩子众多，那些男孩子经常往我们宿舍送花送水果，再顺带各种新款潮流的零食。

即使她人不在宿舍，也挡不住外人的盛情。宿管阿姨受人之托，每隔一会儿就往我们宿舍送东西。后来她索性到下班时把当天的礼物一并送过来。种类之多，让人以为是开杂货铺的。

第一个晚上，我一个人在屋里待了很晚，直到困得不行，她才回来。是我给她开的门，后来知道她经常不带宿舍钥匙。要是我不在，她就找宿管。

她整天一副柔弱无骨、漫不经心的样子。

也许是慵懒，也许是娇弱，说不来是什么劲儿，就是觉得她身上有一种迷离的东西。

第一次见她时，一向对美女不感冒的我，竟然屏住了呼吸，浑身过电。她是那种让人眼前一亮的女孩，不论外形，还是气质。

这个令我灵魂一颤的美人，到了屋里，先是去卸妆。平时她是极少化妆的，那天竟还画了眼影，还是银色的。她的皮肤水嫩粉红，五官精致，唇红齿白，根本不需要任何修饰，就很完美了，涂了反而是负担。

等她磨蹭完，就让我关灯睡觉。因是师姐，又是第一次见，她不说什么，我也不说，只是感觉以后的日子可能不太好过了。与这么一个大美人在一起，肯定是有压力的。第一次体会到以前围绕在我身边别的女子的感受。

第二天一大早，她就起床了。我以为她要赖床的，就像我以为皮肤好的人都是早睡早起好习惯养成的一样不靠谱。她既熬夜，吃的东西又多，可皮肤身材还是一如既往地好。

她是一个顶级美女，我像很多外面的人一样，粗暴地以为她头脑简单，也许不爱读书，不懂厨艺，可能被人宠坏了，矫情，不懂珍惜。

我们往往以为上帝是公平的，外在太出彩的，别的地方就会相对弱一些。

吃完早饭，等太阳出来。她先是去楼下晒被子，背英语单词。等我忙完，就喊我一块去超市。

那是学校附近最大的一个超市，是可以看得到南北差异最明显的地方。虽然城市趋同化严重，但还是能看到差别的。尤其一些当地鲜品，在北方根本没有见过。

当我站在一堆白色果子面前的时候，试图去解读它的奥义，竟然没有一点思路。之前只见过长在树上还裹着果肉的银杏果。那果子是绿色的，干巴橙黄。脱了果肉的白色果子，还是第一次见。

她捡了一兜回来，先是用信封包了几十颗，封了口在微波炉中转了几分钟，只听见噼里啪啦的果壳爆裂声。打开信封的时候，是一股植物的清香。

我学着她的样子，剥了果壳与薄衣，将果仁一掰两半，去掉绿芯。她说这芯是毒的，含氢氰酸。熟果一次食不过二十，生果不过十，还要去芯减其毒。最好趁热吃，热了口感软糯，微苦却爽口，冷了就干巴无味了。

图 80　白果

除此，她还变着花样给我吃，电烤，炖汤，凉拌，佐粥。可食花样之多，口感之变，让人惊叹。

而她懂得的并不止这些。舞蹈、篆刻、书法、中国画、烹饪无不是从小就培养的。在她极深的童子功面前，审美好、品位高、气质雅也是自然的。

正是那些实实在在的能力与修养，慢慢颠覆了我对她的最初印象，也彻底改变了之前一看到美人就与花瓶联系起来的顽固想法。

有些姑娘，本是可以拼颜值的，却偏偏拼的是实力。说的就是这种才貌俱佳，出色得让人吃惊的人。

　　她，出手就不凡，处处能惊人。也许因为这个，同龄人自觉不自觉地排斥她，尤其同性更甚。她活得让周围的女人们嫉妒，所以孤独到没有朋友。直到遇到我，一个欣赏卓越，一个正在卓越。

　　我们一起去图书馆，一起逛街，一起专注美食，一起提升审美，一起修炼品位。

　　我们互为对方的阳光，温暖地照拂内心渴望长大的青果。

　　我们在一起彼此成长，渐渐告别昨天，慢慢修为，努力让自己成为自己喜欢的自己。那种感觉就像白果一点一点褪去果壳。

　　她用一个女人的努力把自己活成了并不高冷的女神。能靠近的并非是仰望，而是欣赏，只因彼此能打开对方认知体系的很多空白。

　　每到白果季，我都会回味这样一个女人。她让我懂得：没有最好，只有更好，生命不息，求索不止。

3. 食有异香

小镇饮食不缺香料，最常见的是葱姜蒜，也最广为接受。葱姜蒜不只用作调料，中和五味，还常见用清水养起，让其发芽，长青苗，观赏其绿色，亦可食，是另一种滋味。

像芫荽、荆芥、薄荷、紫苏之类，多鲜食。新鲜叶片拌菜入汤是最常用的吃法，也有用作煎炸的，尤其薄荷、紫苏的叶子炸成香脆，墨绿色，口感酥脆，香气变淡，口味平淡者是其拥趸。

亦有小茴香、水芹之流，性缓娇气，要借白水煮去生气，是制作带馅面食的主要香料，有时还能扛起大梁。常见的这类面食有茴香包子、芹菜饺子。茴香若论吃得妖，还是属云南，只因了当地一特色酱汁蘸水。茴香只需清水煮，拿来与蘸水同吃，让人难忘。我原是不吃茴香的，但让这蘸水改了积习。

再有就是烹煮荤腥之类，八角、桂皮、香叶、草果、丁香、孜然、咖喱……去荤浊腥气，煮肉炖菜必备，没有严格配比，随手一丢，就能香飘整个巷子，但也不可一料主大，失了阴阳平衡。这和谐之道外人教不了，凭的是通天知地，多年的感觉与经验。

小镇居民深在内陆，不喜海鲜，偶有鲜鱼，并不配芥末。

无论荤素，都少不了的是椒类。青椒、秦椒、朝天椒、菜椒、甜椒……主辛辣，这是小镇饮食不可少的一味。椒类富含维生素，祛湿暖胃，顺畅血液，是非常常见又热心的香料。

　　椒类还有一族主麻，如麻椒、花椒，所谓椒房之喜就与此类相关，有吉祥之意。四川是把川椒用到极致的一个地域，所谓川菜，少不得这椒。有了这椒，加上红油，开空调、吹风扇吃火锅，绝对痛快。

　　另一类就是胡椒了，西餐常用的香料，带了胡字就是外来货。黑白胡椒最易迷惑人，黑白之间，本无区别，只是制作方式有差异。生在热带，最早珍贵异常，堪比现在的藏红花，拥有多少胡椒，是西方权贵们显摆的资本，欧洲因胡椒引发的争夺战，曾震惊世界。

　　除此，就是花瓣与叶子，如桂花、柑橘、玫瑰、松柏、茉莉、薰衣草、尤加利……云南广东自古就有食鲜花的传统，如玫瑰、木槿、菊花、石榴花……中原亦有韭花、南瓜花、胡萝卜花，它们不仅用作饮食，酿造酒精，还用来提取精油，制作香水纯露，改善环境，美丽容颜。

　　香料是植物里特立独行的一类，是上帝选中送给人类的礼物。它们是天生的诗人，生有奇香，浪漫多姿，用香行走世界，迷醉世人。

图 81　食有异香

4. 小镇韭花

小镇居民的菜园里，家家都有一片绿色韭菜地，初春抽叶，秋天长苔开花，冬天凋零，被雪覆盖。

这种多年生的菜蔬只需要一次播种，就可长期享受馈赠。它的地下根系不断发展，自我增殖。初时一小片地方，长了就能蔓延整片菜地，种起来极其省心。韭菜叶片里的辛辣硫化物造就其极强的自我保护能力，所以韭菜不易生病长虫，有野草一样的生命力。

只要扎根土壤，不人为破坏，很容易就能成为永久居民，这是一种独立、坚贞的草木。

生长起来的韭菜，绿色经由新绿、翠绿到墨绿，抽薹长花，直到凋零，被雪覆盖，都是可观的美景，亦是美食。

韭菜新抽的叶片是早春最动人的春色，是最鲜美的菜蔬，无论炒菜、做汤佐餐，都异常鲜美。新绿新绿的叶片，带着初春的清香，让人难忘。

到了夏季，各类菜蔬齐长，它退居幕后，甘愿成草。

待秋风席卷大地，一片萧瑟，它又重出江湖，抽薹长花。

当花处于开与不开之际，是最好的取食光景。古有献韭祭羔，后有杨凝式韭花帖，今有风靡一时的韭花酱，都是其美味的证词。

杨凝式韭花帖里只有美味与真情，没有提到另一个意义，也许是他有意不去提的。

图82　韭花

韭花配羊肉的美味，也许并不足以让这个完美组合永久流传。韭的另一个意义存在于它天赐的机理上。

韭在药学上有温肾壮阳之功效。

这种具有和牡蛎一样功效的植物，打破时空的限制，更让人亲近。坊间称其为壮阳草，这也许是韭成其为韭的真正意义。

主妇们种植韭菜，绝对不只是贪恋其清香，亦不是其宿年生让人省心，少了劳作，而是她们都有一种美好的期待。这期待，也许与出嫁时身边长辈拿出压箱底的教诲有关。

我也期待，有朝一日，种植一片韭菜。让它们开花，长叶，开花，长叶。

只为一个人种植。

他不必写出韭花帖，就有韭花吃。

5. 野菜的野

食有野味是活着的一大享受。尤其对蜗居在城市不见蓝天白云的人来说，更显珍贵。

山间乡野虽也在变化，终归比起城市更接近自然。工业推进的大背景下，野生植物渐渐减少，但认真找找还是有的。

小镇居民都是寻找野菜的高手，野菜是他们调剂生活必不可少的野味。

野菜一般吃的是应季，而且多鲜食。

地里的野菜正长得生机勃勃的，被人看见，随手拔了，当下就能成菜了。

前一秒还与周围草木争夺水肥，忙得不可开交，下一秒就成了别人的口中之物。野菜的命运变幻比翻书都快。

无常不仅时时刻刻发生在人的世界，也分分秒秒不停地在植物与动物的世界里演绎。

除了生命的偶然事件，还有疾病的肆虐，生态链上物种的争斗，自然界的风雨雷电，自身的品种进化，野菜能为眼见的野菜，也是经过了漫长的修为。

但野菜若想吃得最鲜，你得赶在他人之前，野菜从不等待。

野菜各有各的野法。

蕨菜是做小菜最好，佐粥最佳。马齿苋有天然的酸味，蒸菜、做包子、清炒均宜。苋菜、灰灰菜、荠菜、扫帚苗性格温和，菜味不重，可

与一般青菜吃法一致。鲜食为妙，也可晒干留存，是包包子做馅的极好材料。三七、马兰头、小水芹适合洗净凉拌。野生木耳、蘑菇一般不鲜食，鲜食唯有裹了薄面糊滋味尚佳，更适合干用，晒干发开味更美。

槐花、韭花、萱花、菊花、桂花、木槿、玫瑰、石榴、蒲公英、金银花、枸杞叶，一般采了就吃。蒸食、做汤、炒蛋、烧肉、泡茶，都是好吃法。若实在丰盛，做酱也不失为一种储存的方法。

野蒜、野生小葱、野山韭、野韭花与非野生一个吃法，就是味道更厚，香味更甚。

图83　芥菜

再有就是各类野生水果，樱桃、野酸枣、猕猴桃、板栗、硬柿子等，滋味千千样。

野生与家养的区别就是贱性。因为贱，可以自由生长，不受人类控制，长得更是自己，味道也更独特。

它们也不娇气，不需要给予特别的水肥，特别的地域。只要种子到达，一般就能生长。

它们也特别随和，被人揪了，也不黯然神伤，还会继续生长，生命力旺盛。

家养驯化与野生的，都必不可少，因为它们共同存在，和谐生长，让世界物种丰富，多姿多彩。

6. 红薯叶

长辈最挑的就是红薯叶了，父亲奶奶都不吃的这种绿叶，是我和弟弟最喜欢的，但我们也只是喜欢着。他们不种红薯，也不会买这叶片。我们在家吃不着，在外逮着机会就猛吃。

不光红薯叶，南瓜秧、绿豆苗，但凡绿色能吃的，都是我们喜欢的。尤其这红薯叶，有旋花科植物特殊的香气，口感爽滑，叶片翠绿，是色香味俱佳的绿叶菜。何况它营养丰富，绿色天然。

长辈们不喜欢的就是它的天然。那个饥荒的年月，只有最朴实的红薯相伴。日复一日，年复一年，长久不变的口味已破坏了所有美感。

在他们那里，一提到红薯就有生理反应，胃泛酸水。红薯叶片也休想在长辈们面前讨喜。那是他们避之不及的苦难伤疤，不需要再去掀开。

但红薯叶的影响深深进入他们所有的思维。我明白，从那个吃不饱饭、穿不暖衣大背景中走出来的人，在指导后辈们的人生时，永远总是安稳第一，铁饭碗第一。

那个肉体曾经受到的伤，在物质丰富的今天，仍难以痊愈。所以，吃饱饭的安稳，对他们来说，永远是最重要的。

印迹太深的人容易走入极端，但可以理解。我和弟弟从来不在家里要求吃红薯叶，因为那一定会引起不必要的争吵。这是时代的原因。

我们拿红薯叶梗编项链，用叶做绿宝石，从红薯叶里看到美学，获得灵感。他们并不反对，甚至有时候会学起我们来。

　　我们从没在家里吃到过红薯叶，那些红薯叶被妈妈养起来，当作绿植。它就像绿萝一样，装点整个房间。

　　在那些绿色的浓密里，趁家人不在的时候，我有多少次冲动，想把它们掐下来做菜，但最后还是止住了。

　　我嫌弃外面的红薯叶，喷药施肥，受了污染，所以吃得很谨慎。

　　印象最深的就是在天地岭。天地岭地处伏牛山深处，当地蔬果基本全是天然绿色，污染反而是高成本。当地人用红薯叶泡酸浆，做酸浆面条。

　　发酵的清香，顺滑的口感，加上当地新磨面粉做成的手擀面，酸辣清爽，异常美味。一碗下去，通透身心。

　　前两天，在菜市场，见一老太太骑着人工三轮车，车上支着几把新鲜的红薯叶。问了情况，是自种的。说是没喷药，看虫眼应该属实。叶

图 84　红薯叶

片大小不均，该不是转基因的。拣了一堆回来，又是蒸又是炒，又是凉拌，又是做饼，又是下面，能想到的吃法都尝试了一遍，也是醉了。

有此一次，今年不再想了。

自己在厨房乱倒腾的时候，不由得感叹，主宰灶厨的感觉真好啊，想怎么来就怎么来。怪不得女人们一结婚，就喜欢把厨房揽到怀里，也是有好处的。

但是这代价也未免太沉重了，也许是飞翔的梦想，也许是天生的才华……所以历史上有好多才华横溢的女人主动拒绝了烟火。

而我偏偏欣赏既能写锦绣文章，又能把柴米油盐处理得云淡风轻的观念与态度。

世界上没有艺术，只有艺术家。艺术是艺术家的作品。艺术家首先是生活家，生活是艺术家来自身体发肤、灵魂深处的第一个作品。

所有人都在低头赶路，但总有人仰望星空。艺术家就是在生活里仰望星空的人。

7. 薄荷之凉，无上清凉

清凉的薄荷，是我们最温润的朋友，陪伴小镇上的每一个人。它清新凉爽，宛若三月的春风，轻柔地吹落绵绵燥火。

这个小镇最日常的香草，填满荒芜。所有的角落、缝隙都能见到它们昂扬的身姿。

薄荷，清爽浓郁的清新，沁人心脾。因为它，小镇的夏日变得通透清凉。窗外、水边、墙头，都能见到它们盈盈的绿。

那绿像湖边小屋的绿纱窗，清风穿堂而过，消浊去燥，让人怡然。

烈日当空的夏季，蝉鸣鸟噪，有老妇不禁酷暑，头昏脑胀。有人赶紧取上新鲜的薄荷叶片几张，用手细细揉搓成团，闻其汁液馨香，用其团状物覆盖太阳穴。薄荷之凉，很快就能唤回心神。

还有鼻炎、感冒之类，口鼻不通，有人用新鲜薄荷叶片通气凝神。

主妇们做饭时随手掐几片绿叶，就能让餐点陡增风味。薄荷入馔，不论荤素，搭配起来都没有违和感。

泡茶时，摘两新鲜叶片，清水泡、煮均宜，清香凉爽，去燥清心，若加入红茶调和，再放入一片鲜切的柠檬，又是另一番滋味，亦是英式红茶的经典喝法。

薄荷无论入菜、做茶，都是极妥帖的吃法。

小镇的薄荷有家养驯化和自然野生两大类。家养的是人类从自然界筛选出来的具有优良性状的品类。它们的叶片往往肥厚适口，香味也更迷人。

　　家养的薄荷，叶片稍肉质，长了萌死人不偿命的样子。在干燥的夏日里，捏着小清新的腔调，一身碧衣，丝一样垂落。它的叶片闪着光，透着油一样的光亮。雨水打下来时，残存几滴细密的小水珠。加上薄荷幽幽的清爽味道，或浓或淡、或远或近地飘散而来，撩拨人心，让人春心荡漾。

　　野生种无论品相、香味，还是口感，都相对逊色得多。它们的枝干纤细文弱，叶色青中有黄，一副精气不足的模样，让人心疼。但因为是野生的，它们对环境的要求就相对低得多，往往大片大片地长在荒野河滩或土壤贫瘠之地，是难得的保持水土良好的绿草。

　　虽然家乡的薄荷很得人心，但薄荷若想吃得妖，国内还得看云南。

　　味辛性凉的薄荷在云南人的饮食里，是画龙点睛的妙笔。无论做砂锅米线，还是爆炒牛肉，或中式糕点、西式烘焙，加入点滴薄荷，滋味马上就别致得多。

　　云南是薄荷家族的聚居地，因为那里的气候、土壤非常适合薄荷的生长。云南区域常年生长的薄荷有可食与不可食两大类。可食的以留兰香最为出名，留兰香的叶片肥厚，味道馥郁，生长蔓延迅速，是入馔极佳的新鲜香料。

　　在国外，薄荷也常常被用于西式餐点或者茶饮中。作为香料与草药存在的薄荷，因其芳香与保健功

图 85　薄荷

能，是人类永远的朋友。

在薄荷与人类长久的互动中，人们也许依赖它的不只是露水一样清爽的气味，充满异国风情的口味，还有它丰富细腻的绿的世界。

待到花开时，薄荷唇形的花瓣一个接一个开放，一簇一簇的。花色繁多，有淡淡的粉红，清雅的水蓝，温暖的素白。花朵在阳光照拂下，异常美丽。时不时还会遇见蜂蝶前来采蜜传粉，让花朵热烈的情绪一路高涨。

当人们散步花海，穿梭于绿叶丛中时，总会忍不住随手采摘两片叶子放进口中，轻轻咀嚼，清了口气又去了火气。

薄荷对洁白牙齿、清新口气，有很好的作用。

薄荷是唇形科的植物，和益母草很像。它们都开唇形花，宛然天生的姐妹。单看花瓣，简直可以以假乱真。

益母草被奉为女人神品，养气补血，是女人的圣品，被人类罩上了极大的光芒。

对益母草那些闪耀的光芒，薄荷似乎从未放在心上。它一直坚持自我，以绿怡人，以清去浊，以凉去燥，演绎属于自己的清与凉。

薄荷之凉，无上清凉。

8.烤麦穗

踏青的路上，尽是欣喜。目及之处，那些花儿、草儿，新生的叶儿涂着嫩生生的绿。满目青青的麦田，随风一浪浪翻滚，在太阳下抖落掉露珠，闪着光，送来幽幽的清香，让人郁结散尽，心生畅快。

看到青青麦田，就想到烤麦穗。

这个想法总是一次又一次造访，憧憬了很多年，终是没有实施，恐怕此次又是空想。

总是来不及等麦子成熟，我就远离家乡求学、辗转。这是十几年都在上演的事实。总也难得再烤上一把清甜的麦穗。

那种带着草木灰的味道总也忘不掉。

在城市里，从腊肉、烧烤里还能隐隐约约寻得那味道。可那味道终究不地道，但已足以让我满意。是它们，在远方一直慰问着我的味蕾，这也是我爱上它们的原因。

烤麦穗场景在记忆里一直都清晰。

放眼望去，是大片大片的麦田和层层叠叠，全是绿的。只有钻进去细瞧，才看得见各种花儿、草儿，蚂蚁、蜘蛛。

儿时的我们，总是四处寻找整齐匀称的好地，先仔仔细细盯上一阵子，像男人瞄准心上人那般表面平静，其实内心汹涌。然后就是一阵助跑，俯冲过去，结结实实地把自己摔在麦田里，仿佛与麦子们开个不大不小的玩笑。

　　等我们躺下去，瞬间听到麦秆骨节断裂的声音，清脆、爽利，植物的清香瞬间席卷而来，包裹全身。清脆的绿颜色，沾染到衣饰、书包上。

　　那种放肆的感觉，很痛快。

　　有时候心血来潮，在麦田里四处打滚，在巨大的麦田里，制造一个又一个漩涡。当站在高处，俯看我们制造的曲线，异常有成就感。

　　通常玩这些不是一个人。在偌大的田地里，麦秆制造着隐蔽的世界，极易迷失。我们害怕将自己丢失。尤其遇到有坟头的土地，总约上同伴壮胆，一起撒野。

　　玩这些的前提是好心情，或者极坏的心情，只为发泄。

图86　麦穗

往往那时我们烦心事少，主要是撒野。一般这样的运动是在烤麦穗之后。

烤麦穗极易操作，几岁的孩童就能。

所需一般就是火柴或打火机。这些点火的工具一般是趁家人不注意，从家里偷偷拿出来的，一伙人有一个就成。

随便捡点柴火，最好有软柴和硬柴，有松柏木更好。软柴好引火，硬柴无需一直加料。松木可以让烤出的麦穗有松香的味道。

这些准备完，捡几块大的土坷垃或者废弃的砖块一堆，筑就简易的灶膛。接下来，掐穗的掐穗，生火的生火。

穗子要选灌浆饱满尚未成熟的，就是捏着能出白色汁液的。若硬硬的就老了，老的烤不出来好味道。

火苗可大可小，自己调节麦穗与火的距离。

全新的香味在火上酿造。等麦芒烤尽，麦穗浑身灿黄，就可以下火了。稍晾一下，双手用力，在手心一搓，麦壳就掉。脱掉硬壳的麦粒，柔软，带着火焰的痕迹，赤裸裸地与你相对，像刚刚出浴的美人，包裹着透明的轻纱，鲜美诱人。一把放进嘴里，激烈地刺激着舌尖，浓浓的草木灰、麦籽天然的清香，已在火上融合得相当美妙。

吃到最后，手上、嘴上、衣服上不是黑乎乎的草木灰，就是黄土地的尘土。实在吃不完的，就揉了壳，揣到书包里，慢慢享用。

当然我们选址颇要花费心机。一则，不会选路边，否则大人们注意到，计划就容易流产；二则，绝对杜绝腿短的，就是跑得慢的，这样即使被发现，也能逃得快。吃饱了，就地选一块肥美地儿打滚玩……

也吃过在家里锅灶正经烤过的。一般大人们顾及孩子的安全，担心孩子在外采野食，误食喷过农药不久的麦田，同时也为避免孩子在外面搞破坏。大人们会揪成捆的麦穗回来，在自家锅灶开烤。

　　我对这种斯文的吃法，貌似没有太深的印象，只是感激父母的良苦用心。不管怎样，那盛开在火上的美味一经储存，就很难忘却，一直都在影响着我们的味蕾。

　　那时，我们喜欢大人们不干预的生活，放肆地发疯，尽情地搞破坏，自己当家作主。

　　别了，美好的烤麦穗。别了，我那自由自在的童年。

9. 青青碾转香

去年冬天，在这座城的郊外，有一群每天都去雪地里报到的人。练车逼迫我们，前往车少人荒的环城路。飘落的雪花，野外的寒风与漫漫荒芜，想想都是苦的、寒的、干涩的。唯有那场点了篝火的野餐让人感觉温暖。

教练是个有诗意的男子，歇息时他带人四处兜风；加油时跑到近荣阳的一个村子里，因为那里有美食。

他们回来时总会顺便捎一些吃食给等待的人。有一次就带了一个让人一见就爱上的小菜，颜色是淡青色的，分不出具体东西，一坨一坨的，掺了鸡蛋炒的，青青的颜色在旷野里格外招人，跳动的绿色活跃了人群。

男孩子们仿佛也因这绿色心情好起来。他们找柴点火，我们围火闲话，吃着这绿色的不知名的野物。

那味道青涩中带着清香，仿佛熟悉又如此陌生。没有人知道它的名字，但我们吃得很开心。

后来，在花都，在朋友长大的小镇上，又见到这个小东西，一眼就认出来了。朋友告诉我是碾转。

碾转是用青麦子做成的。

这个给我们尝鲜的青物，是青麦粒用碾子磨出来，然后用蛋液炒制而成。对一些人来说，这是充满回忆的一道菜。

在那个温饱不能解决的年代，在上顿不接下顿的时候，人们等不到麦子成熟，就用青麦子代替面粉。很多人就是靠着石头碾出来的青麦，活过那个年月的。

每到麦黄时节，人们把刚刚灌完浆、将熟未熟的青麦子割下来。经过手工脱粒、认真淘洗、筛糠去皮、籴熟清炒、人工脱皮等精细步骤之后，得到的就是熟了的青青麦粒。

处理好的青麦粒要先经过炒熟阴干，最后用石磨碾压。

经过碾子碾压出来的成品是青嫩嫩的细长条，飘着淡淡的青涩麦香，色泽青碧，清香爽口。就这样经过十几道不厌其烦的工序，最初的碾转食材就准备好了。

初始的碾转是青翠的细长条，可以经过各种烹饪处理，蒸炸煮烹、裹蛋液炒青菜均可，经过厨师的巧手，最后成为餐桌上不可多得的美味。

这种经石磨碾磨而成的美食，就被称为碾转。

碾转好吃，但不好做。

正宗的碾转仅食材备料就要大约三四个小时，所谓"碾转好吃真难做，一碗碾转汗湿襟"。

而不论做法多么费时费力，总有一些孜孜以求的尝鲜人。

现在有些地方，时不时还可以见到碾转，只是其早已丢失了当初的意义，而多被用来尝鲜、怀念。

青青麦子的清新，一直都在，味道真好。我想，在饥荒岁月里因为这样的美味，也不会觉着苦吧。

碾子转动的岁月，未必就像我们想象的那样。

也许它很清贫，但它有很多像碾转一样牵人心魂的绿色美食。也有风吹，鸟鸣，也有大地赠与的一切芳香。

这些自然界最珍贵、最美好的元素，在那个年代全都有，而且都是免费的。

10. 手工酸豆角

酸豆角的酸与翠，还有它春天树叶一样的青绿，是我走到哪里，都割舍不下的美味。每隔一段时间，我都会想念米粉。其实念的并非粉，而是粉中的小配料——酸豆角。酸豆角的香辣酸脆与米粉的清香黏糯相互交织的迷人口感，是我一度迷恋的。

米粉一般比较长，女孩吃的时候，要设法不能发出声音。我和朋友却喜欢听别人吃食米粉与清脆的酸豆角长长的声音，看别人因为食物而表现出的痛快的表情。

我们都喜欢观察人，尤其一个人走在路上的时候。

我们每次都去文化路的那家小店，仅仅因为它的酸豆角好吃。

每次吃完，我们带着周身的火热，去看电影，让放松与美味在热闹里继续延续。然后，等电影结束，正是月上柳梢，晚风吹起，我们迈着不大不小的步子，再步行回家。

路上走走停停。有时，停下来，看看广场上跳舞的老年人。有时在街边买来一根冰棍或者一碗冰淇淋，让暖意的清凉，一口一口装进身体。

酸豆角给我的印象总是和悠闲联系在一起的。

仔细算起来，我们几乎都是休息天才去，一般时间很丰裕，一点也不赶。我不喜欢急匆匆地赶赴做任何事。时间紧急的一切，只要不关乎人命，我基本都拒绝。你是最清楚的，所以无论约我去游泳，还是去看展览，还是去吃一碗米粉，都自觉找个有大块的空时间。

你喜欢用酸豆角做佐餐小料，还喜欢酸豆角炒肉末。几乎每次去你那里，都能见到它。受你的影响，我也在一次次尝鲜的心态下被它酸脆的口味俘虏。

而在食品风险极高的当下，我们需要自己能够腌制这样的美味，才能心安。所以私下里，本着实验的精神，我进行了多次实验。但由于季节的原因，新鲜豆角选料不够幼嫩，口感均不甚满意。

图 87　长豆角

而终于在这个夏季，我找到了新鲜的主料与配料。

没有一坛酸豆角的夏夜，最难将息。

将那些刚刚采摘下来的鲜豆角、小青椒与当年新蒜、老姜一起均匀切断、切丝，放进新坛。然后密封罐口，放在阴凉干燥、不受阳光直射的地方，就大功告成了。

接下来就是等待时间的酿造。

被腌渍的酸豆角，在时间里慢慢发酵，被菌类赋予新的生命。在这个过程中，它努力试图找到自己。

在你的生日，我亲手做了一坛碧绿的酸豆角，作为礼物送给你。除了这样带有温暖的小礼物，我不知还能有什么能够表达我的心意，能够让人觉得踏实。那些买给你的礼物，不论你喜欢的衣服、包包，还是小叶紫檀手串，都让我觉得心中空空，总觉得只有这样带着手工温暖的东西才能表达我的祝福。

在你生日的当天，我只想亲手为你煮碗长寿面，煮个水煮蛋。"祝你生日快乐"这样的话，实在没有意义。倒不如一坛酸豆角，一碗长寿面，一个水煮蛋，来得简单、实在与素朴。

过了二十五岁的我们，可以忘记年龄，只记得吃蛋糕就行了。无论怎样，那些刻在骨骼中的年轮会清晰记录我们活过的岁月，但愿我们不曾蹉跎过。

而很快，你就结婚、生子，抱着一个软乎乎的小家伙要认我当干妈。曾经我们以为的永久，很快就过去了。

以前，我们总是商量着以后若我们都是单身，等年老了就凑一起过。可是都白说了。现在又有别的女子过来跟我说我们曾经说过的话。

但我知道，这些也很快就会过去的。

愿每一朵花开的时候，都少一些脆裂的声音。

11. 野苋菜

苋菜是一种很贱的菜。夏天，田埂，河边，小树下，荒地上，所到之处，几乎都能见到。

苋菜是一种极易成活，不怕干旱与炎热的菜。野苋菜尤其是，更贱了。野苋菜甚至不用播种，自己就能播撒、生长。

野苋菜是一年生草木，雌雄同株。叶片互生，颜色浓绿或紫红，叶薄脉稠。一年到头开绿色小碎花，花成穗状，紧密围绕花茎周遭，细细密密像蜂窝里的蜜蜂。绿色花瓣包裹着种子，花瓣的颜色，随成熟度的提高渐渐变暗，变得枯黄以至凋萎。干枯的苞片包裹着成熟的种子，成熟的种子是油亮的黑，闪着膜质的光泽。

还记得植物学课到野外实习时，我专门采了很多野苋菜的种子来种。野外常见的野苋菜种类很多，叶片颜色有浅有深，青紫不一。叶片有大有小，脉有浅有深，叶缘有缘有裂。植物有高有矮，有的抗旱，有的耐涝，但无一不是因时因境改变自己，为的是让自己融入周遭，以获得最佳的生长营养。

植物虽然无声，智慧却一分不少。认真去阅读、观察一株植物，你会有意想不到的收获。

童年时的我就喜欢和花花草草为伍，野苋菜也是其一。和这些野生的贱菜在一起时，心情格外放松，你不怕揪了它的腰肢就灭其性命，也不会因为无心的踩踏就绝其后代。所以，那时的我格外喜欢一个人去树林里采野苋菜。

常去的那个小树林，有点远离村子，幽深静谧，那里很少有人踏足。

也许是因为小树林不远处的良田里埋了一个对婚姻不满喝农药自杀的女人，才让这片树林这么幽静。

不论雨天还是太阳天，我经常一个人去那片树林。去的次数多了，也没见过其他人。

我到那里，多半是散心，有时遇到花开，就采一些有眼缘的花草。有时临时遇了雨，采一两片当年泡桐叶当伞打，而更多的时候是寻求一种美味，那就是野苋菜。

图 88　野苋菜

那片树林的野苋菜做出的面条格外美味。

尤其用野苋菜做成的剩面条，最让我迷恋。

要是中午的面条没吃完，就剩到下午，半凉半温，就着一颗蒜瓣吃。苋菜的清香经过时间的沉淀，已不那么青涩，又与铁锅发生奇异的化学反应，再加上大蒜辛辣的刺激，那是一种经过发酵的混合味道，鲜香异常，让人难忘。

那是让人非常怀念的味道，苋菜就是以这样的姿态留在我的记忆里的。那种味道是新做出来的面条无论如何配蒜瓣都不具备的。我试了多次，发现一定要是在铁锅里放到下午的面条才可以。

后来，铁锅从我的生活里消失了，那种味道就再也找不到了。

即使后来多方寻求，找到一口土铁锅，那种味道仍然不复存在了。

苋菜也已不是原来的苋菜，经过多次改良换代，土肥更换，苋菜再也找不到当初只属于苋菜的味道。科技的发展已经趋向于让所有的菜蔬走向相同的口味。

很多人都有这种带有个体鲜明记忆的味道，这种味道也许只有带进坟墓了，因为再也无人可以分享，无人可以感知。这是一个让人越活越丧失原本滋味的年代。这种味觉的丧失势必影响记忆，影响个体生命的存在。

12. 秋葫芦

以前总是拿父亲已晒好的葫芦做装饰。这种葫芦比市场上的质朴，土地里生长出来的自然的样子，深得我心。这次终于又见到父亲的绿色葫芦了。我一大早就起床，踩着露水去看它们。

父亲的葫芦种在隐蔽的砖墙内，架以树枝让它们攀缘。那是片绿色浓密、种满杂树的空地，走过去要经过正在花开的小路，能见到数不清的鸟巢与虫穴。见到那些葫芦时，朝阳的光线正打在它们身上，青绿的颜色在暮秋变得温婉，年龄的斑点与昆虫咬过的痕迹自然存在，像经历岁月的老人对过去毫不掩饰的淡泊，坦然地展露一切，给来访的客人看。

没有经过父亲的允许，我偷偷地摘了几个小葫芦，打算带到我城市的居所，我想看看夭折的它们能不能一直保持这个色调。我想把这种沉静的绿色留住。那些安静的藤蔓与经过的飞鸟都没有反抗，让我有几分做贼的窃喜，并安慰自己：不知谁家果实枝头挂，拿来分享顶呱呱。

我带着几个绿葫芦去问奶奶，这葫芦有什么用，让父亲一直坚持种了好多年？她说这个没有实际的用处，无非是让孩子们，或者他自己拿来玩的。知子莫若母。

他是种来玩的，就像花园里那些花，他是种来看的，只有那些果树还有一些实际的收获，但那些绰绰有余的收获并未使他停止继续种植新的果树和别的树种。几年前种的栾树已经挂满小铃铛，多重的色彩让这个秋天格外不同。风吹过院子，铃铛清脆的响声穿过树林，那是一种非常美妙的享受。

在栾树下，他养了四条狗。狗与他非常亲，于我们却如何也亲密不起来。我和弟弟一边数落着狗的不是，一边嫉妒父亲的狗缘。那些是他每天都精心看护下长大的狗，晨起就带它们在树林里散步，傍晚把它们安顿在亲手垒起的窝棚里。狗们不会因为主人的父子关系而与我们亲近，爱是要付出才有回报的。

连那些果树，都挂满果实回报他。此时，我就坐在他的石榴树下写字，他同我母亲、弟弟讲着要将那棵葡萄树移走，把石榴再嫁接一下……阳光透过叶片，新绿、老绿的树叶里藏着大大小小的石榴，很难想象，那么多；那些秋风染黄的柿子，黄澄澄的，让人眼花；还有那些红透了的花椒，就在不远处，香料的气息让人身心轻盈。

而他有让自己坚实地站在大地上的东西。他是方圆百里内少数有学问的人之一，有他们那个年代认为的铁饭碗。作为公职人员的他并不从众，没有官场气。他身上有无比轻盈的部分，他种竹、种葫芦，如果看回报很多农人不会做的事，他会做。他给自己建造了一方家园，也给了我们一块自由成长的栖息地，处处流淌的诗意让我对有诗意的男子拥有好感。

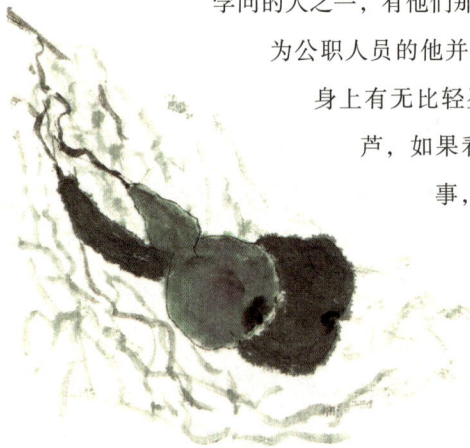

图89 秋葫芦

13. 上山采蘑菇

　　自从朋友给我讲了伏牛山深处的一个村落蘑菇品种之丰、采菇之趣，去那里采蘑菇，就成了我的期待。

　　期待了三年之后，终于在一个夏天成行。

　　可惜，天公不作美。去的时候，正是暮夏，是蘑菇生长的好季节，但太旱了。大山是保留水分的，但山里的大部分玉米都旱得没了精神，结的果实畸形，发育不全。叶子、花穗都呈干枯的状态。

　　山里的土地干燥，紧绷的地面像干燥、龟裂的皮肤，显现出一个一个不规则的鳞片。旱地里只要有人走过，就是一地浮起的轻尘。

　　从小在深山里长大的朋友说，这是山里极少的旱灾。正常情况下山里的土地都是湿滑的，潮湿处的土壤抓起来都能拧出水来。

　　今年却让我们赶上了旱灾，真让人意外。

　　但一想起期待了三年的事儿，也顾不了那么多了。

　　我们画画画累的一个傍晚，朋友拿了竹编的篮子，我们一起上山去。见那篮子真大，我建议换一个小的。找了一圈，没有，我们就拿了一个大得有点夸张的竹篮出发了。

　　路上所经的花儿都在开，草、树都是绿的，只是比往年少了很多秀气与肥美。土地干燥得裂出了缝，缝里不时可见蚂蚁觅食，十分有趣。

　　但凡经过的草丛、枯叶，我们都用画工笔般的目光与耐心仔细翻找。落叶堆、大树根，不放过任何一处朋友说的往年菇类的藏身之处。

我们看得异常仔细，但一无所获。朋友一再强调，若在以往，我们走到这么深处，早就可以满载而归了。看我们失望，朋友建议再往丛林深处走去。

终于，在一片杂草丛里，我看到一株小小的灵芝。太小了，只有新生儿的手指那么粗。朋友见了说，太小了，留待以后采吧。有手快的没等话音落就把它一把揪了出来，并安慰我们说若我们不拔，也会被其他采菇人采了去，索性不如我们拔了好。

总之，有此一株，也不算空手而归了。

山上，一般野生蘑菇种类繁多，颜色淡雅、清新、艳丽者均有。往往色彩越鲜丽，有毒的可能性越大。见那大红色蘑菇，我马上就很警惕，但朋友说他们当地可食的就有这大红菌，就只有听从他的了。

最后，直到我们到达群山之巅，也只收获了几只蘑菇，连篮底都盖不住，有两三只稍微大些的，也仅女人巴掌那么大。稀稀落落的几个大红的蘑菇，神情自若地躺在偌大的竹篮里。那感觉就像是一种行为艺术，颇有戏剧性。

我们到了山顶，吹完山风，看遍河流，直到暮色深深，才起身返回。

图 90　蘑菇

在山巅，画家趁我们不注意，拔了一棵野生兰草。干旱、坚硬的土地使他拔出的兰草只是地上部分，没有根系。

画家本想让这野生兰放在他北京的住所，如今却伤及了性命。返回路上，他一直都在忏悔，兀自捧着那棵野生兰草念了一路的兰花经。

我们在坡地遇见很多野生桔梗，朋友说以往漫山遍野都是的，今年见的格外少。还有很多山茱萸、野生板栗树，根深叶茂，长得还不错。

干旱可以伤及多数植物的筋骨，却伤不了把根扎得很深的草木。要想根深叶茂，不被外界影响太多，得先默默地深深扎根。

走到半山腰，朋友拐了个弯，带我们去了一个生态养殖基地。那是他的养鸡场，有半个山坡那么大，篱笆栅栏围起一个很宽阔的场地，里面散养着野生的土鸡。那些鸡自由自在地散步，悠闲散漫惹人羡，与平原见到的姿态大不同。

我们看完散养鸡，原路返回。路上遇见很多阿尔泰狗娃花花开正盛，我随手采了几枝。捧着鲜花，我很开心地一路蹦跳着回去，仿佛回到了童年。

在山里，很容易就让人忘记纷争，回归纯真。

回去后，我们请当地人检查收获。除了灵芝，带回去的蘑菇，竟然没有一只是可以食用的，都是有毒的。

毒菇们竟骗过了朋友的眼睛。

当地人说那是非常细微的区别，朋友虽然也是当地人，也经常外出采蘑菇，却难辨真伪。

只有那个小小细细的灵芝娃，虽然已被蚂蚁咬伤多处，毕竟还是菌类。

我们把它放在画室，打算等晾干了切片泡普洱茶。

只是直到我们走了，它也没干。

后来我们索性到当地人那里，买了很多木灵芝，带到城市。

每次喝的时候，普洱茶里不仅多了木灵芝淡淡的苦，还有淡淡的怀念与期待。

期待有机会自己能亲手采一株新鲜的大灵芝，像农人期待收获一季的粮食那样。

14. 野高粱

小镇居民早不种高粱了，也不知为何，小时候倒是常常见到的。

那时，我们趁高粱秆长到青春好年华，挑纤弱细长的，折成一节一节，当甘蔗吃。并非所有的茎秆都是甜的，与品种、挑选的经验有关。

我经常失手，所得要么不甜，要么不够甜。所以小时候为寻甜的高粱茎，搞了不少破坏。

有时候想起来相当不安，但又转念安慰自己，追求甜，似乎也没犯什么大错。

高粱是酿酒的绝佳材料，尤其用来酿造醇香型高度白酒。以高粱酿造白酒，我国独步全球。

我国白酒酿造的历史悠久，工艺成熟。陆游曾有诗云"鹅黄名酿何由得，且醉杯中琥珀红"，说的就是其谪居盐都时当地以高粱为材的白酒酿造。

自古就有"酒为诸药之长"的说法。酒可以使药力外达于表而上至于巅，使理气行血之药的效用得到最好的发挥，也可使滋补药物补而不滞。因了这一理念，药酒的泡制就大肆盛行，而用来泡药的基础酒体不可乱用。

一般而论，不同药材用不同酒体泡制，药材的功效不同。不过不论何种药材，白酒的选择一定要慎重。人类长久的经验告诉我们，泡药酒最好要用纯粮酿造的高度高粱酒。

高粱用来酿酒，被剥光种子的高粱穗还被拿来用作手作之材。有人拿它捆扎成圆形状，用来刷锅，也是极好的。再不济，当作薪柴也不错，火焰也是极大的。

只是高粱已然好多年不见，见到就像隔了时光的旧人，显得格外亲切。

再见高粱是在芥子女士的老家。一次花生熟的时候，她带我和她的小公主回去体验生活。我们在花生地里摆拍，去坟场寻找丰茂的狗尾草。找完草儿，像模像样地去地里薅了几棵花生，掰了几棒子玉米，拿着就返城了。

路上见谁家门前零散长了几棵红高粱。野生的高粱，运气好的话，还能见得到。家养的红高粱格外难得，我们就停了下来。

那些稀疏的高粱，看样子绝对不是野生的。我们停下来拍照片，看青青的穗子，散发青春的光芒，垂涎它的美貌。

碍于村口一直有人，我们站在那高粱地里待了很久，终是没有下手，虽然我们是那么想折几枝青涩的高粱穗回来插花儿。

图91　野高粱

采了一大堆狗尾草，打算回来插花。狗尾草与高粱穗，拥有不同的气质，不同的美感。

后来去山东过中秋，从日照回来，一路上有很多野生的高粱，生命勃发。尤其在日照岚山附近的国家公路两旁，全是高高低低、一片又一片的野生高粱。有的抽了穗，有的叶片发黄，迎着风，小巧的穗子比人种的小巧、柔和很多。

我看惊呆了，等回过神来，想起揪几枝时，已离它们很远了。

再返回路况已不允许，就暗暗心痛了一路。

虽然那次我们拉了很多荷叶与莲蓬，但错过那高粱，还是让人惋惜的。

我们走走停停，总会错过，也会得到。

每次得到或错过一些美丽的花儿，我总难免患得患失，心情起落。

但多年的经验告诉我，似乎该失去的总是要失去的，该得到的它就稳妥妥地在那儿。生活，大抵也是如此吧。

15. 秋收

北方的秋收，主要指的是收获粮食作物玉米，间或加上一些经济作物，包括水果。眼下、芝麻、花生、大豆、柿子、石榴等都被秋风吹熟了。

在玉米长到叶片斑驳发黄、苞皮干燥、玉米棒体下垂的时候，我们才真正开始到地里忙碌起来。

去地里之前，先是各种准备。晒场、各种装载容器以及储存场所，是提前就做好准备的。只等玉米长到恰到好处，找来机器，很快就能完成玉米棒体的采集。

我家的农田被国家征用，家里只剩零零散散几小块，加起来不到一亩。种点花生、大豆、芝麻、果树之类，足够供给自家的日常用度。

姥姥、姥爷去世后，他们供养一生的良田传给了我们，我们才有了种植粮食作物的土地。

那是一块三亩连在一起的土地，很平整，又是整块，耕作起来特别省心。施肥、播种、翻土、收割，都是机器操作，只需自家人在一旁看着指导就能完成。所以，在我们这里，人均土地不多的地方，一个农忙季，往往两三天里就可以解决。

现代科技的介入，解放了很多劳动力。当地的很多人家，两三天就可以完成颗粒归仓，这是奶奶辈的人不敢想象的。

我小的时候，耕作方式还是很传统的。基本除了机器耕地，其他的都要人工。播撒种子，收获果实，喷洒农药，剥皮脱粒，都需要人为。现在除了喷洒农药，其他的都可以机器代手。

去姥姥的地里，要经过大片大片的田地。走到一座庙的时候，和以前一样，我都要停下来看一看。那后面就是姑姑家的地。姑姑早就被表哥带去省城生活，她把土地留给了在县城居住的女儿耕种。就是那块地，让我对农作有了新的认识。

也许是因为家里土地不多，也许家人想让我们在其他地方寻求出路，自小就没让我们干过农活，我们也没主动参与过。奶奶前两天还问我，问我还记不记得小时候说过的话。她说在我很小的时候，她让我去跟村里的其他孩子去地里捡麦穗。我不去，我说，麦穗值几个钱，不值当的，浪费时间。说完我就去看书了。

就是那样的思路支持着，我没有干过什么农活，虽在农村长大，对农事并不熟悉。

后来，一个暑假，我去姥姥家玩，经过姑姑家的地，见表哥正全副武装在地里打农药。他一个人要打完一大块地需要很长时间，况且天又那么热。那时他早已离开土地，是周围远近知名的大学生，还考上了公务员。他本来可以逃避这样的活计，但每次回家，各种活都抢着干。

那个时候我并不知道，我那帅到惊人的表哥还是他工作系统的形象代言人。他们系统内部的节日贺卡，全省发行，上面印有一男一女的形象代言人，表哥就是上面的那位男士。我是去他单位，在他办公室里偶然发现的。

表哥是我们这一辈的老大，一直很努力地做我们的表率。他像姑姑一样，起到了很好的模范带头作用。姑姑每次提到表哥，总是赞赏有加。也许是受了表哥的影响，之前一直对农作敬而远之的我，慢慢在态度上有所改观。

　　后来，我也慢慢地亲身参与。蔬菜秧苗需要移栽的时候，也会拿上铁锹去栽苗。作物收割的时候，也会积极参与。见邻人花开灿烂，也会央求讨一棵种苗带回去细心栽培。曾经，我只对花花草草敞开心扉，只能看得清花草的美丽，而一度忽视了作物低调、素朴的美。

　　有些美的看到，确实需要时间、学养、修为与眼界。就像一片绿油油的苔藓，有的人看到的就是一片苔藓，有的人什么也看不到，有的人看到的就是绿颜色，有的人看到的是一个群落，有的人看到的却是一个

图92　玉米

宇宙。不同的人看到不同的内容，体会到不同的风景。

我们要让自己掌握一些必备的基础，让自己能看到山川的地理之风，能感受花朵呼吸、开落之微。

当我在玉米地里，看到斑驳的颜色，层层递变，那种丰富的过渡，是画家的笔无法企及的。玉米棒子外皮上面细细的纹理，不仅细密紧致，还散发着植物的清香。玉米是一块良田的竞争优胜者，但不妨碍他类的生长。它们盘绕在玉米的根茎，一寸一寸向上生长。也许终其一生，它们也到达不了玉米穗到达的高度，但它们从不停止生长。还有一些不具备攀爬能力的植物，窝在地上，匍匐在玉米根茎的周围，分得一杯羹。

每每有风吹动，奏响自然的仙乐，加上不知躲藏在何处的昆虫的鸣叫，谁也不能否认，眼前是一幅和谐的自然图景。

秋有秋的芳华，春有春的妩媚，夏有凉风冬有雪，自然是最神奇的存在。与自然亲近是人的天性，而艺术家是通灵的，通的就是自然，所谓"师造化"，说的就是师法自然。

16. 油菜花浪里个浪

没有谁敢像它一样，把放荡穿在身上。

油菜花开的时候，黄澄澄的，漫天遍野，都是黄的。

油菜花与薰衣草、蚂蚁、鼠尾草一样，必须群生，才有意义。单个个体孤零零存在时，平凡普通，没有香气，没有气质，黄得单薄。只有群体连成大片，黄澄澄的油菜花成群结队，编织成皇族的布匹，才气势汹涌，让人震撼。

受了甜蜜引诱的蜂蝶，一直忙碌于花丛间。蜂蝶们以采蜜的名义，堂而皇之地抚摸，走遍皇帝的三宫六院。

蜂蝶不会知道自己每一次温柔的起舞，都在设好的囚牢里。它们不知道自己是被万顷金黄请来传播花粉，生育子民的。即使知道又如何，谁愿意拒绝这美丽盛情的邀约呢。蜂蝶如此，普天下的男女也莫不如此吧。

油菜花常被人称为芸薹，是一年生的草木，属十字花科。十字花科主产蔬菜与油料作物。我们常见的蔬菜，如

图93 油菜花

荠菜、芥菜、甘蓝、白萝卜、西兰花、二月兰与大小白菜等都属于十字花科。

它们之所以被分类为十字花科，主要因其植株具辛辣味，总状花序，花冠四瓣，十字形，四强雄蕊，果实为角果。

油菜幼苗的时候就有一股强烈的植物气息，花开时气味更浓郁。

油菜的幼苗，新鲜时有特殊的芳香，可以像荠菜一样当作绿叶菜。

鲜嫩的小菜苗只需在开水里焯上几分钟，去其青涩，就是难得的美味。青翠盈盈的颜色与浓烈的植物馨香，加上微微苦的底味儿，吃的是野味，尝的是新鲜，这种应季的乡间时蔬霎时就能将其他菜蔬比下去。

等到油菜渐渐长大，抽薹，将要开花，它的花期受气候、海拔与经纬度的影响很大。从南到北，油菜花可以从当年1月开到次年的1月。

小镇的油菜花开在阳春三月，专拣阳光好的天气，花开灿然。这种既阳春白雪又下里巴人的植物，花开的时候，像萱草橙黄的花瓣一样铺满小镇的荒野。

花朵开放时，并不粗壮的绿色花茎上密密麻麻布满花朵或小巧的花骨朵，一副水柳腰姑娘的文弱样，通身绵软，柔弱无骨，在风里不停地摇摆，妩媚极了。

《红楼梦》里描写稻香村时，曾提到"佳蔬菜花，漫然无际"，说的就是漫天遍野的油菜花。

只是在稻香村的油菜花太过拘谨与清冷，不若山野自然生长的花儿，放浪不羁，天真烂漫。

谁能想到，以黄名天下、花开动京城的油菜花，这个仿佛从古画卷里走出来的明艳浪荡的女子，所有作为竟然都指向子孙。

也许天性使然，也许是天生的智慧促成。

若你以为油菜花只是放荡不羁爱自由，你就大错特错了。

油菜花用浪荡明艳的黄，吸引昆虫，并用香甜的蜜回馈前来的蜂蝶。它所有的心血都是为了结满果实，繁殖子孙。

当油菜花结结实实的长角果长成，你就会猛然发现它的秘密。原来，它并非仅仅留恋花儿的美丽容颜，也不沉迷于自身香艳的甜。

新生的角果在盛大的花朵谢幕之后隆重登场。油菜花脱去所有繁复，凋萎所有花瓣，动用所有绿叶进行光合作用，用尽所有根须汲取矿物质与营养，努力新陈代谢，不倦地转化，一切只为每一粒种子积攒可以长大的营养。

也许只有到了叶片凋零，枝蔓衰微，饱满的角果变黑，压低枝叶，我们才明了黄花的真正意义。

油菜花所有努力的成果，被人类摘取。人们用它细小瘦弱的种子，来榨油。黑褐色的种子榨出来的油，却汤色清亮，口味清新，是大众餐桌不可或缺的油料。

作为一枚外表浪荡、内心纯洁的女子，油菜花是热烈的，勇敢的。

她本色地生活，尽情地燃烧，不留遗憾地放心离场。

真是洁净、爽朗，是女子，当如此。

17. 吃鲜食

要吃鲜食，鲜活的——每次面对外面的绿世界，我都对自己这样说，并一直积蓄着信念与力量。

不常出门的人，对绿的感知更敏感。

青翠的绿的世界总在显示它的蓬勃。这种生命的朝气与昂扬，正是家养花草不能给我的。所以每当因为花红叶绿悸动时，总不免感叹自然之无涯，个体之有限，自身之微小。尤其在低落时，想想一棵草的顽强，更让人神伤。

花木蓬勃生长，不问苍天。它们勃发的生命意识，宛若大山深处潺潺的流水，自在，并不主动与人亲近。

当你想象自己，像它们一样鲜活而灵动，就心生喜悦。

供养生命的饮食当从放弃开始，放弃那些速冻食材，让它们远离餐桌，转而索求新鲜的菜蔬和鲜活的鱼虾。

新鲜食材让人感觉生命与活力。自然的能量，会在不经意间传递。

当你用手折断那些新鲜叶片的筋骨与脉络，会从一片嫩绿的菜叶间听到清脆的断裂声。那声音仿佛自然的仙乐，让叶片变得特别，让人更懂得珍惜。就在那一刻，你就开始感知能量的传递。

当然鲜活能量的传递方式并不止于此。

也许它们漂亮的纹理，鲜艳欲滴的色彩，饱满的身体，抑或其百变的结构……都能让人感觉清风徐来，一片清凉。

当那些鲜活之气随人的感知进入身体，你会发现，厚重的肉身也开始变得轻盈，皮肤也开始变得光洁，开始显示出月亮的光泽。

新鲜的东西，自有其磁场，拥有神奇的力量。它们对灵魂有力量，宛若冥想，可以带人进入另一个世界。它们都可以在现实世界里发挥实际的效用。

但无论怎样追求鲜活，总有不尽如人意的时候。

有人为了体味新鲜菌菇的美味，不惜来到山林，苦苦等待其成熟。这不失为一种美好的体验，但有时会显得画蛇添足。

有些新鲜材料需要时间，需要风吹才能更迷人。比如香菇只有自然风干才能散发香味，并不适合鲜食。

对能感知生命的人来说，一粒珍稀菌子的鲜活与一片新鲜菜叶是毫无差别的。

它们传递的智慧，给人的启示也是一样的。不同的是那些感觉，带

图 94 吃鲜食

着微妙的自然造物的痕迹。

当在世俗里生活太久，内心麻木，开始粗糙，不妨看一看周遭。那些鲜活的花木，灵动的他类，也许可以让你重新获得力量。

每隔一段时间，当身心不够细腻了，我就让自己吃一吃鲜食，感受来自自然的新鲜生命力，让自己再一次复活。

生活是最好的修行，可从饮食始。

18. 喝茶有三种形式

傍晚，小镇居民路上逢人便问：喝茶了没？

这种打招呼的方式由来已久，说的意思是：吃过晚饭了吗？

在这个语境下，喝茶等同于吃饭，而且特指吃晚饭。因为吃早饭与午饭统统被说成吃饭。若早间或中午饭点，这里的人打招呼时问的便是：吃饭了吗？

唯有晚饭是特别的，也许是因为晚饭为三餐之弱。

自古养生学里就有对三餐的讲究，有早餐吃得像皇帝，中餐吃得像平民，晚餐要吃得像乞丐之说。晚上不宜饱腹多食，以免增加胃肠蠕动的负担，影响身体安眠。所以作为最弱化的晚餐，被代以茶的说法，似乎也确有其道理。

若有客人登门，或亲朋路过家门口，主人必热情请人进来坐下喝杯热茶。

喝杯茶吧，这既是客套，也是真意，是真的想请你喝杯茶。

但你喝了才发现，一片茶叶也不见的白开水，他们就眼睁睁地说叫喝茶，真让人费解。

在豫东很多地方，日常俗语里的喝茶，指的是喝白开水。

在两宋时期，此地居民就多饮茶，索性白开水也被称为茶了。但这里的人并非不用茶叶，泡了茶叶的茶，在这里大多被人称为茶叶茶。当然也有称喝茶的。

不过当时饮的茶也非今日之叶茶，是传统的粉茶。时至今日，在日本，仍有这种沿袭古人喝粉茶的传统。日本的里千家，是传承了中国茶道最古老精髓的一个流派。

进来喝杯茶吧，往往说的是喝杯白开水，暖暖身子吧。在夏日里，喝杯茶也许就是指喝杯凉白开。

豫西之地的人请你到家里喝茶，也会让人一惊。在当地，若家中有远客，会被以喝茶的厚礼相待。

此时喝茶用的是大海碗，里面还放了几个煮熟的荷包蛋。那一碗满当当的东西，就是当地人所谓的茶。

这个古旧的传统也许与历史上的不能温饱有关。人类历史上总有一些灾荒与饥饿时期，那些对粮食与营养极度渴求的岁月，一定会在人类的记忆里留有痕迹。也许此类喝茶便与这些人类的灾难有关。

在物质不丰富的时候，人们把高蛋白、高营养的东西拿出来与客人分享，是对客人的一种礼遇。

再有，就是与茶叶有关的喝茶了。中国人喝茶的历史悠久，但起初喝茶，喝的并非今日盛行之叶茶。历经了几千年，才盛行如今的叶茶。

陆羽在《茶经》有载："茶之为饮，发乎神农氏。"农耕种植追溯的源头往往就是神农氏，神农尝百草之前的历史，就是无边的空白了。

茶，充满了佛门清修之气。茶先苦，有回甘，暗合了佛教之道，可消食解乏，又为不发之物，所以最先盛行于寺庙。

最初的茶不是把茶叶当草药煮汤炖菜，就是把茶叶磨成粉，点茶用。那时的粉茶很像现在日本流行的抹茶。

直到明清，才兴起类似现代人的喝法：用茶叶叶片泡水。

这种喝法就是我们这一带人称为的喝茶叶茶的饮茶方式。

图 95　杯盏静物

　　在当地居民语言系统里，喝茶叶茶才是现代语言里的喝茶，这种喝茶才是现代大语境下的喝茶。

　　喝茶的三种形式并行，看场合，看情境，有其不同的内涵。

19. 鲜食小蓟花初尝试

这是一次失败的美食体验。如果一定要安慰自己的话，就是小蓟的嫩叶片，味道还可以。

对我来说，今年夏天，格外百无聊赖。练车逼我们去了偏远的郊区，每天都在等待、等待，无比磨人。那是让人发疯的节奏，坐在那儿闲聊、打牌或被动苦等，都不是我的风格。

好在，那里有一大片农田，绿油油的麦地是我常去的。今天看这花，明天又发现了新草，小蓟就是我在那里发现的。

它们的紫色小花，软软的，像幼童的绒毛发丝。花瓣丝线状，绣花针粗细。花托肥厚，绿色粗质，粗糙的细鳞片一片一片叠成花托，包裹着所有花瓣。

小蓟花无味，头状花序，单生茎端。长长的花茎上面一般只开一朵花，窈窕玲珑，常见有蜂蝶栖息。

小蓟的花也有开白色的，一般不太常见。小蓟生长不挑环境，是寻常可见的野生杂草。沟渠、良田，甚至酸碱地、荒漠都能见到它们的影子。它们能打破地域的限制，很大程度上归功于有发达的地下根茎。

它们的根长得繁茂，要比地上部分旺盛得多。厚积才能薄发，根深才能叶茂，才能有底气对外界不苛求。人也是如此，自己深扎一方水土，忙着匆匆长大，也就无暇顾及太多无谓的纷争。像小蓟一样深深扎根，是人生之木繁茂的必备基础素养。

　　小蓟是家畜的美食。它的叶片肥厚，鲜绿鲜绿的。新长出来的叶片还没有经过日光的淬炼，是鲜嫩的新绿，等慢慢长大，才变成沉稳的绿。

　　小蓟的叶椭圆形或长椭圆，顶端钝或圆形，基部楔形。偶有极短叶柄，通常无叶柄。叶脉明显，一根根的，筋骨一样贯穿整个叶片。叶片不裂，互生。

　　叶缘长着自我防护的尖刺，但也不能完全自保。

　　每当见到牛羊鸡鸭取食小蓟带刺叶片的时候，我总忍不住去观察，但见它们神情并未有异。

　　也许，是那刺长得还不够大，或者，没有它的敌人强大。

　　但若不参与外界的竞争，对整个生态与自己的小群落都是弊大于利。有时候，舍弃也是一种智慧。懂得取舍才能轻装上阵，走得更远。

　　很多花草都是沉默的哲人，都有自己独特存在的哲学。

　　小蓟有两个近亲闺蜜：大蓟与泥胡菜。三个长相异常相近，单看紫花难以辨别真身，仔细观看叶片才能分辨。

　　大、小蓟叶片都有刺，大蓟的叶片羽状深裂，泥胡菜叶片无刺却与大蓟一样，是羽状深裂。

　　我在那片农田见到的，全部是小蓟。

　　我采了新发细枝的新叶，这是小镇居民凉血止血、清热消肿的良药。

图 96　小蓟

小蓟全身是药，花叶与根须均可入药，可内服外用。外用以鲜为佳，用时取鲜叶洗净捣成碎泥，敷于患处，止血有奇效。

小时候小镇的母亲们常用此方为顽皮的孩子们止血。甚至有人经期流血不止，也会用它煮水当药。

对一个喜欢尝鲜，尤其喜欢花宴的人，见到紫花，自然不会放过。花叶并采，一拿回去就开始折腾。

用清水放少许盐焯了嫩叶，保持鲜绿色泽，花用淡盐水浸泡半小时，捞出沥干，用裹全蛋液爆炒，小火焖5分钟出锅装盘。

端出去，满室生香，让人对它抱了极大的希望。

饱含热情，可最后还是让人失望了。

裹了蛋液的花很坚硬，韧如棉絮，无法吞咽。食之无味，弃之可惜。唯有那一把盈盈的绿，可观可品，还不算彻底失败。

也许，用传统的方法，拿鲜叶、花朵打成新鲜汁液，口感可能会让人容易接受一些。

对一个爱折腾、对采食鲜花有兴致的人，是不会轻易放弃的。下次再见，可以一试。

20. 小镇炊烟

记忆里印象最深的炊烟在黄昏。夕阳西下，缕缕炊烟升起，映着彩霞。有风吹过，慢慢将它们吹成波澜，风止的时候，丛烟又渐渐聚合。分分合合，缓慢又极具动感。

那是个很有诗意的画面，仿佛让人忘记时间的存在。

那个时候，我喜欢坐在村口，看炊烟升起。家家户户，一个接一个。那个时刻，安静而美好。

黄昏，当炊烟升起来的时候，就是倦鸟知返、孩童回家的时候。

到了饭点，大人们并不需要满大街去寻觅正在外面疯狂玩耍的孩子们，只需要点燃自家的烟火。腾腾升起的炊烟，大大小小的孩子们看到了，就会自觉地往家去。

炊烟是将要开饭的信号。一耍大半天的孩子们早就开始饿肚子了，他们等待的就是这美妙的时刻。

炊烟升起来的时候，村子里是静谧的。

无论清晨还是黄昏，升起的炊烟让人感知到浓浓的烟火气息。

炊烟是有味道的，是植物在火里的锻造。

不同的材料，就有不同的烟气，有的浓郁的蓝，有的清淡的白，有的幽幽的黑，有的稀薄的淡黄。

炊烟升起，燃烧的柴多为草木：或庄稼的秸秆，或风雨里刮落的树枝，或捡来的落叶。

有时炊烟里携带了草木特别的芳香。

我们小的时候，特别喜欢吃柴烧的鲜玉米。

有时，小朋友们会结伴去松柏林里捡拾香枝，拿回去烤麦穗、烧红薯，是难得的香料。也有人尝试用花椒、桂皮之类的香料果木的枝条，闷在火膛里取其芬芳。

那个时候，姑姑喜欢拿果木烤制的烧饼给我们吃，味道馥郁，满嘴花果香。

儿时的味觉记忆是终身的。直到现在，我仍然对烟熏的食物保持好感与敬意。

这种难忘的记忆，正是炊烟升起的时候，不经意储存到记忆里的。

在城市生活，远离火焰的时候，偶尔特别想念烟熏的味道，就拿几片用现代方法熏制的培根来解馋。

现在，村里生炊烟的人家几乎没有了，能见到是幸运的。

现代科技把女人从灶台上解放出来。她们有了电与燃气，就不再捯饬柴火了。

偶尔停电或燃气接不上，还会见到炊烟再次升起。但那气势早已失却了原来的磅礴。这样的炊烟，草木芬芳的味道在偌大的空气里一再稀释，散散漫漫来到我的身边，已是若有若无了。

炊烟成了梦里的雾气，与我们渐行渐远，一同带走的还有草木燃烧的味道。

厨房硬件的升级，逐步改变着人类的味蕾。当代饮食，总在考验着一些怀旧的胃。

21. 柴烧

薪柴从自然界的电闪雷火中获得灵感，开始燃烧，可以取暖、烹煮、冶炼，从而改变了人类的进程。

作为钻木取火发源地的中原大地，火苗兴旺，在农人的锅灶里，在冶炼的灶膛内，在柴烧陶瓷的炉窑内。

人类的过度砍伐，让早已习以为常的柴烧即将成为历史。就连日常的柴烧锅也变得格外少了，能吃上一顿柴烧饭似乎成了奢侈的事儿。

就在不远的以前，柴烧锅与大烟囱还是厨房的标配。再配上大大小小的铁锅，灶台镶上瓷砖，简直完美，是主妇的最爱。

晨起和黄昏升起的炊烟，颜色各异，带着草木灰的香气飘满村庄。尤其有风吹来，袅袅升起的青烟会在空中舞蹈。

我们就坐在花开的草地上看它们的升起荡落，晕染，最后变得稀薄。若有夕阳，霞光万彩，俨然一帧帧展开的乡村画卷。

草木烧出的饭菜，格外清香，又有细微之别。

所谓口味，完全看当日入膛的草木种类、配比以及菜品本身及其调味，所以有极大的变动性。

就是那样的细微之处幻化出万千不同的口感，丰富了我们的味蕾。所以在物质匮乏的年代，我们并不缺少细腻敏感的味觉。

除此，还有更让人振奋的。

刚掰下的新鲜玉米，带着皮用火烧，保持鲜香。刚刨出来的红薯，用荷叶包裹的茄子，用泥糊住的整鸡，但凡是食材，都可以拿来烧。

你可以充满想象，借助于火，这些都可以实现。

甚至有人在野外挖个小土坑，捉几只青蛙、几条小鱼，烧几只土豆青椒，就能饱腹尝鲜。

那是个充满草木清香的美好时代。

而如今，那些陪伴我们长大的铁锅，那些随处可取的食材，那些触手可及的木柴炭火，早已远去。

与之同去的还有只属于那个时代的记忆。

那时，我们与火如此亲近。每一顿饭菜，每一丝温暖，每一个器具——陶瓷或铜、铁、银器，莫不与火有着直接的联系。

而如今，科技发达，电与气因其快捷高效，改变了我们的生活。

电器气灶把女人从灶台、水井边解放出来。

她们不再像以往那样捡柴、烧火、洗衣，不再有费时费力的慢节奏。但这带走了轻灵的炊烟，清新的草木花香，温暖的手工时光。

柴烧已然成为让人回味的文字，它带着让人难以忘记的草木味道。

当然，人类并没有彻底遗弃先祖的智慧。目前还有人能够享受火的赐予，还能吃上薪柴烧熟的饭菜。也有人孜孜不倦探求柴烧陶、柴烧瓷。

只是，这火，永久地远离了大众。

22. 柴米油盐

柴米油盐，一点都不美，沾满俗气和烟火，二十几年来我一直这么认为。

带有柴米油盐气质的脑袋一向是我鄙视的，但这并不妨碍我喜欢烹饪。不知哪位大师说过，烹饪是一种艺术，与艺术相提并论的烹饪，就是在这个指导思想下走进了我的生活。

还记得那个青涩的年纪，做本科毕业设计，我在一个研究所实习。因为实验的缘故，第一次接触到锅碗瓢勺。我的课题是研究昆虫的人工饲料配方，调制不同配方的过程中，大量使用了人类烹饪的技巧：水的使用、材料的加入先后、火候的掌握、成品的处理，等等。我觉得很有趣，不同的处理结果差异很大，玩得不亦乐乎。

那个时候，我认定那只是实验，与现实生活无关，就像我认定学校里学的具体知识到社会上很少有用一样。

因为锅碗瓢勺的便利，竟也时不时操练起来。起初是爆炒黄豆芽。只用黄豆芽是不是太单调了，看过的色彩书告诉我，可以选择配色。在菜市场，挑选最鲜丽的色彩，最常搭配的是黄豆芽、西红柿、青椒。这既满足了我嗜辣的口味，颜色也讨人喜欢。关键是炒制手法，西红柿先炒出汁，再倒入黄豆芽和青椒，最后，文火焖。

烹饪是需要灵感的，和创作艺术品一样。调料的先后大有讲究，对于黄豆芽这样难以入味的食材，一些不易高温变质的调料先加，鸡精之类高温变性的应在出锅前加入。我炒出来的菜，大家总是津津乐道，抢着来吃，这自然让我骄傲，但面对现实生活中柴米油盐，我还是相当抗拒。

各类我们接触到的媒介都告诉我们，柴米油盐几乎和黄脸婆、世故、沧桑等同，你说该不该恐惧。

但时光不会因为恐惧停歇，我们也不会因为恐惧逃脱属于我们的一切。柴米油盐到底还是落在我的肩上，尽管一百个不愿意。

起初，我选择逃避，用一扇玻璃隔离我们的世界。我在独居期间，一位朋友偶尔造访我的住处，为我烹饪美食。她对美食的热爱就像我对艺术的热爱一样。她边在厨房炒制，边向我传授秘籍，我们隔着玻璃门，我害怕沾染油烟气，尽管我的油烟机很给力。那些外溅的油水、残渣，那巨大的声响，就知道她的热情。她的菜明显带着个人色彩，辛辣、地道，美味无比，像她的诗一样，不可商量地勾走了我的魂儿。每每看她幸福地握着锅把，掌控着火焰，就会想到蔡文姬、李清照的手，是不是也能如此。

她总是说我生存能力太差。这是自我隔离的结果，一直把烟火浓重的元素有意识地排除出生活，以为这样的自己会是纯粹，忠于自我的。在她面前，我发现了自己的单薄。她天生的诗意渗进生活的各个层面，柴米油盐被赋予诗意，那双写诗的手同样在火上炒制浪漫，她的柴米油盐和云淡风轻平衡得那么美妙，不可思议，完全颠覆了我一直坚守的生活观念。

我感觉到自己是虚幻的，一直活在不接地气的环境里。自己的这种想法当然并不能否认柴米油盐顽强的现实生命力，我想这是很多人都曾面临的问题。那些以最庸俗价值观评判柴米油盐，将之等同于黄脸婆、世故、沧桑等，我想是值得怀疑的。

也不知道何时起，逛超市总会在生鲜区停留，五花八门的食材的属性、生态特征及其相生相克，都会在我脑袋里形成思路。那些采购的大妈，东挑西挑，相互讨论，在各色菜蔬中，竟也生动起来。

忠于生活你才会发现，能把柴米油盐安排得云淡风轻，把世间琐事处理得滴水不漏，这种挑起生活担子却面容慈祥、心无波澜、一身轻松，何尝不是真正意义上的超脱？

23. 白水煮

清水煮蛋是一个高妙的配方,至纯至雅。和水煮白菜一样,要么在顶级饭店里接受膜拜,要么就是小镇居民最平淡、随手的煮烧。

小镇居民不拿吃显摆品位,清水煮蛋吃得不痛快也不装高雅。朴素的情怀成就了一对良缘:蒜泥鸡蛋。这是一种看到鸡蛋就会让我想到的美食。

先把蒜泥捣碎,放入刚煮好的去壳鸡蛋,加简易调料、盐与鸡精即可,轻捣拌匀,再滴几滴新磨的小磨香油,盛碟装盘,配刚刚蒸好的热馒头,绝对良品。

这是母亲的私家菜,是她除了手擀面之外,唯一让人难忘的私家菜。小镇上的母亲们都有很多这样的私房菜。

无论走到哪里,我们都长着一只怀旧的胃。正是熟悉的母亲的私房菜味道,永远牵动着走到遥远地方的人。

世界上有一种最美妙的料理,就是妈妈做的菜。但对我来说,就没有这么幸运了。我妈手比较笨,好在我没有遗传她的基因。不管什么食材,到她手里都是一塌糊涂。多年培养还是一窍不通。

直到现在,炒什么菜该放什么,还是一无所知。每每都要事先征询父亲或我的意见之后才敢下手。

那种面对食材的胆怯,让人心忧。

所以她一直不主张我下厨学烹饪。我也因此在家里极少进厨房。从小家里担当大厨之任的都是男人。

尚记得弟弟读小学的时候就被父亲拉起来跟着学做菜。有时候农忙季，大人们都下地干活，弟弟就要早早起来忙一家人的餐点。

他的作品往往极其简单，经常使用水煮，这种烹饪的白描技法，是他的强项。但作为不劳而获的人，我是没有资格评论别人的奉献的，所以再难吃还是吃得下去的。

也因此，我对于水煮这样简单的烹饪手法，有比较深刻的印象。

我最初学烹饪就是从煮开始的。

奶奶是受传统思想影响较深的人，里里外外张罗不停。她看不惯新式女子不能在厨房里担当。

她觉得作为女人，不能主内，是不可饶恕的。

作为裹小脚女人的最后一代，她的观念虽然像小脚一样陈旧，但也并非一文不值。

但凡有机会，她就向我吹风，让我务要掌握烹饪之法，并不辞辛苦，一有机会就言传身教。

对于烹饪，我起初兴趣并不大，后来则越来越浓。不知厨房烟火，休说人间味道。厨房是人间烟火最初的基地，不深入其中，怎能了然热切的生活。

有朋友说，看一个人热不热爱生活，能不能生活得热腾腾的，先看他的厨房。不热爱生活的人，厨房一定清冷。刀具，碗筷，各类小物一定不会太好用，那是与对厨房讲究的人大大不同的。

至于厨艺，就看各自的修为了。

中国饮食博大精深，烹饪技法花样繁多，仅水煮一法就有诸多巧妙。

水煮就是烹饪的入门之技，是烹饪最自然、单纯的时期，白纸一样，至纯至真。烹饪的烹，即指的是煮，以水来煮是最本真的做法。

同用水煮之法，也会细微有别，仅仅白水煮就可分为涮、煮、炖、煨之类。不同处理有时会差之毫厘，谬以千里。所以烹饪是当之无愧的艺术，并非仅仅把食材弄熟那么简单。

从茹毛饮血的时代走到如今，烹饪手法多元，融合了世界上不同文明的智慧，五味调和也被人类精确掌握。绚烂至极则归于平淡。如今回归白水煮是一种对远古的怀念，也是一种特别的滋味儿。

但就是这样的味道，要么是回归之作，要么是开始之旅。

圆的起点与结束似乎在同一个节点上。

不同的是过程，生命也无非如此。

24. 手擀面

手擀面是无论如何都想不到去吃的东西，但我北归的闺蜜要。严格说，看我这些天体弱她也不忍，就用流水线上的挂面代替。

生于北方长于北方二十几年，却对面食丝毫没有培养起感情，可见时间并不能把硬石头暖热。

就是这样，还是学会了手擀面，并且小有成就。擀出来的面绝对过得了外貌这一关，口味也可以端上台面。还会用菠菜汁、胡萝卜汁、紫甘蓝汁做出缤纷的彩色。

学会这些并非那宠爱我的父母教的。

我有一个老闺蜜，人老手巧，没事闲了来给我擀面条。吃不完分成小袋放冰箱，擀一次就能够吃上一个星期。我是跟她学会的。她把手擀面当小孩子的玩具，每次擀得都很忘我，那情那境，深入人心。

私家宴请总有人点名要这手擀面，因此擀了不少。每每臂腕酸楚，难以安眠。后来书上认识一个女人叫李因，清代女画家。她的笔法苍劲浑厚，无闺阁气，得青藤陈淳笔意，缘其砍竹练臂。看其纤细手臂抢斧砍竹，一定血管扩张，力使一处。这样的练臂方式在今日无疑是奢侈的，就联想到了擀面条。砍竹、擀面条都可以让手臂接受暴烈的风雨。

经历风雨的臂膀才能更强壮，笔力才能不柔弱。

所以因此有意识地多擀面条，擀的总比吃的多，一个月就把自己养肥了。

面食总是隐藏过多的营养，这是我惧怕它的一个原因，这也是北方人普遍高大壮实的一个原因吧。

以前每逢外出寻找吃食，见到手擀面就格外亲切，却一定不会去吃。但是关于手擀面的记忆却是美好的。尤其远方母亲的手擀面，总是泛着青菜香；鲜绿鲜绿的野菜汁面条，水灵灵的样子让人欢悦。

每次回去，母亲总是提前备料，折腾半天，只为那一小碗清新的手擀面。

尽管每次我都吃得漫不经心，可她并未放弃这样的传统。父母的爱就是这样，不求回报，但求无悔。趁着节日，回家吃面去。

25. 黄秋葵又黄又秋

有人说，黄秋葵是最黄的。

不仅因为它新鲜的蒴果，一刀切下去流出很多透明的黏液，像发情的女人的体液，更因为它是补男人肾的佳蔬之一。

还有人说，黄秋葵是老不死的秋果。

黄秋葵结起果实来，没日没夜，不知停歇。而且一结就是一个夏秋，是一种非常长命的、可以一直结果实的菜蔬。

黄秋葵是神奇的，既可以强壮男人，也可以美丽女人。它在日韩被称为绿色人参，比人参的受众更广，也更亲民；在美国被称为植物伟哥；我国 2008 年将它列为运动员蔬菜。黄秋葵素有蔬菜之王的美誉。

黄秋葵脆嫩多汁，清新爽滑，是男人的补肾菜，是女人的美颜时蔬。一经广泛培植，就风靡于大街小巷。

黄秋葵不仅因为它切实的保健功能，更因为它黏软清爽的口感，让人难忘。黄秋葵的羊角形荚果里含有丰富的果胶与膳食纤维，可以补肾、养颜、消食、去脂，是难得的全才菜蔬。

黄秋葵是这个夏日里一再被母亲称赞的时蔬，这对一个极其内敛的资深种菜人来说，实在难得。在她几十年的种菜生涯中，这样不厌其烦地对一种蔬菜表达赞美，还是首次。

每当她说这菜好的时候，我就问她好在哪里。

她说，你先去小菜园看看。说着就领我去院子外她自辟的小菜园。

此时已是深秋，南瓜、冬瓜、空心菜的叶片开始枯黄，已见衰态，唯有墙角的几株黄秋葵还在繁茂，叶绿花开，葵荚恣意。

黄秋葵不仅生长期比寻常菜蔬长，结的果实也很多。果实可以从春天结到霜降，陆陆续续每隔几天就有新收获，关键是这菜的口感很好，吃了让人有幸福的感觉。

这些黄秋葵，还是初春时我和母亲一起栽种的，从起初只有两片真叶的小苗长到如今高大繁茂的植物，真让人陌生。

图 97　黄秋葵

黄秋葵的植物长得很高，可以长到一米多高，植物顶端高到直逼我的脖颈。叶片翠绿，掌状。老叶很大，几乎有成年男子的手掌那么大。叶片浓密，深五裂，裂片由阔至狭，上披稀疏硬毛。

黄秋葵的花单生于叶腋之间，花梗上面布满毛茸茸的硬毛，花的小苞片以及花萼钟形，周身长满浓密的短绒毛。

黄秋葵的花是黄色的，又结实多在秋天，所以被称为黄秋葵。但花并非纯黄色，在花朵内面基部有一圈紫色点缀其间，花开起来的时候，花茎上像挂了一盏盏小铃铛。

这花像牵牛一样，朝开夕败，只灿烂一天。所以有人趁花枯以前采摘，做菜泡茶，品尝的都是山间村野的时令滋味。

我有时候用黄秋葵的花儿炒蛋做羹，而更多的是晾干以后用来泡茶。泡出的茶汤，颜色浅黄，口感清新爽滑，可以降低血脂，清热解毒，美容养颜。

黄秋葵的叶片、花朵、蒴果以及嫩茎都是鲜美的食材。尤其筒状尖塔形的蒴果，更是人们津津乐道的。

黄秋葵刚刚摘下来的新鲜嫩果是可以鲜食的，香甜柔软，口感爽滑，比生食黄瓜、丝瓜的味道清新多了。

常见的黄秋葵的蒴果是绿色的，还有一种是紫红色的，它们都是锦葵科秋葵属的菜蔬，但无论形态、营养还是口感都相差无几。

但若要吃到爽滑鲜嫩的黄秋葵，一定要注意采摘时间。我们自种的黄秋葵经常因为错过最佳的采摘时间蒴果呈现木质化，纤维增加，口感就会差很多。而且新采摘的黄秋葵尽量当天食用，储存不当也很容易革质老化。

这是一种提醒你要对时间敏感的植物。

黄秋葵是一年生的草本植物，常于春天播种，所以每年都要种植。

就在今年初春的一个清晨，母亲躬身在小菜园里栽种菜苗，我去做帮手。我看了一眼刚刚长出两片真叶的小菜苗，一眼没认得出是什么菜。问母亲，她说是个稀罕品种，是邻居大娘从南方的姑娘家带回来的新玩意，保证让我惊喜。

看她卖关子，我就直追问。再三之后，最后她只说是一种葵，话语间还闪烁其辞，到底没说出个所以然来。

我就找苗子长得比较大的仔细看，发现有叶片深五裂，小苗还有幽幽的锦葵科植物的香气，十有八九该是黄秋葵。

当我向母亲说出黄秋葵的时候，她显然感到陌生。

但我并不怀疑自己的判断。

不久后的一天，跟母亲去赶集，见有老大爷摊前摆满各类蔬菜种子。我们停下来，顺便捎了几包菜籽。

我见他那里就有黄秋葵，只是那上面写了大大的三个字：补肾菜。名字是俗化了的，以更适合当地人的理解。

等苗长大一些的时候，我就更加坚定了自己的判断。

只是有时候跟母亲说起那菜的时候，她说可能不是我说的黄秋葵。那是邻居从很远的地方带过来的外来种，是我们当地没有的。

确实，在我以前的记忆里，这种菜的确以前从没在村庄出现过。可以毫不夸张地说，在这里，应该没有人比我更熟悉这里的草木了。

其实这菜在中国被广为接受，也是近两年的事儿。十个外来种，最初就是从日韩的料理店最先被人们渐渐熟知的。

但很明显，我们已经一起在镇上见到这菜的种子了。不知什么时候，这菜已经开始在当地的市场上出现了，只是她的认知体系里没有这个东西，所以见了也等于没见。

是啊，我妈正是瞪着大眼看着补肾菜三个字的时候，跟我说我们这里没有黄秋葵的。

于她，对这个曾经陌生、现在依然陌生的东西，是迟钝的，是感知不到的。

很多时候都是这样，我们以为的世界，其实是我们自己能感知到的世界。

正所谓，你是谁，才会见谁。有缘千里来相会，无缘对面不相识，说的都是一个道理。

是啊，你是谁，决定了你能感知到的世界，所以你才能感知到谁，才会遇见谁。

26. 地肤

地肤是一种常见却不寻常的草木。乡野田间，房前屋后，荒地河滩，一年四季都能觅得它的芳踪。

地肤枝<u>丛</u>紧密，分枝多而细，植株呈球形伸张，枝叶柔软秀丽，叶片纤长，株型秀颀，颜色是鲜嫩的青草绿，是遍布南北常见的一年生草木。

地肤一年四季都能生长，它的颜色，在时间里流转，不同季节呈现不同的视觉观感。春夏嫩绿，深秋渐变成枫叶红，冬天干燥枯黄。

在春夏，地肤初盛，绿油油的，布满空地，可观又可食。鲜嫩的地肤是一味新鲜易得的绿色时蔬。村人常常用其幼叶嫩茎凉拌，下面条，是很好的绿叶菜。

《本草纲目》有载："地肤嫩苗，可作蔬茹。"在地肤还未长成高大的植株之前，趁其鲜嫩，随手将上一簸箕，回去清水洗净，用沸水焯两三分钟，捞出马上放冷水里拨一下，调味装碟，经沸水处理的地肤绿苗颜色更显清凉翠绿，十分夺眼。

新嫩的地肤，口感清爽，味鲜爽脆，富含钾与胡萝卜素，可以明目养颜，有保健功能。

地肤除了是野生的菜蔬，还是一味不可多得的中药。

地肤全草可入药，其嫩苗鲜叶，对通淋有奇效。《医学正传》曾记载："拧兄年七十；秋间患淋，二十余日，百方不效。后得一方，取地肤草捣自然汁，服之遂通。至贱之物，有回生之功如此。"

等地肤开过黄褐的小花后，结果实成熟，所结果实为地肤子，是一味清热利湿、祛风止痒、明目强身的草药。地肤子为"少常用中药"，被《神农本草经》列为上品。

春夏我们取地肤的嫩叶，做粥、佐汤、炒菜、摊饼。秋天我们观其紫红枝叶。冬日里我们用老了的地肤枯枝编织，做成一种古老的清扫工具——扫帚。《本草纲目》对地肤作为扫帚之材曾有载："地葵、地麦、落帚、独帚、王蔧、王帚、扫帚……茎可为帚，故有帚、蔧诸名。"

地肤因其是做扫帚的良材，被后人称为扫帚苗、扫帚草。

别看扫帚这种最日常的清扫工具，却历史悠久。

扫帚从夏朝就进入了人们的日常生活。地肤也是从那时起，就与人们的日常生活发生紧密联系的。

据说夏朝时有个叫少康的人，偶然从一只受伤的野鸡拖着长羽毛向前爬，所过之处灰尘渐少，由此获得灵感，制成了第一把扫帚。

起初，用的是鸡毛材料，奈何鸡毛太软，不耐磨损，后又改换成竹条、草等硬质材料，才制成了耐用的扫帚。

但并非所有的地肤都是制作扫帚的良材。

地肤有很多品种，最常见的有三种：野生地肤、细叶地肤、宽叶高秆地肤。

野生地肤高大叶宽，形态粗糙，老株可做扫帚使用，但效果不是最佳。细叶地肤是矮化品种，常作园林盆栽观赏之用。宽叶高秆地肤才是制作扫帚的良材。

细叶地肤是人工培育矮化了的品种，株型矮小，叶片细软，青翠嫩绿，秋季转为紫红色。常植于花篱、花镜，丛株散布于花坛、疏林下。

也可随坡就势，高低错落，点缀于庭前屋后，制造疏密相间的美好观感，是常见的观赏地肤。

宽叶高秆地肤俗称铁扫帚，枝条筋骨铁线状，富有韧性，耐磨损，等秋后叶子都净，取其剩下的骨架，拔下细细捆扎，就制成了扫帚。古书里记载地肤多为帚，指的多是这种地肤。

《尔雅》把地肤记载为："荓，王蔧。"

在古汉语里，蔧即为扫帚草之意，说的就是被称为扫帚草的地肤。

去了艹部的彗，有彗星之意。彗星因其有头有尾，拖了长长的尾巴，其形似帚，又被人称为扫帚星。

自古人们把运气不佳或总带来厄运的人称为扫帚星，姜子牙就曾封其前妻为扫帚星，以表达对那个女人的不满。

也有人认为扫帚星是一种福祉的象征。因扫帚在古代也曾被视为神权的象征，具有可以扫除一切妖魔鬼怪、疾病灾祸、晦气的神力。

但在遥远的古代，由于人类对天文科学认知的局限性，认为形状怪异的彗星与人类的灾难存有某种内在的联系。又逢彗星的出现常常与战争、饥荒、洪水等灾祸联系在一起，因故彗星也就被一些人视为灾星。

所以自古人类对扫帚的认识就存在两个极端：一为具有神力，可以扫除一切妖魔鬼怪；一为可以带来灾难的不祥之物。

也许受了此类观点的影响，地肤草一边因其形似观音手持净瓶里的杨柳叶，颀长柔美，被人类拜为女神，有观音柳之美誉；一边被蔑视为千心妓女。处于风口浪尖的地肤，一直深陷于这种极端的人类争论里。

任你东西南北风，我自岿然不动。地肤普通却不平凡，它普通得甚至不需单独栽种，就自行扩散；也无需人工施肥浇灌，自然昂扬。它忠于自我，从我出发，自己就是独立的小星球，发出自己的光和热，自我蓬勃，是十分省心的植物，却又集观赏、菜蔬、草药等功能于一身，素朴而美好。

地肤以其本色素朴之姿，任人评说，我自昂扬，已悄然度过了几千年的风霜雨雪，至今依然初心不改。其存在的本身就是自身清白的证词。

27. 情迷鼠尾草

还记得前两年，闺蜜在苏州遇到了一种陌生的植物，发照片向我咨询。她以为是薰衣草，那花儿紫色，像薰衣草一样，花儿成串成串的，看起来的确很像。

尤其当鼠尾草、薰衣草、马鞭草大片种植的时候，都是透软的长枝干上面顶着一串串的花朵，看起来很有迷惑性。

前两天去一个薰衣草小镇，据说是一个薰衣草种植基地。到后鲜见薰衣草，倒是铺天盖地生长着大片大片的鼠尾草。基地种植的是观赏品种，花开蓝色，细碎的小花瓣层层叠叠，典雅秀丽，不时发出阵阵幽香，但香味不若用作香料食用的鼠尾草浓烈，淡淡的幽香掺杂着些许樟脑的味道，香气也不如薰衣草香甜怡人。

但见游客们在鼠尾草花田里拍照、耍玩，口口声声说的几乎都是有关薰衣草的话题。可那明明和闺蜜发现的植物一样，都是鼠尾草。可见蓝花鼠尾草与薰衣草有多让人难辨了吧。

虽然两者都是唇形科，轮伞花序，但鼠尾草的花瓣是显著的唇形，有明显的苞片，而薰衣草的花是一个一个鼓鼓的小包。况且凭借味道也能将其轻易分辨。

鼠尾草是近年来在我国渐渐流行起来的植物，是个外来种，原产于欧洲南部与地中海沿岸地区。无论作为园艺栽培物种，还是观花植物，抑或作为中国人餐桌上新兴的香料，鼠尾草都能担当大任。

鼠尾草是一年或多年生唇形科芳香植物，常绿，小型亚灌木，有木质茎，叶子灰绿色、花蓝色至蓝紫色。

鼠尾草品种很多，有的用来提炼精油，有的被当作香料，有的可以致幻，没有确定品种前不可轻易食用。

被人们广为熟知的鼠尾草有三种：快乐鼠尾草、观赏鼠尾草，以及我最喜欢的用作香料的鼠尾草。

质量好的快乐鼠尾草，成分复杂，它的气味有丰富的层次，被比作麝香葡萄草。因其对皮肤有显著的保养作用，常常被用来提炼精油，用来保养肌肤、舒缓情绪。

新鲜的鼠尾草花叶也是喜欢香草泡浴的人的较佳选择。

图 98   鼠尾草

观赏鼠尾草，花叶俊美，常绿，与薰衣草一样，是让人愉悦的冠花植物。再有就是与人们日常生活息息相关，用作香料的鼠尾草了。

鼠尾草是我喜欢的一种香草，是个人日常饮食中腌渍禽肉以及烘焙最不可缺少的一味香草。因其有青草的苦味，香味浓烈，略带涩味，所以是腌渍腥味较重的禽肉的良品，可去腥、增鲜、提香，效果让人吃惊。

鼠尾草是东方人餐桌上新兴的香料，人们用其新鲜常绿的叶片作为点缀，或用作猪肉、鱼、蔬菜或肉汁的辅助香料。鼠尾草和禽类搭配比较好，新鲜嫩叶在烤制禽肉过程中发挥神奇的作用。我们常常在烤制禽肉时，将新鲜鼠尾草叶片置于肉下，色香味兼得，是非常别致的一款香草。

鼠尾草也是奶制品和油腻食物的良伴，有时也可加入葡萄酒、啤酒、茶和醋中。其次，在西式炖菜和披萨中使用，也非常出色。但鼠尾草味道浓烈，用量不宜太多，以免一料主大，掩盖其他配料的味道。

被用作香料的鼠尾草能让食物陡增风味，除可帮助消化外，还能镇静解热，有保健养生之功效。

像鼠尾草一样芬芳，被用作人类香料的唇形科植物还有很多，罗勒、迷迭香、百里香、益母草，都是人们不可或缺的香草。

唇形科作为一大植物类别，囊括了很多我们常见的香草植物。唇形科香草是一种古老的存在，香草进入文艺与饮食的历史，大概从古希腊就已经开始了。古希腊人们用新鲜的香草炖蔬菜汤，调味牛羊肉，以及用于烤制荤腥的肉类。

唇形科之所以称为唇形科，因其花非寻常可见的辐射状，而是左右对称，花冠前端像唇瓣伸出，茎四棱，全株密布腺体，周身散发让人难忘的浓烈香气。若你细细观察，打开鼠尾草的花，可见其显著的二强雄蕊状杠杆结构。这是与昆虫高度协同进化的结果，让飞进来采蜜的昆虫能更轻易地沾上花粉，极大地提高授粉率，让鼠尾草家族得以长久绵延。

唇形科的香料不仅在西方被广泛应用，在东方，也常见它们的身影，只是更多地被用于他处。

夏枯草和薄荷至今还是多种凉茶的配方。罗勒至今仍是炒海螺和花蛤，以及制作传统美食三杯鸡时不可或缺的香草。紫苏常常被用于烹制鱼类，和大闸蟹一起清蒸，可以去腥解燥，增香提鲜，相信食用过的人一定印象深刻。

　　鼠尾草以及与其亲近的唇形科香草是人类永远的朋友，不仅丰富了人们的餐桌，更灿烂了人们的生活。

　　香草用自身的芬芳与天赐的活力与能量，为繁杂的生活注入新鲜与浪漫，像涓涓清泉，流经人的身心，拥有温柔净化的力量。

　　每日能与香草相伴，是我以为的美好生活。

28. 香草之王罗勒

一直以为，香草特别受上帝宠爱，是最浪漫的植物。它们宛若人间精灵，生于尘俗，却自有芬芳，不染烟火，高洁独立。

我喜欢香草，也许受奶奶的影响。在乡村，她的菜地小院里，总有一些不寻常的植物，往往都有一种特殊的芳香。那些散发着各种香味的植物，从记忆始就一直存在我的脑海里。尤其像小茴香、紫苏、薄荷、花椒、芦荟等这些寻常可见的香草，从小就是我至纯至诚的朋友。

很多时候，奶奶仅仅用几片青绿的叶片，就能瞬间点亮一顿平庸的餐点。对于极有烹饪天赋的奶奶来说，香草是最能化腐朽为神奇的植物，拥有神一样的灵性。

虽然她的香草普通，但给人的印象深刻，从小奶奶就在我心里种下了一颗关于香草的种子，所以直到现在，但凡落脚新的地方，去寻花草树木，一定少不了的就有香草。

自从爱上烘焙以后，我更是开拓了对香草的认知视野，对一些别的门类的香草兴趣更浓了，并且多次尝试自己种植。私以为，唯有自己种植的香草，绿色无污染，天然无添加，不施过量的水肥，任其自然生长，才能窥见得香草的本性。

说到香草，就不得不提香料，因为自己以前一直弄不太清楚它们之间的区别。也许在我们的概念里，香料可能更深入人心，与我们的生活更息息相关。肉桂、丁香、八角、辣椒、生姜之类每日必备，都属于日常可见的香料。

不同于我们常见的香料，香草一般是新鲜的植物比较软的部分，指的是植物的叶子、花朵、嫩茎等，像葱、蒜原则上也属于香草，新鲜、干用都是可以的。只是有的香草像罗勒，干用的味道会有变化。而香料是植物中比较坚硬的部分，像根、种子、树皮、硬的茎之类。辣椒与姜之流不论干鲜软硬，都被认为是香料。

中西餐烹饪中常常用到的香草主要来自于伞形科、唇形科，还有少部分是十字花科和其他科属。

但我最喜欢的香草，多是唇形科的，像罗勒、薄荷、鼠尾草、迷迭香、百里香。这类植物大多含有挥发油，香味浓郁，所以使用上一般要注意用量。

唇形科的植物，花开唇形，花朵全然绽放的时候，宛若微微张开的饱满唇瓣一样，而且花色多为嫩粉、浅红这样的柔美色彩，温柔浪漫，又自有不同芳香，让人顿觉内心柔软。

尤其罗勒，叶卵圆鲜绿，花色鲜艳，拥有震撼灵魂的香气。那香气给人的感觉宛若猛然抬头正巧碰到下凡的仙女，让人灵魂一颤。

新鲜罗勒是我一见就钟情的香草。但干燥的罗勒就像失去了岁月的老人，口味虽别有滋味却大打折扣。所以罗勒一般多鲜食。不论生拌沙拉，为熟食提味，或炖汤、烘焙，罗勒都会散发出非常迷人的香味，让人难忘。

罗勒仅用几片鲜嫩的叶子与自身的芬芳，就能让你的菜点石成金。我以为罗勒是料理中的香奈儿5号。很多料理加了罗勒，会变得很特别。开了花的罗勒嫩茎掐上一小把，加上松子、大蒜、意大利Parmesan奶酪、柠檬汁、橄榄油做成美味的厨房百搭青酱，抹面包或搭配意大利面，都别有风味。

　　所以罗勒是横扫世界的香草，在印度、泰国、日本菜肴中常常可见罗勒的身影。台湾与大陆东南沿海一带人口中的九层塔与东南亚人说的金不换都是罗勒，只是不同于意大利风行的品种。中国的罗勒质地更为坚韧，所以可以用于炖煮爆炒而不失其芳香本色。

　　罗勒品种众多，有甜罗勒、紫罗勒、绿罗勒、柠檬罗勒等六十余种，外观、口味也稍有不同。新鲜的甜罗勒，稍有胡椒、大料的味道，又混有淡淡的柠檬的酸香。泰国罗勒沿袭了泰式风味的传统，口味浓郁，胡椒味更浓，还夹杂点滴肥皂味，所以加的时候得注意用量。还有一种紫色的罗勒，味道更加浓烈，尤其大蒜与辛辣的味道更浓。

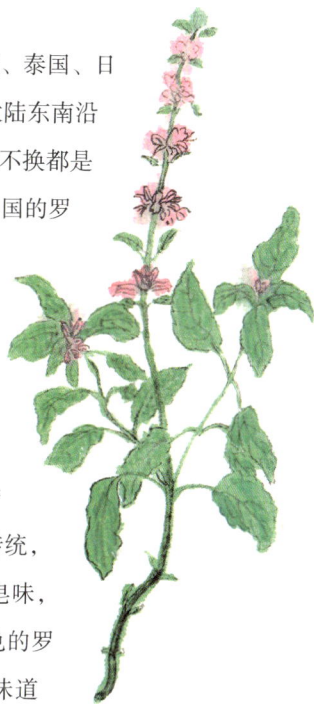

图 99　罗勒

　　但毫无疑问，不论哪一种罗勒都能够为厨师带来独具一格的风味。我时常会为发现一些新鲜罕见的新品种而兴奋不已。

　　罗勒生长迅速，如果不持续采摘，叶片会变老、木质化，还会停止生长，所以要不断采摘新叶促其不断生长。只要种了一丛，就会有更多的收获。

　　罗勒新鲜的嫩叶不仅被用来制作青酱，作为披萨饼、烤香肠、精炖汤以及各式沙拉的调料，是意大利很多菜品的灵魂，也是泰式烹饪、中式料理不可或缺的一味香草。

除了用于烹饪，罗勒还可以用来泡茶，疏风行气，活血解毒。也可用做植物染料，染出天然柔和的色彩，抑或用于提取植物精油。

有时候，植物才是我们最好的陪护，因为我们没有一天离得了它们。香草更是让人痴迷的一类，不仅衣食住行要与它们发生联系，就连灵魂也一刻不曾远离。印度人把香草视为神灵，认为它们能沟通大地与天空。

我以为，罗勒是灵魂有香气的女子，身姿优雅，在世界上纯洁地行走着。

29. 紫苏

紫苏和小茴香、薄荷一样，是小镇最普通的香草。紫苏清新凉薄的植物香气仿佛凝集了人间清露，芳香而持久。

喜欢香草的奶奶说，紫苏是食物的海洛因，是巧妇的化妆笔。

至今还记得，徕园女主人的一道炒田螺。那是印象里最美味的田螺，清新爽口，浓烈的异国风味让人迷醉。我以为一定是加了特别的香料，但见碟子里除了配料川椒与姜蒜，就别无他物了。后来才知竟是用了紫苏叶与苏子油，那些逼人的芬芳正是紫苏的味道。

紫苏普通却不平凡，仿佛拥有神奇的魔法。仅需几片紫苏叶子，几滴苏子油，就能瞬间激发菜品的灵魂，让菜品顿时活过来。

紫苏是奶奶非常喜欢的一种食物染色剂。尤其两面紫得发亮的紫苏叶是奶奶最喜欢的，用紫苏鲜亮不张扬的紫色做成的面团与糕点，或用紫苏的鲜叶做辅助香草的各种腌菜，色香味俱佳。

紫苏的生长不挑环境，对水肥要求很低。荒滩、墙角、屋后、菜园四处都能见到它们的身影。听老人们说，村里四处散落的紫苏不是人工播种，而是自行繁殖的。

村前村后常见的紫苏有两种，都是野生的：一种叶片正反皆紫色，一种正面绿、背面紫。叶都是卵圆，有叶尖。

紫苏是唇形科的一年生草本植物，原产我国，在我国种植历史有2 000年之久。常见的有三种：一种是纯正的叶紫的紫苏；一种是白苏，

图 100　紫苏

白苏正反叶片都是绿色的。紫苏和白苏的叶片均是卵圆形，有叶尖。还有一种是回回苏，叶片像鸡冠一样卷曲，打着明显的褶皱，叶片宽大有深裂。

一般而言，叶片正反都是紫色的紫苏香味浓郁，是中国餐点里最常见的香草。而叶片翠绿的白苏，则口味单薄，是做日式料理或沙拉的材料，也是搭配生鲜、寿司酱汁时的最佳香草。

记得一次云游至张家界的村寨，在古村落的田野里发现大片大片的白苏。正是七月，正逢紫苏花期，点点淡粉色小碎花，浮在碧绿的叶片中，宛若水中落花，仙气十足。但遗憾的是，紫苏的花期很短，仅仅一个多星期，花就很快全然褪了颜色，转眼换成一个个干燥的花蕾模样紧紧贴在花茎上。

白苏种植在当地非常流行，目及之处，大片大片的白苏田连接在一起。风吹起来的时候，叶片层层叠叠，一浪翻过一浪，万顷碧绿，波涛一样暗流汹涌，暗香浮动。

当地人说那些种植的白苏都是出口的，因为在日韩很多生鲜的料理基本都要用到白苏提味增香。在白苏的试验种植田里，种植的白苏比寻常的白苏叶片要大，香味也更浓，是科研人员最新培育的新品种。当地人就地取材，用白苏去腥增香的辣子鸡，味道独特，让不爱吃鸡肉的我，也胃口大开。

有闺蜜喜欢用紫苏做成各式饮料，有时取紫苏美丽的颜色，有时用紫苏清凉冰爽的香气，无论与柠檬汁、猕猴桃汁还是牛奶搭配，口味都让人难忘。这种用紫苏做茶饮的传统，从风雅的宋朝就已经开始了。《本草纲目》记载，大宋仁宗皇帝曾昭示天下评定汤饮，结果是紫苏水第一。紫苏茶在宋代曾获得过殊荣。

而我最喜欢用紫苏做面包，无论多单纯的烘焙配方，撒上几片紫苏碎，就有了浸染了浓烈香味的绝美味道。

前两日，在奶奶院子里采了些新鲜的紫苏叶片，装了满满一口袋，回来洗净切碎，扔进打散的鸡蛋里，放在平底锅上煎熟。浓烈的香气，隐隐约约鲜艳的紫色，浓烈凉爽的清新口感，我确定那是我吃过的最美味的煎鸡蛋。

紫苏除了香气打动人们，生性也温和。

中秋时节，江南之地，海洋之滨，人们喜欢用紫苏叶片铺底，清蒸大闸蟹，是非常当令的美食。这种海鲜与紫苏同食的方法历史悠久，《本草纲目》记载说，紫苏可解蟹毒。海鲜寒凉，而紫苏性温辛，可中和寒邪之物的寒凉。

紫苏药食同源，全身是宝。除了叶片供人食用，苏子用来榨油，紫苏的根茎也能入药，是散寒暖胃、行中养气的良品。

紫苏好吃好看又实用，适应性很强，不论在陆地还是阳台上，春天时随手撒上一些种子，很快就能繁茂起来。紫苏的老叶掐了泡茶、煮粥、炖汤，新叶很快就能长出来，是更新度非常好的草木。紫苏在二十度左右的气温中就能一直生长，在温暖的地方，四季均可以播种，是案台小绿植的绝佳之选。作为难得的全能型香草，紫苏早已深入人心。

30. 河南荆芥

唇形科的香草众多，但被河南人一直惦记的莫过于荆芥了。悉数唇形科中西方风行的香草，也许没有比荆芥的清爽更能熨帖河南人的胃口了。

荆芥是河南人餐桌上必不可少的一味香草，夏日里的凉拌黄瓜是必须由荆芥来提神点睛的。若没有了荆芥的点缀，河南羊肉烩面便会顿时失了颜色。荆芥天然的独特清香不仅用于凉拌、佐粥，本身就是一道鲜美的菜蔬。

尚记得小时候父亲喜欢掐了自家菜园里鲜嫩的荆芥茎叶，回去细细冲洗干净调味，仅需简简单单的处理，就能成就一道不折不扣的美味。荆芥的口味很特别，清新爽口，很像某种特别的花果香，让人难忘。

母亲有时候就用新鲜的荆芥绿苗当作青菜来做蒸菜，在荆芥上面裹上一层浅浅的面粉，放在屉子里蒸熟，浇上酱料与蒜汁，再撒上点细碎的小葱花，滴上几滴小磨香油，鲜美无比。

除了当作青菜或用于拌菜佐汤，若用于平庸的白水汤面，荆芥也会大放异彩。大学毕业设计去了一个研究所实习，在实验基地我们自己解决吃食。平时是男女分班轮换负责三餐。有不晓厨事的男生，做了白水面条，我见了，就去试验田里掐了大把的荆芥来。趁面熟要出锅之际，放进去，味道鲜香浓郁，让人有意外地惊喜，众人皆以为那是最美味、最简单的白水面配比。

也许你很难想象，这种河南人餐桌上最日常的香草竟是大名鼎鼎的罗勒家族的一员。没错，荆芥与风靡意大利的甜罗勒，盛行于泰国与台湾地区的九层塔一样，也是一种罗勒。

很多人以为，福建沿海地带常常用于炒制螺蛳的金不换是河南的荆芥。其实不然。金不换被不同地域的人唤作九层塔，也是一种罗勒，但与河南荆芥有本质的不同，是两种植物。虽然两者形态上看起来很难区分，但细微之处还是可以见分晓的。

河南荆芥的叶片偏卵圆，边缘锯齿与叶尖没有九层塔的明显。此外，河南荆芥的茎秆往往是绿色的，而九层塔的茎秆常常带有浅淡的紫色。而且两者气味相差悬殊，河南荆芥不同于九层塔的茴香味道，与柠檬罗勒的柠檬气味非常相似。

九层塔，也叫兰香罗勒。它的花叶与茎秆均有浓烈的八角茴香的香气，全草具疏风解表、化湿和中、行气活血、解毒消肿之功效。而被河南人称作荆芥的香草类菜蔬，其实并非植物学上的荆芥，也非药物学上的荆芥，而是属于唇形科的罗勒家族。中药学与植物学上的荆芥属于荆芥属，而被称作河南荆芥的香草则属于罗勒属。荆芥作为草药，《中华人民共和国药典》有收载，记其解表、散风、透疹之功效。而以蔬菜类香草面目呈现在人们生活中的荆芥，虽与之同名却是异物。

植物学上，如《中国植物志》中所载唇形科荆芥属的荆芥虽也有药用价值，但此荆芥非彼荆芥，并不做中药荆芥用，而是常被用作园林或蜜源植物。

所以更准确地说，河南荆芥其实是一种罗勒。造成如此差别的主要原因是我国植物种类繁多，再加上不同地域对植物的识别有所差异，所以出现有的植物同名异物，有的植物同物异名的现象。

河南荆芥一般在夏季繁茂，花开浅紫色。曾听人说有人远在沙漠，托人从河南捎去荆芥种子，克服种种困难，终在沙漠里种成一片绿洲。越难得因而越珍惜，舍不得掐其枝叶、去其花朵，导致荆芥木质化严重，很早就开花结实。

其实，像荆芥之类的香草类植物，一般需要经常掐去旧叶老枝，才能越发繁茂。它们乐观通达，勇于奉献。对它们而言，唯有努力付出，才能更好地滋养自身。

图书在版编目（CIP）数据

问花寻草：花诗堂草木笔记 / 卜白著. —上海：
东方出版中心,2016.9
　　ISBN　978－7－5473－1008－3

　　Ⅰ.①问…　　Ⅱ.①卜…　　Ⅲ.①散文集－中国－当代
Ⅳ.①I267

中国版本图书馆CIP数据核字（2016）第193235号

问花寻草——花诗堂草木笔记

出版发行：东方出版中心
地　　址：上海市仙霞路345号
电　　话：（021）62417400
邮政编码：200336
经　　销：全国新华书店
印　　刷：昆山亭林印刷有限责任公司
开　　本：890×1240毫米　1/32
字　　数：275千字
印　　张：11.625
版　　次：2016年9月第1版第1次印刷
ISBN　978－7－5473－1008－3
定　　价：58.00元

版权所有,侵权必究
东方出版中心邮购部　电话：（021）52069798

2023